Scherz Krimi

Spannung mit Niveau

Von Agatha Christie sind erschienen:

Das Agatha Christie Lesebuch
Alibi
Alter schützt vor Scharfsinn nicht
Auch Pünktlichkeit kann töten
Auf doppelter Spur
Der ballspielende Hund
Bertrams Hotel
Der blaue Expreß
Blausäure
Das Böse unter der Sonne oder
Rätsel um Arlena
Die Büchse der Pandora
Der Dienstagabend-Klub
Ein diplomatischer Zwischenfall
Dreizehn bei Tisch
Elefanten vergessen nicht
Die ersten Arbeiten des Herkules
Das Eulenhaus
Das fahle Pferd
Fata Morgana
Das fehlende Glied in der Kette
Ein gefährlicher Gegner
Das Geheimnis der Goldmine
Das Geheimnis der Schnallenschuhe
Das Geheimnis von Sittaford
Die großen Vier
Das Haus an der Düne
Hercule Poirot's größte Trümpfe
Hercule Poirot schläft nie
Hercule Poirot's Weihnachten
Karibische Affäre
Die Katze im Taubenschlag
Die Kleptomanin
Das krumme Haus
Kurz vor Mitternacht
Lauter reizende alte Damen
Der letzte Joker
Die letzten Arbeiten des Herkules
Der Mann im braunen Anzug
Die Mausefalle und andere Fallen
Die Memoiren des Grafen
Mit offenen Karten
Mörderblumen
Mördergarn
Die Mörder-Maschen
Mord auf dem Golfplatz
Mord im Orientexpreß
Mord im Pfarrhaus
Mord im Spiegel
oder Dummheit ist gefährlich
Mord in Mesopotamien
Mord nach Maß
Ein Mord wird angekündigt
Die Morde des Herrn ABC
Morphium
Nikotin
Poirot rechnet ab
Rächende Geister
Rotkäppchen und der böse Wolf
Ruhe unsanft
Die Schattenhand
Das Schicksal in Person
Schneewittchen-Party
Ein Schritt ins Leere
16 Uhr 50 ab Paddington
Der seltsame Mr. Quin
Sie kamen nach Bagdad
Das Sterben in Wychwood
Der Tod auf dem Nil
Tod in den Wolken
Der Tod wartet
Der Todeswirbel
Tödlicher Irrtum
oder Feuerprobe der Unschuld
Die Tote in der Bibliothek
Der Unfall und andere Fälle
Der unheimliche Weg
Das unvollendete Bildnis
Die vergeßliche Mörderin
Vier Frauen und ein Mord
Vorhang
Der Wachsblumenstrauß
Wiedersehen mit Mrs. Oliver
Zehn kleine Negerlein
Zeugin der Anklage

Agatha Christie

Alter schützt vor Scharfsinn nicht

Scherz
Bern – München – Wien

Einzig berechtigte Übertragung aus dem Englischen
von Edda Janus
Titel des Originals: »Postern of Fate«
Schutzumschlag von Heinz Looser
Foto: Thomas Cugini

7. Auflage 1990, ISBN 3-502-50817-8

Gesamtdeutsche Rechte beim Scherz Verlag Bern und München
Gesamtherstellung: Ebner Ulm

1

»Bücher!« sagte Tuppence.
Sie sprach das Wort so empört aus, daß es fast wie eine kleine Explosion klang.
»Was hast du gesagt?« fragte ihr Mann.
Tuppence sah ihn über die ganze Länge des Zimmers hinweg an.
»Ich habe nur ›Bücher‹ gesagt.«
»Soso!«
Vor Tuppence standen drei große Umzugskisten. Aus allen hatte sie schon Bücher herausgenommen, trotzdem waren sie zum größten Teil noch voll.
»Es ist unglaublich«, seufzte sie.
»Weil sie soviel Platz brauchen?«
»Ja.«
»Willst du sie denn alle aufstellen?«
»Ich weiß es nicht genau, Tommy«, antwortete Tuppence. »Das ist ja gerade das Problem. Man weiß nie genau, was man eigentlich will. Ach, du meine Güte.« Sie seufzte wieder.
»Na, hör mal!« sagte ihr Mann, »das paßt ganz und gar nicht zu dir. Die Schwierigkeit bei dir ist doch, daß du viel zu *genau* weißt, was du willst.«
»Ich meine das so«, erklärte Tuppence. »Da sitzen wir nun, werden älter und kriegen Rheuma – um das Kind beim Namen zu nennen. Das merken wir vor allem, wenn wir uns ungewohnt bewegen. Du weißt schon, man streckt sich, um Bücher einzuordnen oder um etwas aus einem hohen Regal zu nehmen, oder man kniet sich hin, weil man in den unteren Fächern etwas sucht, und dann kommt man nicht mehr so leicht auf die Füße.«
»Ja«, gab Tommy zu, »das liegt an den Beschwerden des Alters. Wolltest du das sagen?«
»Nein, ganz bestimmt nicht. Ich wollte damit sagen, daß es wunderbar ist, ein Haus kaufen zu können und genau das richtige zu finden. Mit ein paar kleinen Veränderungen natürlich.«
»Wenn man zum Beispiel aus zwei Zimmern eines macht«, stellte Tommy fest, »und etwas anbaut, das du Veranda nennst; dein Bauunternehmer bezeichnet es als Wintergarten, und ich finde, es ist eine Loggia.«
»Es wird ausgesprochen hübsch werden«, erklärte Tuppence

entschieden.
»Wenn es fertig ist, werde ich's nicht wiedererkennen! Meinst du das?«
»Aber nicht doch! Ich wollte nur andeuten, daß du am Ende entzückt sein und behaupten wirst, eine einfallsreiche und künstlerisch sehr begabte Frau zu haben.«
»Also gut. Ich werde es mir merken!«
»Das brauchst du gar nicht«, antwortete Tuppence. »Die Worte werden nur so aus dir hervorsprudeln.«
»Und was hat das mit den Büchern zu tun?«
»Wir sind mit zwei oder drei Bücherkisten eingezogen. Wir haben vorher alle Bücher verkauft, die uns nicht mehr wichtig waren, und nur die mitgenommen, von denen wir uns nicht trennen konnten. Und dann sagten die – wie heißen sie noch? Die Leute, die uns das Haus verkauften, sagten, sie wollten nicht alles mitnehmen und wenn wir ihnen ein gutes Angebot machten, würden sie ein paar Sachen dalassen, vor allem Bücher. Dann sind wir hergefahren, haben sie uns angesehen . . .«
». . . und ein Angebot gemacht«, ergänzte Tommy.
»Ja. Wahrscheinlich haben wir nicht soviel gekauft, wie sie gehofft hatten. Aber einige Möbel waren auch zu abscheulich! Na, die brauchten wir glücklicherweise nicht zu nehmen. Doch als ich die Bücher sah, die Kinderbücher, die im Wohnzimmer standen – es waren sogar ein paar meiner Lieblingsbücher dabei –, da wollte ich sie unbedingt haben. Weißt du, die Geschichte von Androclus und dem Löwen zum Beispiel, von Andrew Lang. Ich kann mich erinnern, daß ich sie gelesen habe, als ich acht war.«
»Konntest du mit acht Jahren schon so gut lesen?«
»Ja. Ich habe es mit fünf gelernt. Damals war das so üblich. Ich wußte nicht mal, daß man es richtig lernen mußte. Weißt du, jemand hat eine Geschichte vorgelesen, und wenn man sie schön fand, merkte man sich, wo das Buch im Regal stand; man durfte es auch herausnehmen und sich ansehen. Und plötzlich entdeckte man, daß man es las, ohne sich viel um die Orthographie zu kümmern. Später war das dann weniger gut«, fügte sie hinzu. »Ich habe immer Schwierigkeiten mit der Rechtschreibung gehabt. Wenn sie mir jemand mit vier Jahren genau beigebracht hätte, wäre das vernünftiger gewesen. Mein Vater hat mir natürlich addieren und subtrahieren und multiplizieren beigebracht;

er fand, das kleine und große Einmaleins wären das wichtigste, das man im Leben lernen könnte. Dividieren habe ich selbstverständlich auch von ihm gelernt.«

»Was für ein kluger Mann er gewesen sein muß!«

»Ich weiß nicht, ob er so besonders klug war«, erwiderte Tuppence, »jedenfalls war er sehr, sehr nett.«

»Sind wir nicht ein wenig vom Thema abgekommen?«

»Ja.« Tuppence nickte. »Also: Als ich mich an Androclus und den Löwen erinnerte . . . es war ein Buch mit Tiergeschichten, ja, von Andrew Lang. Ach, habe ich das geliebt! Dann gab es da eine Geschichte, die hieß *Ein Tag meines Lebens in Eton,* von einem Schüler aus Eton. Warum ich das lesen wollte, weiß ich nicht mehr, aber ich wollte es unbedingt. Es war eines meiner Lieblingsbücher. Dann die klassischen Heldensagen und die Bücher von der Molesworth, *Die Kuckucksuhr, Die Farm zu den vier Winden . . .*«

»Nun, das reicht wohl«, sagte Tommy. »Ich brauche keine genaue Aufstellung deiner literarischen Freuden in frühester Jugend.«

»Ich meine ja nur, daß die Bücher heute nicht mehr zu bekommen sind. Es gibt zwar hin und wieder Neuauflagen, aber dann sind sie oft verändert und haben andere Bilder. Stell dir vor, neulich hätte ich *Alice im Wunderland* beinahe nicht wiedererkannt! Die Illustrationen sahen so merkwürdig aus. Gewisse Kinderbücher sind immer noch zu haben, die von der Molesworth, alte Märchenbücher oder Stanley Weyman. Von ihm sind übrigens viele Bände hier geblieben.«

»Na schön, es war für dich eine große Versuchung. Und du hieltest es für einen guten Kauf.«

»Nicht nur gut, sondern auch billig, wirklich. Ja, und da sind sie nun, zusätzlich zu unseren eigenen Büchern! Es sind so schrecklich viele, daß sie kaum alle in die Regale passen werden, die wir uns haben machen lassen. Was ist mit deinem Privatheiligtum? Ist dort noch Platz?«

»Nein, keinesfalls«, sagte Tommy. »Es reicht nicht mal für meine eigenen.«

»O je! Das sieht uns wieder ähnlich. Ob wir noch ein Zimmer anbauen sollten?«

»Nein. Wir wollten anfangen zu sparen. Darüber haben wir vorgestern noch gesprochen. Erinnerst du dich nicht?«

»Ach, das war vorgestern«, sagte Tuppence. »Fürs erste werde ich alle Bücher, von denen ich mich nicht trennen kann, hier in die Regale stellen. Und dann – dann sortieren wir die übrigen durch. Vielleicht gibt es in der Nähe ein Kinderkrankenhaus, oder wir finden irgendeinen Ort, wo sie sich über Bücher freuen.«

»Wir könnten sie verkaufen«, sagte Tommy.

»Ich fürchte, diese Art Bücher wird keiner kaufen wollen. Ich glaube, es ist kein einziges wertvolles darunter.«

»Sei nicht so sicher! Du kannst Glück haben, Tuppence. Vielleicht ist ein vergriffenes Buch dabei, der langgehegte Wunschtraum eines Buchhändlers.«

»Inzwischen müssen wir sie aufstellen und sie uns genau ansehen. Wie soll ich sonst wissen, was ich behalten möchte und an welche ich mich erinnere. Ich werde versuchen, sie wenigstens oberflächlich etwas zu sortieren – zum Beispiel: Abenteuerbücher, Märchen, Kindergeschichten und -reime und Erzählungen aus Internatsschulen, in denen alle Kinder immer so reich sind. Dann sind Bücher dabei, die wir Deborah vorgelesen haben, als sie klein war. Was haben wir alle *Puh, der Bär* geliebt!«

»Ich fürchte, du überanstrengst dich«, meinte Tommy. »Du solltest jetzt lieber aufhören.«

»Ja, vielleicht«, gab Tuppence zu. »Aber ich würde gern diese Wand noch fertig machen, wenigstens die Bücher noch hineinstellen . . .«

»Ich helfe dir.«

Tommy trat zu ihr, kippte eine Kiste so schräg, daß die Bücher hinausglitten, lud sich die Arme voll und stellte sie in die Fächer.

»Ich richte sie nach der Größe aus. Es sieht ordentlicher aus.«

»Na, so was kannst du nicht sortieren nennen«, wandte Tuppence ein.

»Das reicht, wenn man fertig werden will. Später können wir es gründlicher machen. An einem Regentag, an dem wir sonst nichts zu tun haben.«

»Der Ärger ist, daß wir immer was zu tun haben.«

»So, jetzt sind wieder sieben Stück untergebracht. Nun bleibt nur noch die Ecke dort oben. Würdest du mir mal eben den Holzstuhl rüberbringen? Hält er mein Gewicht aus? Dann könnte ich nämlich auch das oberste Regal vollstellen.«

Vorsichtig kletterte er auf den Stuhl. Tuppence reichte ihm einen Stapel Bücher. Er stellte sie sorgfältig ins oberste Fach, nur die letzten drei glitten ihm aus der Hand und landeten knapp neben Tuppence auf dem Fußboden.

»Au!« sagte Tuppence. »Das tut einem geradezu weh.«

»Entschuldige. Du hast mir zu viele auf einmal gegeben.«

»Das sieht sehr schön aus!« Tuppence trat einen Schritt zurück. »Die hier brauchst du nur noch ins zweitunterste Fach zu stellen. Da ist eine Lücke. Dann wäre auch diese Kiste leer. Großartig! Damit ist ein Teil der gekauften Bücher ausgepackt. Vielleicht finden wir beim Sortieren Schätze.«

»Möglich«, sagte Tommy.

»Ich bin überzeugt. Vielleicht ist so ein Buch viel Geld wert.«

»Und was machen wir dann? Verkaufen wir es?«

»Das sollten wir wohl. Wir könnten es natürlich auch behalten und herumzeigen. Weißt du, nicht zum Angeben, aber wir könnten erzählen, daß wir eine Entdeckung gemacht haben. Übrigens glaube ich im Ernst, daß wir was Interessantes finden werden.«

»Was denn – ein altes Lieblingsbuch, das du vergessen hast?«

»Nein, so hab ich es nicht gemeint. Ich dachte an etwas Aufregendes, Überraschendes. An etwas, das unser Leben verändert.«

»Ach, Tuppence«, sagte Tommy, »was für eine blühende Phantasie du hast! Ich halte es für viel wahrscheinlicher, daß wir was Unangenehmes finden.«

»Unsinn, Tommy! Man darf nie die Hoffnung aufgeben. Sie ist das wichtigste im Leben: Hoffnung. Vergiß nicht, ich bin immer voller Hoffnung.«

»Das weiß ich.« Tommy seufzte. »Ich habe es schon oft bedauert.«

2

Mrs. Beresford stellte *Die Kuckucksuhr* wieder ins Bücherregal; sie wählte einen freien Platz im drittuntersten Fach. Alle Molesworth-Bücher standen dort. Sie zog *Das Gobelinzimmer* heraus und hielt es nachdenklich in der Hand. Oder sollte sie lieber *Die Farm zu den vier Winden* lesen? Daran konnte sie sich weniger gut

erinnern als an *Die Kuckucksuhr* und *Das Gobelinzimmer.* Ihre Finger wanderten die Reihe entlang . . .
Sie kam voran. Ja, sie kam sogar sehr gut voran. Wenn sie nur nicht immer wieder bei ihren alten Lieblingen hängenbliebe und läse! Das war sehr reizvoll, aber sie vertrödelte so viel Zeit. Und wenn Tommy abends beim Nachhausekommen fragte, wie es ihr ergangen war, brauchte sie viel Takt und Geschick, ihn daran zu hindern, nach oben zu gehen und nachzusehen, wie die Bücherregale in Wirklichkeit aussahen. Es dauerte eben alles seine Zeit. Der Einzug in ein Haus dauerte immer lange, viel länger, als man glaubte. Und die vielen störenden Leute, wie zum Beispiel die Elektriker, die offenbar nie mit dem zufrieden waren, was sie beim letzten Mal gemacht hatten, die größere Fußbodenflächen aufrissen und mit fröhlichem Gesicht neue Fallgruben für die nichtsahnende Hausfrau legten, wenn sie durchs Zimmer ging, einen Fuß falsch setzte und gerade noch rechtzeitig von dem unsichtbaren Elektriker gerettet wurde, der unter dem Fußboden herumkroch.
»Manchmal«, sagte Tuppence laut, »wünschte ich mir, wir wären nie aus *Bartons Acre* ausgezogen.«
»Erinnere dich an die Eßzimmerdecke«, hatte Tommy gesagt, »und denk an den Dachboden und was mit der Garage los war. Beinahe wäre das Auto draufgegangen, weißt du noch?«
»Ach, die hätten wir sicherlich zusammenflicken lassen können.«
»Nein«, erwiderte Tommy. »Wir hätten das ganze verkommene Haus renovieren oder eben ausziehen müssen. Und eines Tages wird dieses hier sehr schön sein, davon bin ich überzeugt. Auf jeden Fall haben wir genug Platz und können tun, was wir wollen.«
»Du willst also damit sagen, daß wir alles unterbringen und behalten können?«
»Ja, ich weiß«, hatte Tommy geantwortet, »man hebt immer viel zuviel auf. Ich bin ganz deiner Meinung.«
Und nun, im Augenblick, dachte Tuppence darüber nach, ob sie wohl jemals mit diesem Haus viel anfangen könnten, abgesehen von der Tatsache des Einziehens. Anfangs hatte alles so einfach ausgesehen, aber es war immer schwieriger geworden – vor allem wegen der vielen Bücher.
»Wenn ich ein nettes, normales Kind von heute wäre«, sagte

Tuppence laut, »hätte ich nicht schon so früh Lesen gelernt. Die Kinder, die jetzt fünf oder sechs sind, scheinen nicht lesen zu können; viele können es nicht mal mit zehn oder elf. Ich weiß gar nicht, warum es uns so leicht fiel. Wir konnten alle lesen. Ich und Martin von nebenan und Jennifer unten an der Straße und Cyril und Winifred. Ich will nicht behaupten, daß wir gut buchstabieren konnten, aber wir konnten lesen, was wir wollten. Ich weiß nicht, wie wir es gelernt haben. Wahrscheinlich haben wir immer gefragt. Was auf den Plakaten stand und auf der Reklame für Carters kleine Leberpillen. Das haben wir immer gelesen, wenn der Zug in London einfuhr. Es war so aufregend! Mein Gott, ich muß weitermachen!«
Sie stellte einige Bücher um. Dann verstrich eine Dreiviertelstunde, während sie sich in *Alice hinter den Spiegeln* vertiefte und später in Charlotte Yonges *Unbekanntes aus der Geschichte*. Ihre Hände glitten über den dicken, schäbigen Band *Der Gänseblümchenkranz*.
»Ach, das sollte ich mal wieder lesen«, sagte sie und seufzte. »Wenn ich an die vielen Jahre denke, die verstrichen sind, seit ich es nicht mehr in der Hand hatte! Was war es spannend, wenn man noch nicht wußte, ob Norman die Erlaubnis bekam, konfirmiert zu werden, oder nicht. Und Ethel und – wie hieß der Ort noch? Coxwell oder so ähnlich – und dann Flora, die weltlich war. Ich möchte wissen, warum damals alles ›weltlich‹ war. Was sind wir eigentlich heute? Sind wir weltlich oder nicht?«
»Wie bitte, Madam?«
»Ach, nichts«, sagte Tuppence und sah ihr treues Faktotum Albert an, der gerade unter der Tür aufgetaucht war.
»Ich dachte, Sie wünschten etwas, Madam. Sie haben doch geklingelt, nicht wahr?«
»Eigentlich nicht«, antwortete Tuppence. »Ich hab zufällig die Klingel erwischt, als ich auf den Stuhl kletterte, um ein Buch herauszunehmen.«
»Kann ich etwas für Sie herunterholen?«
»Das wäre nett. Ich falle immer vom Stuhl. Ein paar haben so wackelige Beine.«
»Wünschen Sie ein bestimmtes Buch?«
»Mit dem dritten Fach von oben bin ich noch nicht weit gekommen. Ich weiß nicht, was da für Bücher stehen.«

Albert stieg auf einen Stuhl, klopfte die Bücher gegeneinander, um den Staub zu entfernen, und reichte sie der Reihe nach hinunter. Tuppence nahm sie mit Entzückensrufen in Empfang.

»Nein, so was! Alle sind sie da! Wie viele hatte ich vergessen! Da sind *Das Amulett* und *Der Psamayad* und *Die neuen Schatzsucher.* Großartig! Nein, noch nicht hineinstellen, Albert. Die muß ich erst lesen. Na ja, ein oder zwei wenigstens. Was ist denn das? Lassen Sie sehen. *Die rote Kokarde,* eine historische Erzählung. Sehr spannend. Und hier ist auch *Unter der roten Robe.* So viele Bücher von Stanley Weyman! Natürlich habe ich sie erst gelesen, als ich zehn oder elf war. Es würde mich gar nicht wundern, wenn jetzt auch noch *Der Gefangene von Zenda* auftauchte!« Sie seufzte bei der Erinnerung glücklich auf. »*Der Gefangene von Zenda* war mein erster Liebesroman. Die Liebesgeschichte der Prinzessin Flavia. Der König von Ruritanien. Und Rudolph Rassendyll. So ein Name! Davon hat man nachts geträumt.«

Albert reichte eine neue Auswahl hinunter.

»Oh!« rief Tuppence. »Die sind noch besser, noch älter. Ich muß die ältesten Bücher zusammenstellen. Mal sehen, was wir haben: *Die Schatzinsel.* Die habe ich mehrmals gelesen und zwei Filme darüber gesehen. Obwohl ich Filme über Bücher nicht mag; sie stimmen nicht. Aha, da ist auch *Entführt.* Ja, das habe ich sehr geliebt.«

Albert reckte sich, kam aus dem Gleichgewicht, und *Catriona* fiel hinunter und hätte Tuppence beinahe getroffen.

»Oh, entschuldigen Sie, Madam. Es tut mir sehr leid.«

»Macht nichts«, sagte Tuppence. »Es ist nichts passiert. *Catriona,* ja. Sind noch mehr Geschichten von Stevenson da?«

Albert reichte ihr die Bücher nun sehr viel vorsichtiger zu. Gleich darauf stieß Tuppence einen Freudenschrei aus.

»*Der schwarze Pfeil.* Großartig! *Der schwarze Pfeil!* Eins meiner ersten Bücher, die ich besessen und gelesen habe! Sie kennen es vermutlich nicht, Albert. Ich meine, da waren Sie noch nicht geboren. Oder doch? Lassen Sie mich nachdenken. Ja, natürlich, es ging um das Bild an der Wand mit den Augen – echten Augen –, die durch die Augen auf dem Bild blickten. Man bekam solche Angst! *Der schwarze Pfeil.* Die Katze, die Ratte und Lovell, der Hund, regierten England unter dem Schwein. Das Schwein war natürlich Richard III. Heute werden andauernd Bücher darüber

geschrieben, daß er gar kein Schurke gewesen ist. Das glaube ich nicht, ebensowenig wie Shakespeare. Schließlich läßt er in seinem Stück Richard gleich am Anfang sagen: ›Bin ich gewillt, ein Bösewicht zu werden.‹ Ach, ja. *Der schwarze Pfeil!*«
»Wollen Sie noch mehr Bücher, Madam?«
»Nein, danke, Albert. Ich glaube, jetzt bin ich müde.«
»Ja, natürlich. Übrigens hat der Herr angerufen, er käme eine halbe Stunde später.«
»Macht nichts«, sagte Tuppence.
Sie setzte sich in einen Sessel, griff nach dem *Schwarzen Pfeil,* schlug ihn auf und versank darin.
»Meine Güte«, sagte sie dann, »wie schön es ist! Ich habe tatsächlich so viel vergessen, daß ich es noch einmal lesen kann.«
Die Stille senkte sich über sie. Albert kehrte in die Küche zurück. Die Zeit verstrich. In dem ziemlich schäbigen Sessel zusammengekauert, versuchte Tuppence, die Freuden ihrer Kindheit wiedererstehen zu lassen.
Auch in der Küche verstrich die Zeit. Albert widmete sich ganz den Tücken des Herdes. Draußen fuhr ein Wagen vor. Albert ging zur Seitentür.
»Soll ich den Wagen in die Garage fahren, Sir?«
»Das mache ich schon«, sagte Tommy. »Sie haben sicher noch mit dem Abendessen zu tun. Bin ich sehr spät dran?«
»Nein, gar nicht, Sir. Sie sind genau zur angekündigten Zeit gekommen, sogar ein bißchen zu früh.«
»Hm.« Tommy brachte den Wagen weg und kam dann, sich die Hände reibend, in die Küche. »Kühl, draußen. Wo ist meine Frau?«
»Madam ist oben bei den Büchern.«
»Was, immer noch?«
»Ja. Sie hat heute wieder eine Menge eingeräumt, aber die meiste Zeit hat sie gelesen.«
»Aha! Was gibt es zu essen?«
»Seezungenfilet mit Zitrone, Sir. Es dauert nicht mehr lange.«
»Fein. Gönnen Sie mir noch eine Viertelstunde, Albert. Ich möchte mich noch etwas waschen.«
Oben im ersten Stock saß Tuppence immer noch in dem etwas schäbigen Sessel, in den *Schwarzen Pfeil* vertieft. Sie war auf etwas Merkwürdiges gestoßen, etwas Fremdes, das sich in das Buch

eingeschlichen zu haben schien. Die Seite, bis zu der sie gekommen war – Seite 46 oder 47? Sie konnte die Zahl nicht genau erkennen – also, auf jeden Fall hatte dort jemand angefangen, Wörter zu unterstreichen. Sie verstand nicht, warum. Sie folgten nicht aufeinander und konnten daher auch kein Zitat sein. Es schienen willkürlich ausgewählte Wörter zu sein, die mit roter Tinte unterstrichen worden waren. Sie murmelte vor sich hin: »›Matcham entfuhr ein schwacher Schreckensruf, auch Richard zuckte zusammen, so daß der Bogenspanner seiner Hand entglitt. Aufspringend, zogen sie ihre Gürtel stramm, prüften ihre Bogensehnen und vergewisserten sich, daß ihre Dolche und Schwerter leicht aus der Scheide glitten. Ellis hob seine Hand, mit flammendem Blick rief er: ›Harry Shelton, ermordet von Sir Daniel und seinem Geschmeiß. Simon Marmsby, gleichfalls von ihnen umgebracht, und Ellis Duckworth.‹ « Sie las noch die nächste Seite und schüttelte den Kopf. Es ergab keinen Sinn.
Sie ging zu dem Tisch, auf dem ihr Schreibzeug lag, und nahm ein paar Probebogen auf, die ihnen kürzlich eine Druckerei zur Auswahl geschickt hatte, weil sie einen neuen Briefkopf machen lassen mußten. Für das *Lorbeerhaus.*
»Was für ein dummer Name«, sagte Tuppence, »aber wenn man ihn dauernd ändert, kommt die Post nie mehr an.«
Sie schrieb die unterstrichenen Worte ab. Nun fiel ihr etwas auf, das sie vorher nicht bemerkt hatte.
»Na, das ist ganz was andres!«
Sie malte Buchstaben auf das Blatt.
»Ach, hier bist du!« sagte plötzlich Tommy hinter ihr. »Das Essen steht so gut wie auf dem Tisch. Was machen deine Bücher?«
»Es ist furchtbar spannend«, sagte Tuppence. »Sehr merkwürdig!«
»Was ist spannend und merkwürdig?«
»Es geht um *Der schwarze Pfeil* von Stevenson, ich wollte es wieder lesen und habe auch angefangen. Plötzlich hatte ich ein ganz seltsames Gefühl, weil so viele Worte mit roter Tinte unterstrichen waren.«
»Ach, das tun doch die Leute manchmal«, meinte Tommy. »Nicht immer mit roter Tinte, aber jeder unterstreicht doch mal was. Etwas, an das man sich erinnern möchte, ein Zitat oder so was.«
»Darum geht es eben nicht. Es sind eigentlich nur einzelne Buch-

staben, verstehst du?«
»Nein«, sagte Tommy. »Was heißt, nur Buchstaben?«
»Sieh's dir an!«
Tommy setzte sich auf die Armlehne und warf einen Blick auf das Blatt. »Verrückt«, sagte er.
»Ja, das habe ich anfangs auch geglaubt. Aber es stimmt nicht, Tommy.«
Unten wurde eine Kuhglocke geläutet.
»Das Essen ist fertig.«
»Es kann warten«, sagte Tuppence. »Erst muß ich es dir erklären. Wir können uns nachher gründlicher damit befassen, es ist wirklich zu merkwürdig. Ich *muß* es dir einfach erzählen.«
»Na, schön! Phantasierst du dir mal wieder was zusammen?«
»Überhaupt nicht! Ich habe nur die Buchstaben notiert. Paß auf, hier steht das M von ›Matcham‹. Das ist das erste Wort. Das M ist unterstrichen und dann das a, danach kommen noch mehr Worte. Im Buch stehen sie nicht hintereinander. Sie sind einfach herausgepickt worden, wenigstens scheint es so. Man hat sie unterstrichen, vielmehr einzelne Buchstaben, weil jemand bestimmte Buchstaben brauchte. Das nächste ist dann ein r, dann kommt das y aus ›Marmsby‹, und so geht es immer weiter . . .«
»Um Gottes willen!« rief Tommy. »Hör auf!«
»Warte! Ich muß es herausbekommen. Siehst du, was ich aufgeschrieben habe? Erkennst du es? Wenn man sie der Reihe nach liest, ergibt es einen Sinn: M-a-r-y. Diese Buchstaben waren unterstrichen.«
»Und was soll das heißen?«
»Einfach: Mary.«
»Na schön, es heißt also Mary. Ein Kind mit Phantasie, vermutlich. Sie wollte zeigen, daß es ihr Buch war. Die Menschen schreiben nun mal ihre Namen in Bücher.«
»Jawohl, Mary!« sagte Tuppence. »Und die nächsten unterstrichenen Buchstaben ergeben J-o-r-d-a-n.«
»Na, bitte: Mary Jordan. Absolut natürlich. Jetzt kennst du ihren Namen. Sie hieß Mary Jordan.«
»Aber das Buch hat ihr gar nicht gehört. Vorn steht in einer krakeligen Kinderschrift: Alexander. Alexander Parkinson, glaube ich.«
»Hm. Spielt das wirklich eine Rolle?« fragte Tommy.

»Natürlich spielt es eine Rolle.«
»Ach, komm schon! Ich habe Hunger.«
»Beherrsch dich!« sagte Tuppence. »Ich lese dir nur noch den Rest vor, bis das Unterstrichene aufhört – oder vielmehr nach vier fortlaufenden Seiten aufhört. Die Buchstaben sind wahllos herausgenommen, mit dem Text kann es nichts zu tun haben. Es geht allein um die Buchstaben. Warte mal. Wir hatten M-a-r-y J-o-r-d-a-n. Stimmt. Und jetzt rate, wie es weitergeht? I-s-t k-e-i-n-e-s n-a-t-ü-r-l-i-c-h-e-n T-o-d-e-s g-e-s-t-o-r-b-e-n. Was sagst du nun? ›Mary Jordan ist keines natürlichen Todes gestorben.‹ Aber paß auf, es kommt noch besser: ›Es war einer von uns. Ich glaube, ich weiß, wer.‹ Das ist alles. Mehr kann ich nicht finden. Was sagst du nun? Ist das nicht aufregend?«
»Hör mal, Tuppence«, erwiderte Tommy, »du wirst hoffentlich keine große Sache daraus machen?«
»Was soll das heißen – keine große Sache?«
»Na, daß du ein Geheimnis witterst.«
»Selbstverständlich ist es ein Geheimnis!« sagte Tuppence. » ›Mary Jordan ist keines natürlichen Todes gestorben. Es war einer von uns. Ich glaube, ich weiß, wer.‹ Ach, Tommy, gib zu, daß es unerhört geheimnisvoll klingt.«

3

»Tuppence!« rief Tommy, als er ins Haus kam.
Keine Antwort. Ein wenig ärgerlich rannte er die Treppe hinauf und durch den Flur im ersten Stock. Um ein Haar wäre er dabei in ein Loch im Fußboden getreten. Er begann prompt zu fluchen.
»Schon wieder einer dieser verdammten leichtsinnigen Elektriker!«
Vor ein paar Tagen war es ihm schon einmal passiert. Die Elektriker, guter Dinge und voll Zuversicht, hatten mit der Arbeit begonnen. »Jetzt klappt es großartig, wir sind bald fertig«, hatten sie behauptet. »Wir kommen heute nachmittag wieder.« Aber sie waren am Nachmittag nicht wiedergekommen. Tommy war nicht gerade erstaunt darüber. Er hatte sich inzwischen an die Art, wie die Maurer, Elektriker, die Männer vom Gaswerk und

andere Handwerker arbeiteten, gewöhnt. Sie kamen, sie wirkten tüchtig, sie stellten optimistische Prognosen, sie gingen weg, um etwas zu holen – und kehrten nicht zurück. Man telefonierte, schien aber immer die falsche Nummer zu haben. Wenn die Nummer stimmte, war der betreffende Mann nicht bei der Firma beschäftigt. Es gab nur eins: Man mußte aufpassen, sich nicht den Knöchel zu brechen, nicht in ein Loch zu fallen oder sich in irgendeiner Weise zu verletzen. Er hatte auch viel mehr Angst um Tuppence als um sich selbst. Er paßte besser auf. Wo war sie eigentlich? Er rief wieder. »Tuppence! Tuppence!«

Er machte sich Sorgen. Tuppence gehörte zu den Menschen, um die man sich immer Sorgen machen mußte. Ehe man das Haus verließ, sprach man letzte weise Worte zu ihr, und sie beteuerte, sich so zu verhalten, wie man es ihr geraten hatte. Nein, sie würde nicht weggehen, höchstens, um ein halbes Pfund Butter zu kaufen, und das war schließlich nicht gefährlich.

»Es könnte gefährlich werden, wenn *du* es bist, die ein halbes Pfund Butter kaufen will«, hatte Tommy gesagt.

»Ach, sei nicht blöd!«

»Ich bin nicht blöd. Ich bin nur ein liebevoller Ehemann, der sich um eins seiner kostbarsten Besitztümer sorgt. Ich weiß zwar nicht, warum . . .«

»Weil ich«, hatte Tuppence geantwortet, »so charmant bin, so hübsch, eine gute Ehefrau, und mich so rührend um dich kümmere.«

»Ja, das vielleicht auch, aber ich könnte dir noch eine ganz andere Liste zusammenstellen.«

»Die würde ich sicher nicht gern hören. Ich vermute, es hat sich zuviel Ärger in dir angestaut. Beruhige dich! Es wird schon nichts passieren. Du brauchst nur zu rufen, wenn du zur Haustür reinkommst.«

So, und wo war Tuppence nun?

»Diese kleine Hexe«, sagte Tommy. »Sie ist irgendwohin gegangen.«

Er trat in das Zimmer, in dem er sie schon öfter angetroffen hatte. Sicher sieht sie sich ein Kinderbuch an, dachte er, und wird sich wieder über ein paar dumme Worte aufregen, die ein blödes Kind mit roter Tinte unterstrichen hat. Auf der Spur von Mary Jordan, wer immer sie gewesen war. Mary Jordan, die keines natürlichen Todes gestorben war. Trotzdem: Er machte sich allmählich Gedanken darüber. Vermutlich war es schon sehr lange her, denn die Leute, die ihnen das Haus verkauft hatten, hießen Jones. Sie hatten es nicht sehr lange bewohnt, nur drei oder vier Jahre. Nein, das Kind mit dem Buch von Stevenson gehörte in eine weiter zurückliegende Zeit. Na ja, Tuppence war zumindest nicht hier in diesem Zimmer. Und es lagen auch keine aufgeschlagenen Bücher herum, in denen sie möglicherweise gelesen hatte.

»Wo, zum Teufel, steckt sie?« rief Tommy.

Er lief wieder nach unten und rief ein paarmal ihren Namen. Keine Antwort. Prüfend betrachtete er einen Garderobenhaken in der Diele. Keine Spur von Tuppences Regenmantel. Dann war sie also ausgegangen. Wohin? Und wo war Hannibal? Er rief laut nach Hannibal.

»Hannibal – Hannibal! Komm schon, Hannibal!«

Auch kein Hannibal.

Na, wenigstens ist Hannibal dabei, dachte er.

Allerdings wußte er nicht, ob es gut oder schlecht war, wenn Tuppence Hannibal mitnahm. Hannibal würde auf jeden Fall dafür sorgen, daß ihr nichts geschah. Die Frage war nur: Würde Hannibal anderen Leuten etwas tun? Er war sehr freundlich, wenn er zu Besuch mitgenommen wurde, aber jemand, der das Haus betreten wollte, in dem er der Herr war, erweckte immer seinen größten Argwohn. Er war, ungeachtet jeder Gefahr, immer auf dem Sprung, nicht nur zu bellen, sondern auch zu beißen, wenn er es für nötig hielt. Also, wo waren die beiden?

Er ging ein Stück die Straße entlang, entdeckte keine Spur eines kleinen schwarzen Hundes und einer mittelgroßen Frau in einem leuchtendroten Regenmantel, die irgendwo in Sichtweite spazierengingen. Schließlich kehrte er ziemlich verärgert ins Haus zurück.

Dort duftete es sehr verlockend. Er lief in die Küche, wo Tuppence am Herd stand. Sie drehte sich um und lächelte.

»Du bist spät dran«, sagte sie. »Das ist ein Braten. Riecht es nicht gut? Ich habe alle möglichen Gewürze dran getan und Kräuter aus dem Garten. Wenigstens hoffe ich, daß es welche waren.«

»Wenn es keine sind, handelt es sich vermutlich um Belladonna und Digitalisblätter, was sich fein anhört, in Wirklichkeit aber

Tollkirsche und Fingerhut sind. Wo, um alles in der Welt, hast du gesteckt?«
»Ich bin mit Hannibal spazierengegangen.«
Hannibal hatte in diesem Augenblick seinen großen Auftritt. Er stürzte sich auf sein Herrchen und begrüßte ihn so überaus stürmisch, daß Tommy fast umfiel. Hannibal war ein kleiner schwarzer Hund, mit glänzendem Fell und interessanten braunen Flekken auf dem Hinterteil und an der Schnauze. Er war ein Manchester-Terrier edelster Rasse und fühlte sich jedem anderen Hund seiner Bekanntschaft an Klugheit und Vornehmheit weit überlegen.
»Ich habe dich gesucht«, sagte Tommy. »Wo bist du gewesen? Das Wetter war nicht sehr einladend.«
»Ja, es war etwas neblig und feucht. Puh, ich bin ziemlich müde.«
»Wohin bist du gegangen? Nur bis zu den Geschäften?«
»Nein, heute schließen die Läden früher. Ich war auf dem Friedhof.«
»Das hört sich seltsam an. Was wolltest du denn dort?«
»Ich habe nach bestimmten Gräbern gesucht.«
»Du klingst immer düsterer«, stellte Tommy fest. »Hat es Hannibal wenigstens Spaß gemacht?«
»Nein, den mußte ich draußen anhängen. Ein Mann, der wie der Küster aussah, kam immer wieder aus der Kirche. Und ich dachte, er hätte es sicher nicht gern, wenn Hannibal ... na, du weißt schon, falls Hannibal ihn nicht leiden konnte. Ich wollte die Leute nicht gleich gegen uns aufbringen, kaum daß wir eingezogen sind.«
»Und was hast du auf dem Friedhof tatsächlich gesucht?«
»Ich wollte nur wissen, wer da alles beerdigt ist. Viele Leute übrigens; er ist ziemlich voll, viele alte Gräber, auch aus dem vorigen Jahrhundert. Manche Steine waren so verwittert, daß sich die genaue Jahreszahl nicht feststellen ließ.«
»Ich begreife immer noch nicht, was du dort wolltest.«
»Ich habe Ermittlungen angestellt.«
»Ermittlungen?«
»Ich wollte nachsehen, ob die Jordans dort beerdigt sind.«
»Du meine Güte! Hast du diese Geschichte immer noch im Kopf?«
»Immerhin, Mary Jordan ist gestorben. Das wissen wir genau. In

dem Buch steht, daß es kein natürlicher Tod war. Und deswegen muß sie irgendwo begraben sein, oder etwa nicht?«

»Zweifellos«, meinte Tommy, »es sei denn, sie liegt hier im Garten.«

»Das halte ich für nicht sehr wahrscheinlich, weil ich glaube, daß nur der Junge, dieser Alexander, Bescheid wußte. Er muß sich für sehr schlau gehalten haben. Aber wenn er der einzige war, der sich das überlegt hatte – also, ich meine, niemand sonst ist vermutlich darauf gekommen. Sie ist demnach einfach gestorben, normal beerdigt worden, und kein Mensch hat ein Wort darüber . . .«

»Keiner hat behauptet, es wäre nicht mit rechten Dingen zugegangen?« schlug Tommy vor.

»Ja, irgend so etwas – vergiftet, oder ein Schlag auf den Kopf, ein Sturz über eine Klippe, vielleicht ein Autozusammenstoß. Da gibt es viele Möglichkeiten.«

»Die dir alle sofort einfallen«, sagte Tommy. »Ein Glück, daß du ein weiches Herz hast, Tuppence, und nicht zum Spaß diese Möglichkeiten durchprobierst.«

»Auf dem Friedhof liegt keine Mary Jordan. Es waren überhaupt keine Jordans da.«

»Wie bedauerlich. Sag mal, ist dein Braten bald fertig? Ich habe schrecklichen Hunger, und es riecht köstlich.«

»Du brauchst dir nur noch die Hände zu waschen, dann können wir essen.«

4

»Viele Parkinsons liegen auf dem Friedhof«, sagte Tuppence beim Essen. »Mehrere Generationen; die Zahl ist beachtlich! Alte, junge, verheiratete – es wimmelt von Parkinsons. Und Capes und Griffins und Underwoods und Overwoods. Komisch, daß beide Sorten von Woods vertreten sind, was?«

»Ich hatte einen Freund namens George Underwood«, stellte Tommy fest.

»Ja, Underwoods habe ich auch gekannt, aber keine Overwoods.«

»Männliche oder weibliche?« fragte Tommy etwas interessierter.
»Ein Mädchen, Rose Underwood.«
»Rose Underwood.« Tommy lauschte dem Klang des Namens nach. »Das paßt nicht besonders gut zusammen.« Einen Augenblick später fügte er hinzu: »Nach dem Essen muß ich den Elektriker wieder anrufen. Paß oben auf dem Treppenabsatz auf, Tuppence, sonst brichst du ein!«
»Dann sterbe ich eines natürlichen oder auch eines unnatürlichen Todes. Eins von beiden.«
»Tod aus Neugier«, sagte Tommy. »Neugier ist gefährlich.«
»Bist du nie neugierig, Tommy?«
»Ich sehe einfach keinen Anlaß zur Neugier. Was gibt es zum Nachtisch?«
»Sirupkuchen.«
»Mein Kompliment, Tuppence, es war ein köstliches Essen.«
»Ich freue mich, wenn es dir geschmeckt hat.«
»Was ist mit dem Paket vor der Hintertür? Ist es etwa der Wein, den wir bestellt haben?«
»Nein, es sind Blumenzwiebeln.«
»So?«
»Tulpenzwiebeln. Ich muß gleich mal mit dem alten Isaac sprechen.«
»Wo willst du sie denn einpflanzen?«
»Ich dachte rechts und links vom Mittelweg.«
»Der arme alte Kerl. Ich habe immer Angst, er fällt im nächsten Augenblick tot um«, sagte Tommy.
»Nicht die Spur. Isaac ist zäh. Übrigens scheint das eine Eigenschaft von Gärtnern zu sein. Sehr gute Gärtner, habe ich festgestellt, laufen erst zur Hochform auf, wenn sie über achtzig sind. Aber wenn ein blühend aussehender junger Mann von etwa Mitte Dreißig sagt, er wollte immer schon gern im Garten arbeiten, kannst du sicher sein, daß er nicht viel tut. Die wollen immer nur ein paar Blätter zusammenrechen. Wenn man von ihnen mehr verlangt, behaupten sie einfach, es wäre nicht die richtige Jahreszeit. Und da man meistens nicht weiß, wann die richtige Jahreszeit ist – ich wenigstens nicht –, kommt man nie gegen sie an. Aber Isaac ist großartig! Er weiß einfach alles. Es müßten übrigens auch Krokusse dabei sein. Am besten sehe ich mal nach.

Isaac kommt gleich. Er wird es mir erklären.«
»In Ordnung«, sagte Tommy. »Ich leiste dir später Gesellschaft.«
Tuppence und Isaac verstanden sich glänzend. Die Blumenzwiebeln wurden ausgepackt und Beratungen abgehalten, wo die Pflanzen am besten zur Geltung kämen; erst die frühen Tulpen, die schon Ende Februar das Herz erfreuen würden, dann die hübschen Papageientulpen mit den ausgefransten Blütenblättern, dann eine Sorte, die, soviel Tuppence verstand, Viridiflora hieß, besonders schön und langstielig war und Ende Mai bis Anfang Juni blühte. Da sie nur grün blühte, sollte sie in einem hinteren Teil des Gartens gepflanzt werden, um dann für interessante Sträuße im Wohnzimmer verwendet zu werden. Vielleicht konnte man die Zwiebeln auch neben dem Weg vom Gartentor zum Haus stecken, wo die Blüten dann den Neid und die Eifersucht aller Besucher erregen würden.
Um vier Uhr machte Tuppence in der Küche guten, starken Tee in einer braunen Tonkanne. Sie stellte eine Schale Würfelzucker und ein Kännchen Milch dazu und rief Isaac, damit er sich vor dem Nachhauseweg stärkte. Danach machte sie sich auf die Suche nach Tommy.
Wahrscheinlich schläft er irgendwo, dachte sie, während sie von einem Zimmer ins andere ging. Erfreut stellte sie fest, daß aus dem tiefen Loch beim Treppenabsatz ein Kopf hervorschaute.
»Ma'am, jetzt ist es in Ordnung«, sagte der Elektriker. »Sie brauchen nicht länger vorsichtig zu sein. Wir sind fertig.« Leider fügte er hinzu, daß er am nächsten Morgen in einer anderen Ecke von vorn beginnen wollte.
»Hoffentlich kommen Sie auch«, sagte Tuppence. »Haben Sie übrigens Mr. Beresford gesehen?«
»Ihren Mann, meinen Sie? Ja, der ist oben, glaube ich. Er hat was runtergeworfen. Es war was Schweres. Bücher zum Beispiel.«
»Bücher!« seufzte Tuppence. »Nein, so was!«
Der Elektriker kehrte in seine Unterwelt zurück, und Tuppence stieg zum Dachboden hinauf, der als Bibliothek für die Kinderbücher eingerichtet worden war.
Tommy saß auf einer Trittleiter. Um ihn herum lagen mehrere Bücher auf dem Fußboden, in den Regalen waren auffallende Lücken.
»Aha, da bist du ja«, sagte Tuppence. »Und dabei hast du so ge-

tan, als interessierst du dich gar nicht dafür! Du hast eine schöne Unordnung gemacht.«
»Tut mir leid. Ich hatte mich nur mal umsehen wollen.«
»Hast du noch mehr Bücher gefunden, in denen was mit roter Tinte unterstrichen wurde?«
»Nein.«
»Wie schade!«
»Ich glaube, daß es Alexander war. Master Alexander Parkinson.«
»Ja, sicher. Einer von den Parkinsons, den zahllosen Parkinsons.«
»Ich vermute, daß er ein ziemlich fauler Knabe war«, sagte Tommy. »Obwohl es mühsam war, die Buchstaben zu unterstreichen. Aber über den Fall Jordan hat er keine weiteren Informationen hinterlassen.«
»Ich habe den alten Isaac gefragt. Der kennt Gott und die Welt. Er kann sich an keine Jordans erinnern.«
»Was willst du mit der Messinglampe, die du neben die Eingangstür gestellt hast?« fragte Tommy, als er mit ihr nach unten ging.
»Die bringe ich zum Raritätenbasar.«
»Warum?«
»Weil sie so häßlich ist. Wir haben sie auf irgendeiner Reise gekauft, weiß du noch?«
»Ja, da müssen wir verrückt gewesen sein. Du hast sie nie leiden können. Ich kann dir nur beipflichten. Außerdem ist sie sehr schwer, viel zu schwer.«
»Dabei hat Miss Sanderson sich sehr gefreut, als ich sie ihr anbot. Sie wollte sie abholen, aber ich habe gesagt, ich würde sie hinbringen. Heute müssen wir sie abliefern.«
»Wenn du möchtest, erledige ich es.«
»Nein, ich würde lieber selbst fahren.«
»Dann komme ich mit und trage sie dir rein.«
»Ach, ich finde bestimmt jemand, der mir hilft.«
»So sicher ist das nicht. Paß auf, daß du dich nicht überanstrengst.«
»Selbstverständlich.«
»Du hast doch einen bestimmten Grund, warum du hinfährst?«
»Ich wollte eigentlich nur ein bißchen mit den Leuten reden.«

»Ich weiß nie genau, was du ausheckst, Tuppence, aber ich weiß genau, wie du aussiehst, *wenn* du was ausheckst.«
»Geh inzwischen mit Hannibal spazieren, Tommy. Ich kann ihn nicht mitnehmen, denn ich möchte nicht in eine Hundebeißerei geraten.«
»Na schön. Gehen wir, Hannibal!«
Hannibal gab wie stets sofort seine Zustimmung. Zustimmung und Ablehnung waren bei ihm nicht zu verkennen. Er wackelte, wedelte, hob die Pfote, senkte sie wieder und rieb heftig den Kopf gegen Tommys Bein.
So ist's gut, schien er sagen zu wollen, dazu bist du da. Wir machen einen herrlichen Spaziergang mit vielen schönen Gerüchen.
»Los!« sagte Tommy. »Ich nehme die Leine mit. Lauf nicht gleich auf die Straße wie beim letztenmal. Einer von diesen riesigen Lastwagen hätte dich fast überfahren.«
Hannibal sah zu seinem Herrchen auf. Sein Gesichtsausdruck sagte: Ich bin ein braver Hund, tue immer, was du willst. So falsch diese Miene auch war, sie täuschte sehr oft sogar die Menschen, die im engsten Kontakt mit Hannibal lebten.
Tommy trug die Messinglampe zum Auto und murrte über ihr Gewicht. Tuppence fuhr los, und als Tommy den Wagen um die Ecke verschwinden sah, nahm er Hannibal an die Leine und ging die Straße entlang. Er bog in einen kleinen Weg ein, der zur Kirche führte, und ließ Hannibal los, weil so gut wie kein Autoverkehr war. Hannibal genoß die Freiheit, knurrte und schnüffelte an den Grasbüscheln, die am Wegrand zwischen den Pflastersteinen wuchsen. Es war ganz klar, was er gesagt hätte, wenn er hätte sprechen können: Riecht gut, ausgezeichnet, war ein großer Hund, sicher der ekelhafte Schäferhund. Dann ein leises Grollen. Ich kann Schäferhunde nicht ausstehen. Wenn ich den treffe, der mich damals gebissen hat, beiße ich zurück. Aha! Sehr schön, eine reizende kleine Hündin. Würde ich gern treffen. Ob sie wohl weit weg wohnt? Ich glaube, sie stammt aus dem Haus dort.
»Na komm schon aus dem Tor raus«, rief Tommy. »Du sollst nicht zu fremden Häusern laufen!«
Hannibal tat, als hätte er nichts gehört.
»Hannibal!«

Hannibal beschleunigte sein Tempo und bog um die Hausecke, wo es zur Küche ging.
»Hannibal!« schrie Tommy. »Hörst du nicht?«
Ob ich dich höre, mein Lieber, dachte Hannibal. Hast du mich etwa gerufen? Ach ja, natürlich!
Ein böses Bellen aus der Küche drang an sein Ohr. Er trottete aus dem Garten und schloß sich wieder Tommy an. Er blieb ihm dicht auf den Fersen.
»Braver Hund«, sagte Tommy.
Dann waren sie bei der Friedhofspforte. Hannibal, der die Fähigkeit besaß, seine Größe zu verändern, war nun kein ziemlich breiter, ein wenig fetter Hund mehr, sondern ein dünner schwarzer Aal. Er kroch ohne alle Schwierigkeit durch die Gitterstäbe.
»Komm zurück, Hannibal!« rief Tommy. »Du darfst nicht hinein!«
Hannibal ließ sich nicht stören, sondern rannte munter auf dem Friedhof umher, als wäre er in einem besonders reizvollen Garten freigelassen worden.
»Du bist ein böser Hund!« schrie Tommy.
Er riegelte die Pforte auf, trat ein und lief, mit der Leine in der Hand, hinter Hannibal her. Hannibal war bereits in einer weit entfernten Ecke und schien sich durch eine nicht ganz geschlossene Tür Einlaß in die Kirche verschaffen zu wollen. Tommy kam gerade noch rechtzeitig, um das zu verhindern. Er nahm ihn an die Leine. Hannibal sah zu ihm auf, als hätte er es erwartet. So, du nimmst mich an die Leine. Ja, ich weiß, das ist eine Prestigefrage für dich. Es beweist, daß ich ein sehr wertvoller Hund bin.
Er wedelte mit dem Schwanz. Da niemand erschien und dagegen protestierte, daß Hannibal an der Leine mit seinem Herrn durch den Friedhof spazierte, wanderte Tommy umher und überprüfte die Ergebnisse von Tuppences Nachforschungen.
Er betrachtete zuerst ein etwas verwittertes Grabmal hinter einer kleinen Seitentür der Kirche. Er hielt es für eins der ältesten auf dem Friedhof. Es gab mehrere ähnliche Steine, die alle Daten aus dem vorigen Jahrhundert trugen. Dann kam ein Grabstein, vor dem Tommy sehr lange stehen blieb.
»Merkwürdig«, sagte er, »verdammt merkwürdig!«
Hannibal blickte zu ihm auf. Er verstand diesen Teil der Unterhaltung mit seinem Herrchen nicht ganz. Er konnte an dem

Grabstein nichts entdecken, was einen Hund interessiert hätte. Er setzte sich und sah Tommy fragend an.

5

Tuppence war angenehm überrascht, als die Messinglampe, die sie und Tommy seit langem nicht mehr leiden konnten, mit großer Begeisterung in Empfang genommen wurde.
»Wie freundlich von Ihnen, Mrs. Beresford, etwas so Hübsches zu stiften. Ach, was für ein interessantes Stück! Sicher haben Sie sie von einer Ihrer vielen Reisen mitgebracht?«
»Ja, wir haben sie in Ägypten gekauft.«
In Wirklichkeit war Tuppence nicht sicher, wo sie sie gekauft hatten. Jene Reise lag mindestens acht oder zehn Jahre zurück. Es hätte auch Damaskus sein können, dachte sie, vielleicht auch Bagdad oder sogar Teheran. Ägypten aber, fand sie, das jetzt so im Mittelpunkt der Politik stand, machte viel mehr her. Außerdem sah die Lampe ägyptisch aus. Und wenn sie sie auch in einem anderen Land gekauft hatten, stammte sie gewiß aus einer Zeitperiode, in der dort ägyptische Kunst kopiert worden war.
»Wissen Sie, für unser Haus ist sie ein bißchen groß, und darum dachte ich . . .«
»Am besten verlosen wir sie in der Tombola«, meinte Miss Little.
Miss Little hatte den Basar unter sich. Im Ort war sie unter dem Spitznamen »Die Gemeindetrompete« bekannt, weil sie über alles und jedes Bescheid wußte. Der Name entsprach ihr sehr wenig. Sie war eine große, nach allen Richtungen ausladende Dame. Mit Vornamen hieß sie Dorothy, aber niemand nannte sie anders als Dotty.
»Hoffentlich kommen Sie zu unserem Basar, Mrs. Beresford?«
Tuppence versicherte sofort, daß sie bestimmt erscheinen würde.
»Ich kann es gar nicht erwarten, etwas Schönes zu kaufen«, sagte sie überschwenglich.
»Wie nett, daß Sie so denken!«
»Ich halte es für eine glänzende Idee«, erklärte Tuppence. »So einen Raritätenbasar! Da kann jeder Topf seinen Deckel finden,

was?«
»Das muß ich dem Vikar erzählen!« rief Miss Price-Ridley, eine eckige Dame mit vielen Zähnen. »Er wird sich köstlich amüsieren!«
»Diese Papiermachéschüssel zum Beispiel.« Tuppence hob ihre Trophäe entzückt hoch.
»Glauben Sie wirklich, daß jemand sie kauft?«
»Oh, die kaufe ich morgen selber, wenn sie noch zu haben ist.«
»Es gibt jetzt so schöne Schüsseln aus Plastik.«
»Ich mag es nicht besonders«, stellte Tuppence fest. »Ach, und das dort ist ein hübscher Büchsenöffner. Mit einem Ochsenkopf darauf, wie man sie heute gar nicht mehr sieht.«
»Aber mit diesen Dingern ist es so mühsam. Finden Sie die elektrischen Öffner nicht viel praktischer?«
Gespräche dieser Art wurden noch eine Weile geführt, dann fragte Tuppence, ob sie irgendwie helfen könnte.
»Ach, Mrs. Beresford, ob Sie wohl den Stand mit den Andenken einrichten könnten? Sie haben sicher eine künstlerische Ader.«
»Sehr weit her ist es damit bei mir nicht, aber ich würde den Stand sehr gern übernehmen. Sie müssen mir nur sagen, ob ich es auch richtig mache.«
»Wir sind für jede Hilfe dankbar. Und wir freuen uns auch sehr, Sie näher kennenzulernen. Haben Sie sich in Ihrem Haus schon eingelebt?«
»Wir hätten längst mit dem Einrichten fertig sein müssen«, antwortete Tuppence, »aber es fehlt noch so viel. Die Elektriker und Schreiner und alle anderen Handwerker sind so schwierig. Sie kommen immer noch mal wieder.«
Unter den Damen begann ein lebhaftes Gespräch über Handwerker und die Leute vom Gaswerk.
»Die vom Gaswerk sind die schlimmsten«, sagte Miss Little ganz entschieden. »Wissen Sie, die müssen bis von Lower Stamford kommen. Die Leute vom Elektrizitätswerk in Wellbank haben es viel näher.«
Die Ankunft des Vikars und seine Ermutigungen und Lobesworte für die Helferinnen brachten einen Themawechsel. Auch er äußerte seine Freude, sein neues Gemeindemitglied, Mrs. Beresford, kennenzulernen.
»Wir sind genau über Sie unterrichtet«, sagte er. »Ganz genau.

Auch über Ihren Gatten. Ich habe neulich erst ein sehr interessantes Gespräch über Sie beide geführt. Was für ein aufregendes Leben Sie gehabt haben! Vermutlich sollte man nicht darüber reden, und darum werde ich es auch nicht tun. Ich meine damit den Zweiten Weltkrieg. Wie großartig, was Sie und Ihr Mann geleistet haben!«
»Ach, erzählen Sie doch!« rief eine der Damen und ließ ihren Stand im Stich, auf dem sie Marmeladegläser aufgereiht hatte.
»Mir ist es unter dem Siegel strengster Verschwiegenheit erzählt worden«, erwiderte der Vikar. »Ich glaube, ich habe Sie gestern auf dem Friedhof gesehen, Mrs. Beresford.«
»Ja«, bestätigte Tuppence. »Ich war auch in der Kirche. Ich habe entdeckt, daß Sie ein paar sehr schöne alte Fenster haben.«
»Sie stammen aus dem vierzehnten Jahrhundert. Eigentlich nur das im Nordschiff. Die anderen sind fast alle aus viktorianischer Zeit.«
»Auf meinem Weg durch den Friedhof ist mir aufgefallen, daß es viele Gräber der Familie Parkinson gibt.«
»Ja, das kann man wohl sagen. Parkinsons hat es in dieser Gegend wie Sand am Meer gegeben, obwohl ich mich nicht mehr an sie erinnern kann. Sie müssen doch viele gekannt haben, Mrs. Lupton?«
Mrs. Lupton, eine alte Dame, die an zwei Stöcken ging, sah erfreut aus.
»Aber ja«, sagte sie. »Ich erinnere mich noch an die Zeit, als Mrs. Parkinson im Herrenhaus wohnte. Eine fabelhafte alte Dame, ganz großartig!«
»Ja, und dann habe ich noch den Namen Somers gesehen und mehrere Chattertons.«
»Wie gut Sie sich schon in der Dorfgeschichte auskennen!«
»Ich erinnere mich, auch von jemand mit Namen Jordan gehört zu haben – Annie oder Mary Jordan, kann das sein?«
Tuppence sah fragend in die Runde. Der Name Jordan schien auf wenig Interesse zu stoßen.
»Irgend jemand hatte eine Köchin dieses Namens. Ich glaube, Mrs. Blackwell. Sie hieß Susan Jordan. Aber soviel ich weiß, ist sie nur ein halbes Jahr geblieben. Sie war wohl nicht besonders tüchtig.«
»Ist das lange her?«

»Nein, nein. Acht oder zehn Jahre. Länger sicher nicht.«
»Gibt es noch Parkinsons, die hier leben?«
»Nein, schon lange nicht mehr. Einer hat eine Kusine von mir geheiratet. Ich glaube, die sind nach Kenia gegangen.«
Tuppence gelang es, in Hörweite von Mrs. Lupton zu bleiben, die, soviel sie wußte, etwas mit dem nahen Kinderkrankenhaus zu tun hatte. »Wie ist das?« fragte sie. »Können Sie Kinderbücher brauchen? Sie sind sehr alt. Wir haben unseren Vorgängern einige Möbel abgekauft und die Bücher als Zugabe erhalten.«
»Das ist sehr freundlich von Ihnen, Mrs. Beresford. Wir bekommen natürlich sehr gute Bücher gestiftet. Es gibt jetzt so viele Kinderbuchsonderausgaben! Ich habe immer ein bißchen Mitleid mit ihnen, wenn sie den altmodischen Kram lesen müssen.«
»Ach, tatsächlich? Ich habe die Bücher geliebt, die ich als Kind besaß. Einige hatten schon meiner Großmutter gehört. Ich glaube, das waren die allerschönsten. Ich werde die *Schatzinsel* nie vergessen, oder *Die Farm zu den vier Winden* und die Bücher von Stanley Weyman.«
Sie sah sich forschend um, gab dann auf, sah auf die Uhr, stieß einen Schreckensruf aus und verabschiedete sich.

Tuppence fuhr den Wagen in die Garage und lief um das Haus zur Vordertür. Sie stand offen. Albert kam aus dem Wirtschaftstrakt, um sie zu begrüßen.
»Möchten Sie Tee, Madam? Sie sind sicher sehr müde.«
»Danke, ich habe schon Tee getrunken, im Basar. Sie hatten guten Kuchen, aber schreckliche süße Brötchen.«
»Die sind auch schwer zu machen, fast so schwer wie Krapfen.« Er seufzte. »Ach, Amy hat so gute Krapfen gebacken.«
»Ich weiß«, sagte Tuppence. »Ihre Krapfen waren die besten, die ich je gegessen habe.«
Amy war Alberts Frau gewesen. Sie war seit einigen Jahren tot. Nach Tuppences Meinung hatte Amy hervorragende Sirupkuchen gebacken, aber mit ihren Krapfen war es nicht so weit hergewesen.
»Wo ist mein Mann? Ist er ausgegangen?«
»Nein, er ist oben. Auf dem Dachboden, wissen Sie, im Bücherzimmer.«
»Was macht er denn da?« fragte Tuppence leicht verwundert.

»Ich glaube, er sortiert immer noch Bücher oder stellt sie jetzt endgültig auf.«
»Merkwürdig«, meinte Tuppence. »Wo er doch so ein Theater gemacht hat und deswegen ganz unfreundlich zu uns war.«
»Na ja«, sagte Albert, »so sind die Männer eben. Sie haben am liebsten große dicke Bücher, wissenschaftliche Wälzer, an denen sie lange lesen können.«
»Ich werde hinaufgehen und ihn aufscheuchen«, sagte Tuppence. »Wo ist Hannibal?«
»Ich glaube, er ist auch oben.«
In diesem Augenblick tauchte Hannibal auf. Nachdem er mit der leidenschaftlichen Wut gebellt hatte, die er bei einem guten Wachhund für angebracht hielt, hatte er richtig geschlossen, daß sein geliebtes Frauchen zurückgekommen sein mußte und nicht jemand, der das Silber stehlen oder einen Menschen überfallen wollte. Er trottete die Treppe hinunter, mit hechelnder rosa Zunge, und wedelte.
»Na, freust du dich, dein Frauchen wiederzusehen?«
Hannibal bestätigte, daß er sich sehr freute. Er sprang so wild an Tuppence hoch, daß sie beinahe umfiel.
»Langsam, langsam«, rief Tuppence. »Oder willst du mich umbringen?«
Hannibal gab zu erkennen, daß er nur einen Wunsch hatte: Er wollte sie aus Liebe auffressen.
»Wo ist dein Herrchen? Wo? Ist er oben?«
Das verstand Hannibal. Er rannte die Treppe hinauf, wandte den Kopf und wartete.
»Na, so was!« sagte Tuppence, als sie etwas außer Atem ins Bücherzimmer trat und Tommy rittlings auf der Leiter sitzen sah. Er zog Bücher heraus und stellte sie wieder ins Fach. »Was machst du da? Ich dachte, du wolltest mit Hannibal spazierengehen?«
»Wir sind spazieren gewesen«, antwortete Tommy. »Wir waren auf dem Friedhof.«
»Du kannst doch Hannibal nicht auf den Friedhof mitnehmen! Der ist für Hunde verboten.«
»Er war an der Leine. Außerdem habe ich ihn nicht mitgenommen. Er hat *mich* mitgenommen. Ihm scheint der Friedhof gefallen zu haben.«
»Hoffentlich wird das nicht sein Lieblingsplatz. Du weißt doch,

was für ein Gewohnheitstier er ist. Wenn es ihm zur Gewohnheit wird, auf den Friedhof zu gehen, kriegen wir Ärger.«
»Er hat sich sehr ordentlich und klug benommen.«
»Mit ›klug‹ meinst du immer, daß er seinen Willen durchgesetzt hat.«
Hannibal drehte sich zu ihr um und rieb die Nase an ihrer Wade.
»Jetzt will er dir begreiflich machen, daß er ein kluger Hund ist«, erklärte Tommy. »Klüger als wir beide zusammen.«
»Und was soll das heißen?«
»Hast du dich gut amüsiert?« fragte Tommy, plötzlich das Thema wechselnd.
»Das kann man nicht gerade behaupten. Man war sehr freundlich und nett zu mir. Wahrscheinlich werde ich auch noch lernen, die Damen zu unterscheiden. Am Anfang ist das schwierig. Eigentlich sehen sie sich alle ähnlich und sind ähnlich angezogen, und man kann sie kaum auseinanderhalten, falls nicht mal eine besonders schön oder häßlich ist, meine ich. Und das kommt hier auf dem Land seltener vor.«
»Ich wollte dir doch erzählen, daß Hannibal und ich sehr klug waren«, sagte Tommy.
»Ich dachte, nur Hannibal?«
Tommy hob die Hand und nahm ein Buch aus dem Fach unmittelbar vor ihm.
»*Entführt*«, erklärte er. »Ja, noch mal Robert Louis Stevenson. Irgend jemand muß ihn sehr gemocht haben. *Der schwarze Pfeil, Entführt, Catriona* und noch zwei weitere Romane. Alexander hat sie von seiner Großmutter geschenkt bekommen, eins stammt von einer Tante.«
»Und?«
»Und ich habe sein Grab gefunden.«
»Was hast du gefunden?«
»Eigentlich war es Hannibal. Es liegt direkt an der Ecke, bei einer der kleinen Seitentüren der Kirche. Es könnte die Tür zur Sakristei sein. Es ist sehr verwittert und ungepflegt, aber es ist sein Grab. Er starb mit vierzehn: Alexander Richard Parkinson. Hannibal hatte herumgeschnüffelt, ich wollte ihn fortziehen und habe dabei die Inschrift gesehen und entziffert, obwohl sie so verwittert ist.«
»Mit vierzehn«, sagte Tuppence. »Noch ein Kind!«

»Ja, es ist traurig und . . .«
»Du denkst doch an was Bestimmtes.«
»Ach, ich habe mir nur Gedanken gemacht. Wahrscheinlich hast du mich angesteckt, Tuppence. Es ist schrecklich mit dir, wenn du dich für irgend etwas interessierst, dann genügt es dir nicht, dich allein damit zu beschäftigen, du mußt noch jemand anders mit hineinziehen.«
»Was heißt das?«
»Ich frage mich, ob es ein Fall von Ursache und Wirkung ist.«
»Wovon redest du bloß, Tommy?«
»Ich habe mir Gedanken über Alexander Parkinson gemacht, der sich so viel Mühe gegeben hat – und sicher mit Feuereifer bei der Sache war –, einen Geheimcode oder eine Geheimbotschaft in einem Buch zu hinterlassen. ›Mary Jordan ist keines natürlichen Todes gestorben.‹ Nehmen wir mal an, das stimmt? Nehmen wir an, diese Mary Jordan, wer sie auch gewesen sein mag, ist nicht auf natürliche Weise gestorben? Könnte es dann nicht sein, daß Alexander Parkinson als nächster starb?«
»Glaubst du wirklich . . .«
»Es hat mich nachdenklich gestimmt – er wurde nur vierzehn Jahre alt. Aus der Inschrift geht nicht hervor, woran er gestorben ist. Es steht nur ein Grabspruch da: ›In deiner Gegenwart ist die Freude am größten.‹ Etwas in dem Sinn. Aber – er könnte etwas gewußt haben, was jemand gefährlich wurde. Und deshalb – ist er gestorben.«
»Du meinst, er wurde ermordet? Reine Einbildung, mein Lieber!«
»Du hast damit angefangen! Außerdem läuft es auf dasselbe hinaus, findest du nicht?«
»Ja, vermutlich werden wir uns weiter Gedanken machen«, sagte Tuppence, »aber wir werden nie etwas Genaues herausbekommen, weil alles endlos viele Jahre her ist.«
Sie sahen sich an.
»Es muß zu der Zeit gewesen sein, als wir wegen Jane Finn Nachforschungen angestellt haben«, sagte Tommy.
Wieder sahen sie sich an, und ihre Gedanken wanderten in die Vergangenheit zurück.

6

Der Umzug ins eigene Haus ist oft mit angenehmen Vorstellungen und Vorfreude verbunden, aber leider gehen die Erwartungen nicht immer in Erfüllung.

Verbindungen müssen aufgefrischt oder aufgenommen werden, mit Elektrikern, Baufirmen, mit Tischlern, Malern, Tapezierern, den Geschäften für Gasherde und elektrische Geräte, mit Polsterern, Dekorateuren, den Firmen, die Linoleum legen oder Teppiche liefern. Jeder Tag bringt nicht nur die normalen Aufgaben, sondern noch eine Menge Besucher, die entweder seit langem erwartet wurden oder mit deren Erscheinen man nicht mehr gerechnet hatte.

Dennoch gab es Augenblicke, in denen Tuppence mit erleichtertem Aufseufzen das Ende verschiedener Tätigkeiten auf verschiedenen Gebieten ankündigte.

»Ich glaube fast, daß die Küche jetzt endgültig fertig ist«, sagte sie, »nur kann ich nicht die passende Mehldose auftreiben.«

»Ach«, sagte Tommy, »ist das wichtig?«

»Wieso nicht? Weißt du, Mehl kauft man oft in Dreipfundtüten, und dafür sind dann diese Dosen viel zu klein. Sie sind alle so niedlich. Eine ist mit einer hübschen Rose bemalt und die andere mit einer Sonnenblume, aber mehr als ein Pfund geht nicht hinein, und das ist lästig.«

Hin und wieder machte Tuppence auch Vorschläge, wie das Haus genannt werden sollte.

»*Lorbeerhaus*«, sagte sie, »so ein dummer Name, findest du nicht? Ich weiß gar nicht, warum es so heißt. Es gibt hier keine Lorbeeren. *Zu den Platanen* hätte viel besser gepaßt. Platanen sind sehr schöne Bäume.«

»Ehe es zum *Lorbeerhaus* wurde, hieß es *Long Scofield*. Wenigstens hat man mir das erzählt.«

»Auch wieder ein Name, der nichts bedeutet«, stellte Tuppence fest. »Was oder wer ist Scofield, und wer hat damals hier gewohnt?«

»Ich glaube, die Leute hießen Waddington.«

»Ich kriege das nie klar«, sagte Tuppence. »Waddingtons, dann die Jones, die es an uns verkauft haben. Davor waren es die Blackmores, nicht wahr? Und davor vermutlich die Parkinsons.

Es gibt eine Menge Parkinsons. Ich entdecke immer mehr.«
»Wieso?«
»Ach, es liegt wohl daran, daß ich so viel herumfrage. Weißt du, wenn ich was über die Parkinsons herausbekommen könnte, kämen wir mit unserem – na, sagen wir, unserem Problem besser voran.«
»Heutzutage nennt man einfach alles ein Problem. Und unser Problem ist also Mary Jordan, wie?«
»Nicht nur das, Tommy. Wir haben das Problem Familie Parkinson, das Problem Mary Jordan und vermutlich noch eine Menge anderer. ›Mary Jordan ist keines natürlichen Todes gestorben‹, aber dann geht die Botschaft ja gleich weiter; es heißt: ›Es war einer von uns.‹ Bedeutet das, einer aus der Familie Parkinson, oder lebte sonst noch jemand hier? Sagen wir mal, es gab zwei oder drei junge Parkinsons, dann ältere Parkinsons und Leute, die anders hießen, aber Tanten, Neffen oder Nichten waren. Vermutlich hatten sie auch ein Hausmädchen und eine Zofe und eine Köchin oder eine Gouvernante und vielleicht auch – nein, für ein Au-pair-Mädchen ist es zu lange her –, aber ›einer von uns‹ wird sich schon auf den ganzen Haushalt beziehen. Und zu einem Haushalt gehörten damals viel mehr Menschen als heute. Schön, Mary Jordan kann ein Hausmädchen oder die Köchin gewesen sein. Und warum sollte jemand ihren Tod wünschen? Jemand muß ihren Tod gewollt haben, sonst wäre ihr Tod doch ganz normal gewesen, nicht wahr? Übrigens bin ich übermorgen wieder zum Morgenkaffee eingeladen.«
»Du scheinst unentwegt zu morgendlichen Kaffee-Einladungen zu gehen«, bemerkte Tommy.
»Ach, es ist eine praktische Methode, seine Nachbarn kennenzulernen und auch viele andere Einwohner aus dem Ort. Schließlich ist das Dorf nicht besonders groß. Die Leute reden auch dauernd über alte Tanten oder Bekannte von früher. Ich werde mir zuerst Mrs. Griffin vornehmen, offenbar das Unikum in der Gegend. Nach allem, was ich gehört habe, hat sie mit eiserner Hand regiert. Weißt du, sie hat den Vikar tyrannisiert und den Doktor und die Gemeindeschwester und wen sie sonst noch in Reichweite hatte.«
»Könnte die Gemeindeschwester nicht nützlich sein?«
»Das glaube ich nicht. Sie ist tot. Ich meine die, die zur Zeit der

Parkinsons hier gelebt haben muß. Die jetzige ist noch nicht lange hier und interessiert sich nicht sehr für das Dorf. Die hat bestimmt nie einen Parkinson gekannt.«

»Ich wollte«, seufzte Tommy, »ich wollte, wir könnten alle Parkinsons vergessen!«

»Du meinst, dann gäbe es das ganze Problem nicht?«

»Ach, du meine Güte! Schon wieder das Wort Problem!«

»Daran ist Beatrice schuld.«

»Wieso Beatrice?«

»Sie hat das Wort ›Probleme‹ eingeführt. Nein, eigentlich war es Elizabeth, die Putzfrau, die wir vor ihr hatten. Ständig kam sie an und sagte: ›Ach, Madam, kann ich Sie eine Minute sprechen? Ich hab' da nämlich ein Problem.‹ Ihre Nachfolgerin an den Donnerstagen war Beatrice; sie muß sich angesteckt haben, denn sie hat auch Probleme. Es heißt einfach, daß sie was von mir will, aber es hat immer den Namen ›Problem‹.«

»Na schön«, sagte Tommy. »Lassen wir's gut sein. Du hast ein Problem – ich habe ein Problem – wir haben beide Probleme.«

Tuppence ging langsam die Treppe hinunter und schüttelte den Kopf, als Hannibal ihr erwartungsvoll entgegenlief. Er wedelte und hoffte, daß etwas Angenehmes geschehen würde.

»Nein, Hannibal. Du bist schon draußen gewesen. Du hast deinen Morgenspaziergang gehabt!«

Hannibal fand, daß sie sich täuschen müßte, er war noch nicht spazierengegangen.

»Du bist der verlogenste Hund, den ich kenne«, rief Tuppence. »Du warst mit Herrchen draußen.«

Hannibal machte einen zweiten Versuch, der auf alle nur möglichen hündischen Ausdrucksarten zeigen sollte, daß jedem Hund ein zweiter Spaziergang zustand, hätte er nur einen Besitzer, der die Dinge im rechten Licht sähe. Über den ausbleibenden Erfolg enttäuscht, lief er die Treppe hinunter und schnappte laut bellend nach einem Mädchen mit zerzausten Haaren, das staubsaugte. Er mochte keine Staubsauger und hatte etwas dagegen, daß Tuppence sich in ein Gespräch mit Beatrice vertiefte.

»Oh, passen Sie auf, daß er mich nicht beißt«, rief Beatrice.

»Der beißt Sie nicht. Er tut nur so.«

»Na, ich glaube, daß er eines Tages tatsächlich zubeißt. Ach, übri-

gens, Madam, haben Sie einen Augenblick Zeit?«
»Oh«, sagte Tuppence. »Meinen Sie, daß Sie . . .«
»Ja, sehen Sie, Madam, ich hab' da ein Problem.«
»Das hatte ich mir fast gedacht. Um was geht es denn? Übrigens, kennen Sie zufällig eine Familie oder einen Mann namens Jordan? Sie sollen früher hier gewohnt haben.«
»Jordan? Nein, nicht daß ich wüßte. Die Johnsons, ja, die kenne ich. Der eine war Polizist, ein anderer Postbote: George Johnson. Er war mein Freund.« Sie kicherte.
»Haben Sie nie von einer Mary Jordan gehört?«
Beatrice sah sie verwundert an. Sie schüttelte nur den Kopf und ging dann wieder zum Angriff über. »Wegen meinem Problem, Madam . . .«
»Ja, natürlich, Ihr Problem.«
»Hoffentlich belästige ich Sie nicht zu sehr, Madam, aber ich bin in einer schwierigen Lage und möchte nicht . . .«
»Könnten Sie sich nicht kurz fassen?« fragte Tuppence. »Ich muß gleich weg. Ich bin zum Kaffee eingeladen.«
»Ja, stimmt. Bei Mrs. Barber, nicht wahr?«
»Ja. Und was ist nun Ihr Problem?«
»Es geht um einen Mantel. Es war so ein schöner Mantel. Bei Simmonds im Laden. Ich bin reingegangen und hab' ihn anprobiert, und er hat mir sehr gut gefallen. Na, und da war ein kleiner Fleck dicht über dem Saum, wissen Sie, aber ich dachte, daß das keine große Rolle spielt. Außerdem . . .«
»Ja?«
»Es war wohl der Grund, warum er so billig war. Ich hab' ihn also gekauft. Als ich nach Hause kam, hab' ich das Preisschild gefunden, auf dem stand nicht drei Pfund siebzig, sondern sechs Pfund. Wissen Sie, Madam, da wußte ich nicht, was ich machen sollte. Schließlich bin ich wieder zum Geschäft gegangen. Ich dachte, es wäre besser, ich brächte ihn zurück und erkläre ihnen, daß ich ihn zu so einem Preis nicht kaufen würde. Aber dann war da die Verkäuferin – sie ist sehr nett und heißt Gladys –, die hat sich furchtbar aufgeregt, und ich hab' gesagt: ›Dann zahle ich eben den Rest.‹ Doch sie hat gesagt: ›Das geht gar nicht, es ist schon alles verbucht.‹ Verstehen Sie, was ich meine?«
»Ich glaube, ja«, sagte Tuppence.
»Und dann hat sie hinzugefügt: ›Das können Sie nicht, sonst be-

komme ich Ärger.‹«
»Wieso Ärger?«
»Das hab' ich auch nicht verstanden. Sie hat mir erklärt, es wäre ein Fehler gewesen, daß sie nicht den richtigen Preiszettel gesehen und mir den Mantel zu billig verkauft hätte. Und deshalb könnte sie entlassen werden.«
»Ach, das glaube ich nicht«, erwiderte Tuppence. »Ich finde, Sie haben es ganz richtig gemacht. Eine bessere Lösung wüßte ich nicht.«
»Schon, aber es kam ganz anders: Sie hat sich schrecklich aufgeregt und angefangen zu heulen, bis ich den Mantel wieder mitgenommen habe. Und nun ist mir nicht klar, ob ich den Laden betrogen habe oder – also, ich weiß nicht, was ich tun soll.«
»Ich glaube, ich bin einfach zu alt, um Ihnen raten zu können. Heute ist in den Läden alles so verrückt! Die Preise sind mir unverständlich, und alles ist so schwierig. An Ihrer Stelle würde ich, wenn Sie die Differenz bezahlen wollen, das Geld Gladys geben. Sie kann es einfach in die Kasse legen.«
»Das möchte ich nicht so gern, weil sie es vielleicht behält, wissen Sie. Ich meine, jetzt ist es so, als hätte ich das Geld gestohlen, aber das wollte ich gar nicht. Wenn ich es ihr gebe, sieht es so aus, als hätte sie es gestohlen. Und so ganz traue ich ihr nicht. Ach, du meine Güte!«
»Tja«, sagte Tuppence. »Das Leben ist schwierig, was? Tut mir leid, Beatrice, ich glaube, das müssen Sie selbst entscheiden. Wenn Sie Ihrer Freundin nicht trauen können . . .«
»Es ist keine richtige Freundin. Ich kaufe nur bei ihr, und sie ist immer so nett. Ich glaube, sie hat schon mal Ärger gehabt, es hieß, sie hätte bei einem Verkauf Geld zurückbehalten oder so was.«
»Na, in dem Fall«, antwortete Tuppence leicht verzweifelt, »würde ich nichts unternehmen.«
Sie sagte das so streng, daß sich Hannibal in die Beratung einmischte. Er bellte Beatrice laut an und machte einen großen Satz auf den Staubsauger zu, den er für einen seiner Hauptfeinde hielt.
»Sei still, Hannibal! Hör mit dem Gebell auf und laß das Beißen sein!« schimpfte Tuppence. »Oh, ich komme viel zu spät!«
Sie lief aus dem Haus.

»Überall Probleme«, brummte Tuppence vor sich hin, als sie den Hügel hinunterging und in den Obstgartenweg einbog. Dabei überlegte sie, wie schon oft, ob eins der Häuser am Weg je einen Obstgarten gehabt hatte. Es erschien ihr unwahrscheinlich.

Mrs. Barber empfing sie überaus freundlich und tischte verlokkend aussehende Eclairs auf.

»Hm«, sagte Tuppence, »sie sehen wunderbar aus. Sind sie von Betterby?«

Betterby war die Konditorei des Ortes.

»Nein, meine Tante hat sie gebacken. So etwas kann sie hervorragend.«

»Eclairs sind sehr schwierig zu machen. Ich habe damit nie Glück.«

»Man muß ein bestimmtes Mehl verwenden. Ich glaube, das ist das ganze Geheimnis.«

Die Damen tranken Kaffee und plauderten über die Tücken des Kuchenbackens.

»Miss Bolland hat neulich von Ihnen gesprochen, Mrs. Beresford.«

»Ach? Wirklich? Wer ist Miss Bolland?«

»Sie wohnt neben dem Pfarrhaus. Ihre Familie ist schon sehr lange hier. Sie hat erzählt, daß sie bereits als Kind hier zu Besuch war. Sie hätte sich immer so darauf gefreut, wegen der guten Stachelbeeren im Garten. Und wegen der Reineclauden. Solche Pflaumenbäume sieht man heute kaum. Gelbe Pflaumen gibt es wohl, aber die schmecken anders.«

Die Damen sprachen über Früchte und Obstsorten, die heute nicht mehr so schmeckten, wie sie in ihrer Kindheit geschmeckt hatten.

»Mein Großonkel hatte auch Reineclauden«, stellte Tuppence fest.

»Ach? War das der Domherr in Anchester? Hier hat früher ein Domherr Henderson mit seiner Schwester gelebt – eine traurige Geschichte. Sie hat Kümmelkuchen gegessen, ein Kümmelkorn ist ihr in die falsche Kehle geraten, und sie ist daran erstickt. Wenigstens wird das behauptet. Ist das nicht schrecklich? Einer meiner Vettern ist auch erstickt, an einem Stück Hammelfleisch. Angeblich kann es ganz leicht passieren. Es soll ja Menschen geben, die am Schluckauf gestorben sind, weil sie einfach nicht aufhören konnten.«

7

»Kann ich Sie einen Augenblick sprechen, Madam?«
»O je«, sagte Tuppence. »Schon wieder Probleme?«
Sie kam aus dem Bücherzimmer und klopfte sich ein paar Staubflocken ab, denn sie trug ihren besten Rock und Mantel. Sie wollte noch einen Hut aufsetzen und dann zu einer Tee-Einladung aufbrechen, bei einer Bekannten, die sie im Kuriositätenbasar kennengelernt hatte. Es war nicht der richtige Zeitpunkt, fand sie, um Beatrices Problemen zu lauschen.
»Ich wollte Ihnen etwas erzählen, weil ich dachte, daß es Sie interessiert.«
»Ja?« sagte Tuppence zögernd. Sie hatte immer noch den Verdacht, daß es sich um ein verkapptes Problem handeln könnte. »Ich habe es ziemlich eilig, weil ich zum Tee eingeladen bin.«
»Es geht um jemand, nach dem Sie mich gefragt haben. Sie hieß Mary Jordan, nicht wahr? Erst haben die Leute geglaubt, es müßte Mary Johnson sein. Wissen Sie, es hat mal eine Belinda Johnson gegeben, die in der Post arbeitete. Das ist lange her.«
»Ja, und auch einen Polizisten namens Johnson.«
»Also, diese Freundin von mir – Gwenda. Sie kennen doch den Laden – auf der einen Seite ist die Post und auf der anderen Seite gibt's Postkarten und Briefumschläge und so, und auch Porzellan, meistens vor Weihnachten . . .«
»Ich weiß«, unterbrach sie Tuppence. »Über dem Laden steht ›Mrs. Garrison‹ oder so ähnlich.«
»Ja, bloß daß er heute längst nicht mehr den Garrisons gehört. Die Besitzer heißen jetzt anders. Also, Gwenda hat von einer Mary Jordan gehört, die vor langer Zeit hier gelebt hat. Es ist sehr lange her! Sie hat in diesem Haus gewohnt, meine ich.«
»Ach? Hier im *Lorbeerhaus*?«
»Damals hieß es anders. Gwenda hat was über sie gehört und dachte, es könnte Sie interessieren. Es ist eine traurige Geschichte gewesen; sie ist verunglückt, oder es war ein Unfall. Auf jeden

Fall ist sie gestorben.«
»Hat sie im *Lorbeerhaus* gewohnt, als sie starb? Gehörte sie zur Familie?«
»Nein, die Familie hat Parker geheißen, Parker gibt's hier viele. Oder Parkinson. Bei denen soll sie gewohnt haben. Mrs. Griffin wird sicher Genaueres wissen. Kennen Sie Mrs. Griffin?«
»Flüchtig. Bei ihr bin ich heute nachmittag zum Tee eingeladen. Ich habe auf dem Basar mit ihr gesprochen. Da habe ich sie kennengelernt.«
»Sie ist sehr alt, viel älter, als sie wirkt, aber sie hat ein ausgezeichnetes Gedächtnis. Ich glaube, einer von den Parkinson-Jungen war ihr Patenkind.«
»Wie heißt er mit Vornamen?«
»Alec, wenn ich mich richtig erinnere. Alec oder Alex.«
»Was ist aus ihm geworden? Ist er weggezogen, als er erwachsen war, zur Armee gegangen oder zur Marine?«
»Nein. Er ist gestorben und muß hier beerdigt worden sein. Es war so ein Fall, über den keiner Genaueres wußte. Es hat was mit einem Namen zu tun.«
»Meinen Sie eine Krankheit?«
»So was wie Hodgkin, ja. Ich kenne mich nicht so aus – das Blut bekommt eine falsche Farbe. Heute zapft man, glaube ich, das Blut ab und gibt ihnen dafür frisches. Auch dann soll man noch dran sterben. Mrs. Billings – vom Schokoladengeschäft, wissen Sie – hatte eine kleine Tochter, die dran gestorben ist. Sie war erst sieben. Es heißt, sie sterben sehr jung.«
»Leukämie?« fragte Tuppence.
»Was, das wissen Sie? Ja, das war's. Ich bin ganz sicher! Angeblich kann jetzt jeden Tag ein Mittel dagegen entdeckt werden. Wie sie einen heute ja auch gegen Typhus impfen.«
»Das ist sehr interessant«, sagte Tuppence. »Armer kleiner Kerl!«
»Och, er war gar nicht mehr so jung. Ich glaube, er ging irgendwo zur Schule. Er muß dreizehn oder vierzehn gewesen sein.«
»Trotzdem ist es sehr traurig.« Tuppence hielt inne und rief dann: »Du meine Güte, jetzt komme ich zu spät. Ich muß mich beeilen.«
»Sicherlich kann Ihnen Mrs. Griffin war erzählen! Sie war als Kind schon hier und hat viel gehört. Sie erzählt oft von Leuten,

die früher hier gelebt haben. Und was es da für Skandale gegeben hat! Was alles passiert ist!«
Beatrice fiel es schwer, sich von ihrer Arbeitgeberin zu trennen, jetzt, da das Thema gerade interessant wurde.
»Nun, ich glaube, die Mädchen waren früher sehr brav, sie wurden streng erzogen und haben jung geheiratet, manchmal auch Adlige.«
»Wie schön!« rief Beatrice. »Da gab's feine Kleider, Pferderennen und viele Bälle.«
»Ja, sicher.«
»Ich hab' mal ein Mädchen gekannt, deren Großmutter war Hausmädchen in so einem vornehmen Haus. Alle sind gekommen! Wissen Sie, der Prinz von Wales auch! Später wurde er Edward VII. Er soll schrecklich nett gewesen sein, zum ganzen Personal und allen Leuten. Als sie wegging, hat sie das Stück Seife mitgenommen, mit dem er sich gewaschen hat. Sie hat es aufgehoben und uns Kindern gezeigt.«
»Das war sicher sehr aufregend. Es muß überhaupt eine interessante Zeit gewesen sein. Vielleicht hat er sogar mal im *Lorbeerhaus* gewohnt.«
»Nein, ich glaube nicht. Das hätte ich bestimmt gehört. Hier waren nur die Parkinsons, keine Gräfinnen und Lords und Ladys, sondern Kaufleute. Sehr reich, wissen Sie, und was so dazugehört, aber viel Aufregendes ist an Kaufleuten nicht dran, was?«
»Je nachdem«, meinte Tuppence und fügte hinzu: »Ich glaube, ich muß jetzt . . .«
»Ja, es wird wirklich Zeit, Madam!«
»Jedenfalls, vielen Dank. Ich glaube, ich setze lieber keinen Hut auf. Mein Haar ist schon unordentlich genug.«
»Ja, Sie haben den Kopf in die Ecke gesteckt, wo noch so viele Spinnweben waren. Ich werde sie sofort wegmachen, falls Sie da wieder suchen müssen.«
Tuppence lief die Treppe hinunter.
Alexander ist hier auch hinuntergerannt, dachte sie. Sicher sehr oft. Und er wußte, daß es einer »von ihnen« war. Ich würde zu gern wissen, was damals passiert ist. Zu gern!

8

»Ich freue mich sehr, daß Sie und Ihr Mann hierhergezogen sind, Mrs. Beresford«, sagte Mrs. Griffin, während sie Tee einschenkte. »Nehmen Sie Milch, Zucker?«
Sie bot ihr eine Platte mit Brötchen an, und Tuppence bediente sich.
»Auf dem Land ist es so wichtig, nette Nachbarn zu haben, mit denen man sich versteht. Waren Sie früher schon in unserer Gegend?«
»Nein, nie«, sagte Tuppence. »Wir haben natürlich viele Häuser besichtigt, die uns von Maklern empfohlen wurden. Die meisten waren ziemlich schrecklich, aber das ist wohl immer so. In einer Beschreibung nannte man es zum Beispiel: ›mit altmodischem Charme‹.«
»Ja, das kenne ich«, sagte Mrs. Griffin. »›Altmodischer Charme‹ bedeutet meistens, daß man das Dach neu decken muß und alle Wände feucht sind. ›Von Grund auf modernisiert‹ ist auch so ein Ausdruck. Lauter überflüssiger Unsinn und eine Aussicht auf häßliche alte Kästen. Aber Ihr *Lorbeerhaus* ist wirklich reizend. Allerdings werden Sie sicher viel zu renovieren haben. Das läßt sich wohl kaum vermeiden.«
»Ich glaube, es haben viele Familien dort gewohnt«, sagte Tuppence.
»Ja. Heute scheint es niemand mehr lange an einem Ort auszuhalten. Die Cuthbertsons haben dort gelebt, dann die Redlands, dazwischen die Seymours. Zuletzt waren es die Jones.«
»Wir haben uns etwas über den Namen gewundert. Warum ausgerechnet *Lorbeerhaus*?«
»Ach, das war einfach ein beliebter Name. Wenn man lange genug zurückgeht – etwa bis in die Zeit der Parkinsons –, hat es vermutlich Lorbeerbäume gegeben. Wahrscheinlich hatten sie so eine gewundene Auffahrt, an der Lorbeerbüsche standen, sicher auch welche von der gefleckten Sorte. Gefleckten Lorbeer habe ich nie gemocht.«
»Das geht mir genauso«, sagte Tuppence. »Ich finde ihn auch nicht schön. Übrigens muß es hier sehr viele Parkinsons gegeben haben.«
»Ja, ich glaube, sie haben dort länger gewohnt als alle anderen.«

»Trotzdem hat mir niemand was über sie erzählen können.«
»Na ja, es ist schon so lange her. Und nach dem – ja, ich glaube, so war es –, nach dem Ärger gab es soviel Gerede, daß es einen wirklich nicht wundert, wenn sie das Haus verkauften.«
»Ach, hatte es einen schlechten Ruf?« fragte Tuppence auf gut Glück. »Galt es etwa als ungesund oder so etwas?«
»Oh, nein, das Haus hatte nichts damit zu tun, nur seine Bewohner. Na ja, es war, sagen wir, die Schande – während des Ersten Weltkriegs. Niemand konnte es glauben. Meine Großmutter redete immer davon. Sie sagte, es wäre um Marinepläne gegangen, um ein neues U-Boot. Bei den Parkinsons lebte ein Mädchen, das damit zu tun gehabt haben soll.«
»Mary Jordan?« fragte Tuppence.
»Ja, Sie haben recht, so hieß sie. Später kam der Verdacht auf, es wäre nicht ihr richtiger Name gewesen. Sie soll schon längere Zeit verdächtigt worden sein. Von dem Jungen bestimmt. Von Alexander. Der war sehr nett und intelligent.«

9

Tuppence suchte Geburtstagskarten aus. Der Nachmittag war regnerisch, die Poststelle fast leer. Die Leute steckten Briefe in den Kasten vor dem Haus oder kamen nur hastig herein, um Briefmarken zu kaufen. Jeder strebte so schnell wie möglich nach Hause. Es war kein Nachmittag, der zum Einkaufen reizte. Tuppence fand, daß sie den Tag nicht besser hätte wählen können.
Gwenda, die sie nach Beatrices Beschreibung sofort erkannt hatte, war gern bereit, ihre Wünsche zu erfüllen. Sie war für den Laden der Poststelle zuständig. Eine ältere Frau mit grauen Haaren leitete den Postbetrieb. Gwenda, ein redefreudiges Mädchen, das sich für alle Neuankömmlinge im Ort interessierte, fühlte sich zwischen den Weihnachts- und Geburtstagskarten, den Glückwunschkarten zu jeder Gelegenheit, dem Briefpapier, einem Sortiment Schokolade und einem kleinen Porzellanvorrat für den Hausgebrauch offensichtlich wohl. Sie und Tuppence hatten sich rasch angefreundet.

»Ich freue mich wirklich, daß das Haus wieder bewohnt ist. Das *Prinzenhaus.*«

»Ich dachte, es hätte immer *Lorbeerhaus* geheißen?«

»Nein, ich glaube, so hat man es nie genannt. Hier in der Gegend bekommen die Häuser ständig neue Namen. Es scheint den Leuten Spaß zu machen, wissen Sie.«

»Das kommt mir auch so vor«, sagte Tuppence nachdenklich. »Sogar *wir* haben uns ein, zwei Namen ausgedacht. Übrigens hat mir Beatrice erzählt, Sie hätten jemand gekannt, der in unserem Haus gewohnt hat, eine gewisse Mary Jordan.«

»Gekannt hab' ich sie nicht, aber ich habe von ihr gehört. Das war im Krieg, aber nicht im letzten. Es war der davor, in dem sie mit Zeppelinen kamen.«

»Ja, von den Zeppelinen habe ich auch gehört, daran erinnere ich mich.«

»1915 oder 1916 waren sie über London.«

»Ich weiß, ich war mit einer alten Großtante dort mal einkaufen, und da hat es Alarm gegeben.«

»Sie sind manchmal auch nachts gekommen, nicht wahr? Ich kann mir vorstellen, was man da für Angst ausgestanden hat.«

»Ich glaube nicht, daß es nur das war. Die Leute haben sich natürlich sehr aufgeregt, aber so viel Angst wie vor den V-Raketen im Zweiten Weltkrieg haben sie sicher nicht gehabt. Da hatte man immer das Gefühl, als flögen sie hinter einem her, die ganze Straße entlang.«

»Sind Sie jede Nacht in den U-Bahn-Tunnels gesessen? Ich hatte in London eine Freundin. Sie war nachts immer dort, im Bahnhof Warren Street. Jeder hatte seinen bestimmten U-Bahnhof, zu dem er ging.«

»Ich war im letzten Krieg nicht in London«, sagte Tuppence. »Ich hätte nicht gern die Nächte in einem U-Bahn-Tunnel verbracht.«

»Ach, meine Freundin – sie heißt Jenny – fand es großartig. Sie sagte, es wäre so lustig gewesen. Jeder hatte seinen Stammplatz, der für einen freigehalten wurde. Man schlief da, man nahm sich Brote mit und was zu trinken, und es war sehr lustig und unterhaltsam. Das ging die ganze Nacht durch, herrlich! Die Züge fuhren bis zum Morgen. Nach dem Krieg konnte sie sich gar nicht dran gewöhnen, wieder zu Hause zu schlafen. Sie fand es langweilig, wissen Sie.«

»Jedenfalls gab es 1914 noch keine Bomben, nur die Zeppeline.« Es war Gwenda anzumerken, daß das Thema Zeppelin erschöpft war.

»Ich hatte nach dieser Mary Jordan gefragt«, fuhr Tuppence fort. »Beatrice meinte, Sie wissen was über sie.«

»Nicht viel. Ihr Name wurde mal erwähnt, aber das ist Ewigkeiten her. Wunderschönes blondes Haar soll sie gehabt haben, hat meine Großmutter erzählt. Sie war eine Deutsche und hat sich um die Kinder gekümmert – eine Art Kinderschwester. Sie war vorher bei einer Marineoffiziersfamilie, ich glaube in Schottland. Danach ist sie hierher in den Süden gekommen. Sie war bei einer Familie Parks oder Perkins. Einmal in der Woche hatte sie ihren freien Tag und fuhr nach London. Dann hat sie auch das Zeug mitgenommen.«

»Was für Zeug?« fragte Tuppence.

»Das weiß ich nicht. Das hat man mir nie genau erzählt. Wohl Sachen, die sie gestohlen hat.«

»Ist sie beim Stehlen entdeckt worden?«

»Nein, ich glaube nicht. Man fing an, sie zu verdächtigen, aber sie ist krank geworden und gestorben.«

»Woran ist sie gestorben? Und hier im Ort? Sie war ja wohl im Krankenhaus?«

»Nein – da wird's hier noch keines gegeben haben. Damals gab es die staatliche Krankenversicherung noch nicht. Jemand hat mir erzählt, es wäre ein dummes Versehen der Köchin gewesen. Sie hat Fingerhutblätter statt Spinat aus dem Garten geholt, oder statt Salat vielleicht. Nein, das muß jemand anders gewesen sein. Jemand hat was von Tollkirschen erzählt, aber das hab' ich nie geglaubt. Tollkirschen kennt schließlich jeder, nicht wahr? Es sind doch Beeren! Jedenfalls muß was sehr Giftiges drin gewesen sein – sie haben den Arzt geholt, und er hat getan, was er konnte, aber es war zu spät.«

»Wohnten damals viele Leute im Haus?«

»'ne Menge! Es soll nämlich immer sehr viel Besuch dagewesen sein. Und sie hatten Kinder und Wochenendbesuche und eine Gouvernante und ein Kindermädchen. Natürlich haben sie auch viele Feste gefeiert. Selbstverständlich war ich nicht dabei; meine Großmutter hat es mir erzählt. Und der alte Mr. Bodlicott spricht auch manchmal davon, der alte Gärtner, wissen Sie, der hier überall arbeitet. Er war damals dort Gärtner, und erst haben sie es *ihm* anhängen wollen – daß er was Falsches ins Haus geschickt hätte –, aber er war's bestimmt nicht. Es war jemand aus dem Haus, der in den Garten kam, helfen wollte, die Blätter gepflückt und der Köchin gebracht hat. Spinat und Salat und Grünzeug, wissen Sie. Vermutlich hat derjenige nichts von Gemüse verstanden. Bei der gerichtlichen Untersuchung sollen sie so was auch gesagt haben. Es wäre ein Versehen, das jedem hätte passieren können, weil der Spinat direkt neben dem Fingerhut gewachsen ist. Ich denke mir, sie haben eine Handvoll ausgerissen und eben beide Sorten Blätter erwischt. Aber traurig war es doch, denn meine Großmutter sagte, sie wäre ein hübsches Mädchen mit goldenen Haaren gewesen.«

»Und sie ist jede Woche nach London gefahren? An ihrem freien Tag natürlich.«

»Ja, sie soll behauptet haben, sie hätte dort Freunde. Sie war Ausländerin. Man hat sogar davon geredet, daß sie eine deutsche Spionin war.«

»Und war sie eine?«

»Ich glaube nicht. Bei den Männern muß sie sehr gut angekommen sein. Wissen Sie, bei den Marineoffizieren und denen vom Ausbildungslager in Shelton. Da hat sie auch ein oder zwei Freunde gehabt. Im Lager, meine ich.«

»Dann war sie wohl doch eine Spionin?«

»Kaum. Ich meine, meine Großmutter hat gesagt, die Leute hätten so was geredet. Es war auch nicht im Zweiten Weltkrieg. Es war lange, lange vorher.«

»Komisch«, sagte Tuppence, »wie leicht man die Kriege durcheinanderbekommt. Ich habe noch einen sehr alten Mann gekannt, dessen Freund bei Waterloo mitkämpfte.«

»Du meine Güte! Das war doch Jahre vor 1914! Na ja, damals hatten die Leute ausländische Kinderschwestern – Mademoiselles und Fräuleins. Mit den Kindern soll sie sehr nett umgegangen sein. Es wären auch alle mit ihr sehr zufrieden gewesen und hätten sie gern gehabt.«

»Das geschah, als sie hier wohnte, im *Lorbeerhaus*?«

»Damals hieß es anders, ich glaube wenigstens. Sie war bei den Parkinsons oder Perkins. Heute würde man sie ein Au-pair-Mädchen nennen. Sie stammte aus der Stadt, aus der die Pastete kommt, wissen Sie, die es bei Fortnum & Mason zu kaufen gibt. Furchtbar teure Pastete für Einladungen. Eine halb deutsche, halb französische Stadt, hat mir jemand erzählt.«

»Straßburg?« fragte Tuppence.

»Ja, genau! Sie hat auch Bilder gemalt, sogar ein Porträt meiner alten Großtante! Sie hätte zu alt drauf ausgesehen, hat Tante Fanny immer gesagt. Einen von den Parkinson-Jungen hat sie auch gemalt. Die alte Mrs. Griffin besitzt das Bild noch. Der Junge hatte was über sie herausbekommen, der, von dem sie das Bild malte, ein Patensohn von Mrs. Griffin!«

»Hieß er vielleicht Alexander Parkinson?«

»Ja, das stimmt. Er liegt neben der Kirche begraben.«

10

Am nächsten Morgen begab sich Tuppence auf die Suche nach dem alten Isaac, der nur bei feierlichen Anlässen Mr. Bodlicott genannt wurde. Isaac Bodlicott war ein Original, einmal wegen seines Alters – er behauptete, neunzig zu sein, was niemand so recht glaubte –, dann auch wegen seiner Begabung, die seltsamsten Dinge reparieren zu können. Wenn es einem trotz vieler Versuche nicht gelang, den Klempner am Telefon zu erreichen, wandte man sich an den alten Isaac. Ob er die richtige Ausbildung für die Reparaturen besaß oder nicht – jedenfalls hatte er im Laufe seines langen Lebens jedes Problem auf sanitärem Gebiet kennengelernt. Er wußte, wie man warmes Badewasser bekam und Boiler reparierte, gar nicht zu reden von den vielfachen Schwierigkeiten mit elektrischen Geräten. Seine Rechnungen fielen im Vergleich zu denen eines Handwerkers niedrig aus, und seine Arbeit war oft erstaunlich erfolgreich. Er konnte schreinern, mit Schlössern umgehen, Bilder aufhängen – manchmal hingen sie ein wenig schief – und verstand etwas von den Sprungfedern alter Sessel. Der einzige Nachteil war seine unangenehme Angewohnheit, ununterbrochen zu reden, wobei sein Kampf mit den falschen Zähnen es kaum möglich machte, seiner Konversation zu folgen. Seine Erinnerungen an frühere Bewohner des Dorfs schienen uferlos, nur war es schwer abzuschätzen, wieweit seine Glaubwürdigkeit ging. Mr. Bodlicott ließ keine Gelegenheit aus, umständlich irgendeine schöne Geschichte aus der Vergangenheit zu erzählen. Diese Ausflüge ins Reich der Phantasie, die er als Rückgriffe in die Erinnerung ausgab, wurden immer im selben Stil vorgetragen.

»Staunen würden Sie, wenn ich Ihnen erzählte, was ich darüber weiß, ja staunen! Es war nämlich die ältere Schwester, wissen Sie. Ja, die war's. So ein nettes Mädchen schien sie zu sein. Der Hund vom Fleischer hat's an den Tag gebracht. Er ist ihr nachgelaufen, bis nach Hause, ja. Nur, daß es eigentlich nicht ihr Haus war, wenn man's genau nimmt. Darüber könnte ich Ihnen viel erzählen. Und da war dann die alte Mrs. Atkins. Niemand hat gewußt, daß sie einen Revolver hatte, nur ich. Ich hab's gewußt, weil ich die Kommode reparieren sollte. Also gut. Sie war im Haus, fünfundsiebzig Jahre alt, und in der Schublade der Kommode – das Schloß funktionierte nicht mehr –, da lag der Revolver. Er war mit einem Paar Damenschuhe zusammen eingewickelt. Eine kleine Größe, ich weiß nicht mehr, fünfunddreißig oder sechsunddreißig. Aus weißem Satin. Die Hochzeitsschuhe ihrer Urgroßmutter, hat sie gesagt. Kann sein. Jemand hat zwar behauptet, sie hätte sie in einem Trödelladen gekauft, aber das weiß ich nicht genau. Und der Revolver lag dabei. Jawohl! Es hieß, ihr Sohn hätte ihn mitgebracht, aus Ostafrika. Er hat dort Elefanten geschossen. Und wissen Sie, was die Alte gemacht hat? Ihr Sohn hatte ihr das Schießen beigebracht. Sie saß dann am Wohnzimmerfenster und paßte auf, und wenn jemand aufs Haus zukam, hat sie den Revolver genommen und rechts und links an ihm vorbeigeschossen. Ja. Die Leute waren in Todesangst und sind davongelaufen. Sie sagte, sie würde keinen reinlassen, der die Vögel aufscheuchte. Sie war ganz wild auf Vögel. Glauben Sie ja nicht, sie hätte je auf einen Vogel geschossen, nie! Ach, und dann all die Geschichten über Mrs. Letherby. Die haben sie beinahe eingesperrt, wegen Ladendiebstahl. Sie soll es sehr schlau gemacht haben. Und dabei war sie so reich!«

Nachdem Tuppence Mr. Bodlicott überredet hatte, das Deckenfenster im Badezimmer auszuwechseln, überlegte sie, wie sie es anstellen konnte, die Unterhaltung auf eine Geschichte zu lenken, die das Geheimnis ihres Hauses enträtseln half, falls es überhaupt eines gab.

Isaac ließ sich nie lange bitten, Reparaturarbeiten für Neuankömmlinge zu übernehmen. Für ihn gab es nichts Schöneres, als möglichst viele neue Menschen kennenzulernen. Es war eine Sensation für ihn, wenn er Leute traf, die seine Erinnerungen und wunderbaren Geschichten aus der alten Zeit noch nie gehört hatten. Wer sie schon kannte, ermutigte ihn selten zu Wiederholungen. Aber ahnungslose Zuhörer! Das war jedesmal ein Ereignis. Mit Vergnügen stürzte er sich ins Gespräch.
»Ein Glück, daß der alte Joe sich nicht geschnitten hat. Das Gesicht hätte ihm aufgerissen werden können.«
»Ja, gut möglich.«
»Da muß noch ein Rest Glas aufgefegt werden, Madam.«
»Ich weiß«, sagte Tuppence. »Wir sind noch nicht dazugekommen.«
»Mit Glas sollten Sie vorsichtig sein. Glasscherben haben es in sich. Ein kleiner Splitter kann großen Schaden anrichten. Man kann dran sterben, wenn er in ein Blutgefäß gerät. Ich erinnere mich an Miss Lavinia Shotacomb. Sie . . .«
Tuppence fand Miss Shotacomb nicht sehr verlockend. Sie hatte schon öfter von ihr gehört. Sie war zwischen siebzig und achtzig, völlig taub und fast blind.
»Ich glaube«, sagte Tuppence rasch, ehe Isaacs Bericht über Miss Shotacomb in Gang kam, »daß Sie über die verschiedenen Leute und die merkwürdigen Begebenheiten in diesem Haus viel wissen.«
»Ach, so jung wie ich mal war, bin ich auch nicht mehr. Ich gehe auf die Neunzig zu. Aber ich habe immer ein gutes Gedächtnis gehabt. Und wissen Sie, es gibt Dinge, die man nicht vergißt. Nein. Wie lange das auch her sein mag, irgendwas erinnert einen dran, und dann kommt alles wieder zurück. Sie glauben nicht, was ich Ihnen erzählen könnte!«
»Es ist wirklich erstaunlich, wenn man überlegt, was Sie über die seltsamsten Leute alles wissen müssen!«
»Ja, bei den Menschen kann man nie sicher sein, was? Manche sind nicht das, wofür man sie hält. Und es gibt Dinge, die man ihnen nicht im Traum zugetraut hätte.«
»Daß sie Spione sind, zum Beispiel«, meinte Tuppence, »oder Kriminelle.«
Sie sah ihn hoffnungsvoll an. Der alte Isaac bückte sich und hob

einen Glassplitter auf.
»Da!« rief er. »Was würden Sie sagen, wenn Sie sich den in die Fußsohle getreten hätten?«
Tuppence bekam das Gefühl, daß das Auswechseln einer Glasscheibe im Deckenfenster nicht ausreichte, um Isaacs aufregendere Geschichten aus der Vergangenheit heraufzubeschwören. Sie erwähnte, daß das kleine Glashaus, das auf der Seite des Eßzimmers ans Haus angebaut war, ebenfalls repariert und mit einem gewissen Kostenaufwand für neue Glasscheiben in Ordnung gebracht werden müßte. Lohnte sich die Reparatur, oder wäre es besser, es abzureißen? Isaac stürzte sich mit Eifer auf die neue Aufgabe. Sie gingen hinunter und um das Haus herum, bis sie das fragliche Bauwerk erreichten.
»Aha, das da meinen Sie?«
Tuppence bestätigte es.
»*KK*«, sagte Isaac.
Tuppence sah ihn an. Die beiden Buchstaben des Alphabets bedeuteten ihr wenig. Was meinte er damit?
»Was haben Sie gesagt?«
»*KK* habe ich gesagt. Früher, zur Zeit der alten Mrs. Lottie Jones hieß es so.«
»Ach! Und warum hat sie es so genannt?«
»Weiß ich nicht. Wohl eine Art Name, wie man ihn damals für so'n Haus gebraucht hat. Ist ja nicht groß, nicht? Größere Häuser haben ein richtiges Gewächshaus. Wissen Sie, mit Frauenhaarfarnen in Töpfen.«
»Ja.« Tuppence nickte. Sie erinnerte sich sehr gut. »Hatte sie denn Frauenhaarfarne?«
»Nein, nein. Hier bewahrten die Kinder ihr Spielzeug auf. Vielleicht liegt es noch drin, wenn niemand aufgeräumt hat. Sie sehen ja, daß es schon halb zerfallen ist. Sie haben es einfach abgestützt und ein Dach drübergezogen. Ich glaub' ja nicht, daß man das noch verwenden kann. Sie haben kaputtes Spielzeug und Stühle und so was abgestellt. Damals stand das Schaukelpferd schon drin, und Wahreliebe auch.«
»Können wir hineingehen?« fragte Tuppence, die durch eine ziemlich schmutzige Scheibe ins Innere zu spähen versuchte. »Da muß eine Menge merkwürdiges Zeug liegen.«
»Aber ja, es gibt einen Schlüssel! Der wird noch an der alten Stel-

le hängen.«
»Wo ist das?«
»Hinten im Schuppen.«
Sie gingen einen kleinen Pfad entlang. Der Schuppen verdiente kaum diesen Namen. Isaac trat die Tür auf, räumte Zweige zur Seite und schob faulende Äpfel mit dem Fuß fort. Dann nahm er eine alte Fußmatte von einem Nagel an der Wand, und darunter hingen einige rostige Schlüssel.
»Das sind Lindops Schlüssel«, stellte er fest. »Er war der vorletzte Gärtner, der hier gewohnt hat, von Beruf Korbmacher. Hat nicht viel getaugt. Wollen Sie *KK* wirklich sehen?«
»Ja, gern«, antwortete Tuppence lebhaft. »Wie schreibt man es übrigens?«
»Was?«
»Sind es nur zwei Buchstaben?«
»Nein, ich glaub, das war irgendwie anders, was Ausländisches. K-a, und noch mal K-a. Kommt mir vor, als hätten sie was von Japanisch gesagt.«
»Ach? Haben denn hier Japaner gewohnt?«
»Nein, nie! Solche Ausländer nicht.«
Mit Hilfe von ein wenig Öl – Isaac schien es griffbereit zu haben – ließ sich der rostigste der Schlüssel ins Schloß stecken. Er drehte sich knirschend, und die Tür ging auf. Tuppence und ihr Führer traten ein.
»Das ist es«, sagte Isaac, ohne viel Achtung für die herumliegenden Gegenstände zu verraten. »Nichts als Plunder, was?«
»Oh, das Schaukelpferd sieht prachtvoll aus!«
»Das ist Mackild«, stellte Isaac vor. »Oder besser, Mathilde.«
»Mackild?« fragte Tuppence ziemlich zweifelnd.
»Ja. Sie war irgendeine Königin, angeblich die Frau von Wilhelm dem Eroberer, aber das war sicher nur Angabe. Das Ding stammt aus Amerika. Ein amerikanischer Patenonkel hat es einem der Kinder mitgebracht.«
»Welchem Kind?«
»Von den Bassingtons natürlich. Die waren vor den anderen da. Aber jetzt ist es sicher ganz verrostet.«
Noch im Verfall war Mathilde ein prachtvolles Pferd. Es war fast so groß wie ein normales Pony. Von der ursprünglichen dichten Mähne waren nur noch ein paar Haare übriggeblieben, ein Ohr

war abgebrochen, der Schweif ziemlich dünn. Es mußte einmal grau gestrichen gewesen sein. Die Vorderbeine waren weit vorgespreizt, die Hinterbeine standen nach hinten weg.
»Ich habe noch nie ein Schaukelpferd gesehen, das so funktioniert«, sagte Tuppence.
»Ja, nicht wahr? Die anderen schaukeln alle einfach rauf und runter. Aber das da – sehen Sie? – das springt richtig vor. Zuerst mit den Vorderbeinen – hopp –, und dann geht's auf die Hinterbeine. Wenn ich's Ihnen mal vormachen soll . . .«
»Seien Sie vorsichtig«, sagte Tuppence rasch. »Es könnten Nägel rausstehen, an denen Sie sich verletzen. Oder wenn Sie runterfallen!«
»Ich habe Mathilde schon vor fünfzig oder sechzig Jahren geritten, ja, solange muß es her sein. Der Gaul ist immer noch stabil, glauben Sie's mir. Er bricht nicht zusammen.«
Mit einem unerwarteten akrobatischen Sprung landete Isaac auf Mathilde. Das Pferd raste vorwärts, dann rückwärts.
»Unerhörtes Tempo, was?«
»Das kann man wohl sagen!«
»Ach, wie haben sie es geliebt! Miss Jenny ist jeden Tag darauf geritten.«
»Wer war Miss Jenny?«
»Die Älteste. Ihr Patenonkel hat es geschickt. Wahreliebe hat er ihr auch geschenkt.«
Tuppence sah ihn fragend an. Der Name schien zu keinem der Gegenstände im *Ka-Ka* zu passen.
»So haben sie's genannt, das kleine Pferd mit dem Wagen, dort in der Ecke. Sie sind damit den Hügel runtergefahren. Miss Pamela vor allem. Sie war immer sehr ernst. Sie hat es auf den Berg gezogen, und dann hat sie die Füße da drauf gestellt – wissen Sie, da sollten Pedale sein, aber die sind lange kaputt. Darum hat sie es auf den Hügel geschoben und sich dann runterrollen lassen. Zum Bremsen hat sie die Füße benützt. Meistens ist sie unten in die Araukarie geraten.«
Tuppence verzog das Gesicht. »Das klingt nicht sehr gemütlich. Ich möchte da nicht landen.«
»So schlimm war's nicht. Sie hat ja vorher gebremst. Stundenlang war sie dabei. Ich habe oft das Beet von den Christrosen gehackt, wissen Sie, und dann das Pampasgras. Da konnte ich sie

sehen. Ich habe nicht mit ihr geredet. Sie mochte nicht, daß man sie ansprach. Sie wollte nicht gestört werden, wenn sie was machte oder sich was einbildete.«
»Was hat sie sich denn eingebildet?« Tuppence begann sich plötzlich für Miss Pamela zu interessieren, auf jeden Fall mehr als für Miss Jenny.
»Das weiß ich nicht so genau. Manchmal hat sie gesagt, sie wäre eine Prinzessin auf der Flucht. Oder Maria, die Königin von – meine ich jetzt Irland oder Schottland?«
»Maria Stuart? Sie war Königin von Schottland.«
»Ja, stimmt. Sie sagte, sie reiste nach England und wollte Königin Elizabeth um Gnade bitten. Aber ich glaube nicht, daß die sehr gnädig war.«
»Das war«, begann Tuppence und verbarg ihre Enttäuschung, »alles sehr interessant. Wie hieß die Familie doch noch?«
»Es waren die Bassingtons.«
»Haben Sie eine Mary Jordan gekannt?«
»Ich weiß schon, wen Sie meinen! Aber da war ich noch nicht hier, glaube ich. Sie meinen die junge deutsche Spionin?«
»Es scheint sie hier jeder zu kennen«, stellte Tuppence fest.
»Ja. Sie nannten sie ›Fräulein‹. Komisch, was?« Isaac lachte und sagte dann: »Da fällt mir ein, Sie sollten sich um den Gemüsegarten kümmern. Wenn Sie Stangenbohnen haben wollen, wird's Zeit, und für die Erbsen auch. Und was ist mit Salat? Nehmen Sie Tom Thumbs? Das ist eine gute Salatsorte, klein und knackig.«
»Sie haben sicher schon in vielen Gärten gearbeitet. Ich meine, nicht nur in unserem, sondern in der ganzen Nachbarschaft.«
»Ja, ich habe immer ausgeholfen. Manche waren mit ihren Gärtnern nicht zufrieden, und sonst bin ich immer, wenn viel Arbeit war, zum Aushelfen gekommen. Hier, bei Ihnen, ist übrigens mal was passiert. Sie haben das Grünzeug verwechselt. War aber damals nicht da.«
»Ging es nicht um Blätter vom Fingerhut?« fragte Tuppence unschuldsvoll.
»So was! Daß Sie das gehört haben! Es ist nämlich schon sehr lange her. Ja, ein paar Leute haben sich dran vergiftet. Jemand ist sogar gestorben, wie ich gehört habe. Vielleicht war's nur Gerede. Ein Freund hat's mir erzählt.«
»Ich dachte, es wäre das ›Fräulein‹ gewesen?«

»Was? Die war das? Das habe ich nicht gewußt.«
»Vielleicht täusche ich mich. Wie wär's, wenn Sie das Gespann, das Wahreliebe heißt, auf den Hügel zögen, wie früher Miss Pamela? Falls es ihn noch gibt?«
»Natürlich gibt's ihn noch. Was glauben Sie denn? Es ist immer noch Wiese, aber Sie müssen sehr vorsichtig sein. Ich weiß nicht, wie stark Wahreliebe verrostet ist. Ich würde sie gern erst säubern und nachsehen. Soll ich?«
»Ja, gut. Und wenn Sie dabei mal drüber nachdenken könnten, was wir an Gemüsesamen oder Pflanzen für den Garten brauchen.«
»Na, ich paß bestimmt auf, daß Sie nicht Spinat und Fingerhut gemischt bekommen. Wär mir gar nicht recht, wenn ich hörte, daß Ihnen was passiert ist, gleich nachdem Sie hier eingezogen sind. Sie haben ein schönes Grundstück. Sie müssen nur ein bißchen investieren.«
»Herzlichen Dank«, sagte Tuppence.
»Und dann nehme ich mir Wahreliebe vor, damit sie nicht unter Ihnen zusammenbricht. Sie ist ja sehr alt, aber manchmal funktioniert was Altes erstaunlich gut. Wissen Sie, vor einiger Zeit hat ein Vetter von mir ein altes Fahrrad gekauft. Niemand hätte geglaubt, daß das noch lief – es hat vierzig Jahre herumgestanden. Und wie es gelaufen ist! Nur mit ein bißchen Öl. Großartig, was man mit ein bißchen Öl erreichen kann.«

11

»Was, um alles in der Welt . . .«, sagte Tommy.
Er war daran gewöhnt, bei seiner Rückkehr Tuppence an den unmöglichsten Orten vorzufinden, aber dies überbot alles bisher Dagewesene.
Im Haus hatte er keine Spur von ihr entdeckt. Er vermutete, daß sie trotz dem leichten Regen irgendwo im Garten in eine Arbeit vertieft war, und ging hinaus. Das war der Augenblick, als er sagte: »Was um alles in der Welt . . .«
»Tag, Tommy«, rief Tuppence. »Du bist früher gekommen, als ich dachte.«

»Was ist das?«
»Meinst du Wahreliebe?«
»Willst du etwa damit fahren? Es ist doch zu klein für dich!«
»Natürlich! Es ist ja auch für Kinder gemacht.«
»Fährt es überhaupt?«
»Nicht so ganz. Aber wenn man es oben auf den Hügel stellt, kommen die Räder bergab von allein in Schwung. Dann kann man damit fahren.«
»Und unten eine Bruchlandung bauen. Hast du die schon hinter dir?«
»Aber nicht doch, Tommy! Man bremst mit den Füßen. Soll ich's dir mal vormachen?«
»Lieber nicht. Der Regen wird auch immer stärker. Ich wollte nur wissen, warum du – ja, warum tust du das eigentlich? So lustig kann's doch nicht sein?«
»Ehrlich gesagt, habe ich große Angst. Aber ich wollte es ausprobieren und . . .«
»Und deshalb stehst du vor diesem Baum? Was ist das überhaupt für einer? Eine Araukarie?«
»Ja«, sagte Tuppence. »Wie gut du Bescheid weißt!«
»Ich bin eben ein richtiger Botaniker. Und was machst du nun hier?«
»Wenn man den Hügel herunterkommt und nicht ordentlich gebremst hat, landet man bei ihr.«
»Na schön«, seufzte Tommy. »Jedem Tierchen sein Pläsierchen.«
»Dabei habe ich nur Nachforschungen betrieben, weißt du, wegen unserem jüngsten Problem.«
»Dein Problem? Mein Problem?«
»Das weiß ich nicht. Hoffentlich von uns beiden.«
»Mit Beatrices Problemen hat es sicherlich nichts zu tun?«
»Aber nein. Es ist nur so, daß ich mir Gedanken gemacht habe, was in diesem Haus alles versteckt sein könnte, und darum habe ich mir einen Berg Spielzeug angesehen, der offenbar seit vielen Jahren in dem alten kleinen Glashaus abgestellt war. Und dabei habe ich dieses Gespann entdeckt, auch Mathilde, ein Schaukelpferd mit einem Loch im Bauch.«
»Mit einem Loch im Bauch?«
»Ja. Vermutlich haben sie irgendwelches Zeug hineingestopft, die Kinder, so aus Spaß: Blätter und altes Papier und Staubtücher

und ölverschmierte Putzlappen.«
»Komm schon«, sagte Tommy. »Gehen wir ins Haus.«

Tuppence streckte behaglich die Beine dem Kaminfeuer entgegen, das sie rechtzeitig vor Tommys Rückkehr im Wohnzimmer angezündet hatte. »Nun erzähle! Warst du in der Galerie im *Ritz*, um dir die Bilder anzusehen?«
»Nein. Ich bin nicht dazugekommen.«
»Was heißt das? Du bist doch extra deswegen nach London gefahren?«
»Tust du immer, was du dir vorgenommen hast?«
»Aber du mußt doch irgendwo gewesen sein und irgend etwas getan haben.«
»Ich habe einen guten Platz gefunden, wo man parken kann.«
»Wenigstens etwas Nützliches«, stellte Tuppence fest. »Wo?«
»In der Nähe von Hounslow.«
»Was hast du denn in Hounslow gewollt?«
»Ich war nicht in Hounslow selbst. Vom Parkplatz aus bin ich mit der U-Bahn weitergefahren.«
»Wohin? Nach London?«
»Ja. Ich fand es bequemer.«
»Irgendwie wirkst du, als hättest du ein schlechtes Gewissen«, sagte Tuppence. »Jetzt fehlt nur noch, daß ich eine Rivalin habe, die in Hounslow wohnt.«
»Nein. Du hättest sogar allen Anlaß, dich zu freuen.«
»So? Hast du mir ein Geschenk gekauft?«
»Nein, das nicht. Ich weiß ja nie, was ich dir schenken soll.«
»Ach, manchmal hast du es doch gut erraten. Was hast du nun wirklich gemacht?«
»Ich habe auch Nachforschungen angestellt.«
»Heutzutage tut das bald jeder«, erklärte Tuppence. »Neffen und Vettern, Söhne und Töchter von Bekannten, alle forschen sie nach etwas. Warum, weiß ich nicht, aber sie amüsieren sich dabei.«
»Unsere Adoptivtochter forscht in Ostafrika. Hat sie dir eigentlich geschrieben?«
»Ja, Betty ist glücklich – sie fragt afrikanische Familien aus und schreibt darüber Artikel.«
»Glaubst du, daß die Leute dort über ihre Fragen begeistert

sind?« fragte Tommy.
»Kann ich mir nicht vorstellen. In der Gemeinde meines Vaters waren Kirchenkommissionen sehr unbeliebt. Man hielt sie für Schnüffler.«
»Hm. Als Pfarrer wird dein Vater Erfahrung gehabt haben. Und damit wird mir auch klar, mit welchen Schwierigkeiten ich zu rechnen habe.«
»Worüber willst du denn Nachforschungen anstellen, doch nicht etwa über Rasenmäher?«
»Wie kommst du denn darauf?«
»Weil du ständig Kataloge wälzt. Du scheinst ganz versessen darauf zu sein, einen Rasenmäher zu kaufen.«
»Aber wenn wir unser Haus erforschen wollen, dann geht es doch um historische Dinge, um, sagen wir, Verbrechen, die vor mindestens sechzig oder siebzig Jahren geschehen sind.«
»Nun pack schon aus, Tommy! Erzähl mir mehr über dein Forschungsprojekt.«
»Ich war in London und habe gewisse Dinge ins Rollen gebracht.«
»So? In bestimmter Hinsicht habe ich genau dasselbe getan, nur daß unsere Methoden sich unterscheiden. Aber die fragliche Zeit liegt auch weit zurück.«
»Willst du damit andeuten, daß du dich nun doch intensiv mit Mary Jordan befaßt? Bei dir hat das Problem offenbar schon Gestalt angenommen, was?«
»Und dabei hat sie einen so alltäglichen Namen. So kann sie kaum geheißen haben, wenn sie Deutsche war!« sagte Tuppence. »Es wird behauptet, sie wäre eine deutsche Spionin oder Agentin gewesen. Natürlich könnte sie es auch als Engländerin gewesen sein.«
»Ich glaube, die Sache mit Deutschland ist eine Legende.«
»Weiter, Tommy. Du hast mir immer noch nichts Genaues verraten.«
»Also, ich habe gewisse – gewisse . . .«
»Sag nicht immer ›gewisse‹!« rief Tuppence. »Ich verstehe überhaupt nichts mehr.«
»Manchmal ist es schwer, etwas richtig zu erklären«, sagte Tommy. »Es geht darum, daß es gewisse Methoden der Nachforschung gibt.«

»Und?«
»Ich meine, es gibt Dinge, die man herausbekommen kann, über die sich etwas feststellen läßt. Nicht, indem man mit kleinen Pferdewagen fährt, alte Damen nach ihren Erinnerungen fragt und einen alten Gärtner ins Kreuzverhör nimmt, der vermutlich alles falsch erzählt. Oder indem man ins Postamt geht und die Angestellten bei der Arbeit stört und sich berichten läßt, was die Urgroßtante mal erzählt hat.«
»Trotzdem – es hat uns ein bißchen weitergebracht.«
»Meine Nachforschungen werden uns ebenfalls weiterbringen«, sagte Tommy.
»Und zu wem gehst du mit deinen Fragen?«
»So einfach ist es nun wieder nicht. Du wirst dich erinnern, Tuppence, daß ich gelegentlich in meinem Leben mit Menschen zusammengekommen bin, die wissen, wie man so was anstellt. Leute, die gegen ein gewisses Entgelt für einen nachforschen. Sie kennen die Quellen und liefern authentisches Material.«
»Was für Quellen? Was für Material?«
»Ach, es gibt zahllose Möglichkeiten. Zum Beispiel kannst du jemand auf Todesfälle, Geburten, Heiraten und ähnliches ansetzen.«
»Hast du viel Geld dafür ausgegeben?« fragte Tuppence. »Wir wollten doch sparen, nachdem wir so einen teuren Umzug hinter uns haben.«
»Da du dich so sehr für diese Angelegenheit interessierst, meine ich, daß wir das Geld für einen guten Zweck verwenden.«
»Und was hast du erfahren?«
»So schnell geht es nicht. Solche Erkundigungen brauchen ihre Zeit. Wenn dann etwas entdeckt worden ist . . .«
». . . kommt jemand und erzählt dir, daß eine gewisse Mary Jordan aus irgendeinem kleinen Nest stammt. Da fährst du hin und forschst weiter? Meinst du es so?«
»Nicht unbedingt. Es gibt schließlich Unterlagen über Volkszählungen, Sterbeurkunden mit Angaben der Todesursachen und so weiter.«
»Es hört sich zumindest ganz interessant an«, stellte Tuppence fest. »Und das ist schon etwas.«
»Man kann auch in Zeitungsarchiven viel finden.«
»Was? Berichte über Morde oder Gerichtsverfahren?«

»Ja, auch. Ich kenne zum Beispiel eine Menge Leute, die gut informiert sind. Ich kann sie besuchen, ein paar Fragen stellen, alte Freundschaften erneuern. Weißt du nicht mehr, wie es war, als wir in London als Privatdetektive gearbeitet haben? Es gibt viele Leute, die uns Informationen geben oder uns raten könnten, an wen wir uns wenden sollen.«

»Ja. Da hast du recht. Das habe ich ja selber erlebt.«

»Unsere Methoden sind nur verschieden«, sagte Tommy. »Deine sind so gut wie meine. Ich werde nie den Tag vergessen, an dem ich in jene Pension kam, *Sans Souci* hieß sie. Und der erste Mensch, den ich traf, warst du. Du hast gestrickt und dich Mrs. Blenkensop genannt.«

»Und alles nur, weil ich nicht jemand anders für mich habe nachforschen lassen«, sagte Tuppence.

»Ja, du hast vom Nebenzimmer aus einem sehr interessanten Gespräch gelauscht, aus dem du erfuhrst, wohin man mich schikken wollte und was für einen Fall ich aufklären sollte; und dadurch gelang es dir, vor mir dort zu sein. Du hast gelauscht! Darauf läuft es hinaus. Das war nicht sehr anständig.«

»Das Ergebnis war aber sehr befriedigend«, sagte Tuppence.

»Ja«, gab Tommy zu. »Du hast eine Nase für den Erfolg. Er fällt dir in den Schoß.«

»Eines Tages werden wir auch wissen, was hier passiert ist, es ist nur so schrecklich lange her. Aber die Idee, daß hier etwas wirklich Wichtiges verborgen liegt oder es etwas von Bedeutung gibt, das mit dem Haus oder den Bewohnern in Zusammenhang steht – ich kann es irgendwie nicht recht glauben. Na ja, ich weiß wenigstens, was wir als nächstes tun müssen.«

»Was?« fragte Tommy.

»Noch vor dem Frühstück glauben, daß sechs unmögliche Dinge wahr sind, natürlich«, sagte Tuppence. »Es ist schon Viertel vor elf, und ich möchte ins Bett. Ich bin müde und schmutzig, weil ich mit dem ganzen verstaubten Kram herumgespielt habe. Wahrscheinlich stecken noch viel mehr Überraschungen in dem Glashaus. Übrigens, warum heißt es *Ka-Ka*?«

»Keine Ahnung. Was bedeutet es denn?«

»Ich weiß es nicht. – Also, ich wasche mich jetzt, bis alle Spinnweben weg sind, und gehe ins Bett.«

»Denk aber dran: sechs unmögliche Dinge vor dem Frühstück!«

»Ich vermute, daß ich darin besser bin als du, Tommy.«
»Du reagierst manchmal sehr unerwartet.«
»Und du hast viel öfter recht als ich, was häufig sehr schwer zu ertragen ist. Nun, das sind eben die Prüfungen des Schicksals. Wer hat nur immer von ihnen geredet, Tommy? Wer?«
»Ist doch unwichtig«, antwortete Tommy. »Geh, wasch den Staub vergangener Zeiten ab. Versteht Isaac eigentlich was von der Gärtnerei?«
»Er ist fest davon überzeugt. Wir müssen es auf einen Versuch ankommen lassen.«
»Ja. Da wir beide leider nichts davon verstehen. Schon wieder ein Problem!«

12

»Noch vor dem Frühstück glauben, daß sechs unmögliche Dinge wahr sind – weiß der Himmel!« sagte Tuppence, trank ihre Kaffeetasse aus und betrachtete das letzte Spiegelei, das neben zwei appetitlich aussehenden Nierchen auf einer Platte auf der Anrichte lag. »Zu frühstücken ist viel lohnender als über unglaubwürdige Dinge nachzudenken. Tommy ist derjenige, der hinter Phantomen herjagt. Ich möchte wissen, ob bei seinen Nachforschungen etwas herauskommt!«
Sie lud sich Ei und Nieren auf den Teller.
»Ach, wie schön, endlich mal richtig zu frühstücken!«
Lange Zeit hatte sie sich morgens mit einer Tasse Kaffee und Orangensaft oder einer Grapefruit begnügt. Obwohl das bei der täglichen Gewichtskontrolle sehr positiv zu Buche schlug, hatte es ihr wenig Spaß gemacht. Jetzt fand sie, daß warme Gerichte sehr anregend auf die Magensäfte wirkten. »Wahrscheinlich«, fuhr Tuppence fort, »haben die Parkinsons auch so gefrühstückt. Spiegeleier oder Rührei und Schinken und vielleicht –« sie verlor sich in der Erinnerung an alte Romane, »ja, vielleicht auch kalte Moorhühner. Hm! Ich weiß noch, wie herrlich sich das allein schon las! Natürlich waren Kinder damals so unwichtig, daß man ihnen nur die Beine gab. Aber Geflügelbeine haben den Vorteil, daß man sie abnagen darf.« Sie hielt inne und schob den letzten

Bissen Niere in den Mund.
Da drangen seltsame Geräusche durch die Tür.
»Komisch«, sagte Tuppence, »es hört sich wie ein schiefgegangenes Konzert an.«
Mit einem Stück Toast in der Hand lauschte sie abermals und sah Albert fragend entgegen, der gerade eintrat.
»Was ist da los, Albert? Erzählen Sie mir nur nicht, daß die Handwerker plötzlich ein Instrument spielen können! Etwa ein Harmonium?«
»Es ist der Herr, der wegen des Flügels gekommen ist.«
»Was will er denn?«
»Er stimmt ihn. Sie hatten gesagt, ich sollte einen Klavierstimmer bestellen.«
»Donnerwetter!« sagte Tuppence. »Das haben Sie schon gemacht? Sie sind ja großartig, Albert!«
Albert sah erfreut aus, aber auch sehr überzeugt davon, daß er in der Tat großartig war, wenn man bedachte, mit welchem Tempo er die merkwürdigen Wünsche erfüllte, die seine Herrschaft manchmal an ihn stellte.
»Er sagt, er hätte es sehr nötig«, meinte er.
»Ja, den Eindruck habe ich auch.«
Tuppence trank noch eine halbe Tasse Kaffee und ging dann ins Wohnzimmer. Ein junger Mann arbeitete am Flügel, dessen Inneres sich dem Blick offen darbot.
»Guten Morgen, Madam«, sagte er.
»Guten Morgen. Ich freue mich, daß Sie so schnell kommen konnten.«
»Ah, der hat das Stimmen auch sehr nötig.«
»Ja, ich weiß«, sagte Tuppence. »Wir sind gerade eingezogen, und ein Umzug ist nicht ganz das richtige für einen Flügel. Er ist auch lange nicht mehr gestimmt worden.«
»Das merkt man.«
Der junge Mann schlug drei verschiedene Akkorde an, zwei fröhliche in Dur, einen sehr melancholischen in a-Moll.
»Ein prachtvolles Stück, Madam, wenn ich mir die Bemerkung erlauben darf.«
»Ja. Ein Erard.«
»Den würden Sie heute nicht mehr so leicht bekommen.«
»Er hat einige Abenteuer hinter sich«, antwortete Tuppence. »Er

ist während der Bombenangriffe in London gewesen. Unser Haus wurde getroffen. Glücklicherweise waren wir nicht da. Es wurde auch nur äußerlich beschädigt.«
»Eine solide Arbeit.«
Sie plauderten freundlich weiter, dann spielte der junge Mann die ersten Takte eines Chopin-Präludiums und wechselte zur *Blauen Donau* über. Bald darauf verkündete er, daß er fertig sei.
»Aber warten Sie nicht zu lange«, sagte er warnend. »Ich würde ihn gern noch mal ausprobieren, ehe zuviel Zeit verstrichen ist, weil er – na, wie soll ich mich ausdrücken – er könnte ein wenig nachgeben. Verstehen Sie, vielleicht habe ich etwas übersehen.«
Sie trennten sich mit gegenseitigen Beteuerungen über die Freude an der Musik im allgemeinen, an der Klaviermusik im besonderen und den höflichen Abschiedsgrüßen von Menschen, die sich über die Rolle, die die Musik in ihrem Leben spielt, völlig einig sind.
»Mit dem Haus haben Sie sicher eine Menge Arbeit«, sagte er nach einem Rundblick.
»O ja. Es stand lange leer.«
»Das stimmt. Es hat häufig den Besitzer gewechselt . . .«
». . . und müßte viel über seine Vergangenheit erzählen können, nicht wahr? Über seine Bewohner und die merkwürdigen Dinge, die passiert sind.«
»Ach, Sie meinen sicher die bewußte Geschichte! Ich weiß nur nicht, ob es im letzten Krieg war oder in dem davor.«
»Es hatte etwas mit der Marine und mit Spionage zu tun«, sagte Tuppence hoffnungsvoll.
»Schon möglich. Es gab viel Gerede, aber ich selber weiß nichts Bestimmtes.«
»Ja, das muß lange vor Ihrer Zeit gewesen sein.« Tuppence sah den jungen Mann abschätzend an.
Als er gegangen war, setzte sie sich an den Flügel.
»Ich werde mal das *Regentropfenpräludium* spielen«, sagte sie. Die Erinnerung daran hatte der Klavierstimmer mit den wenigen Takten Chopin wachgerufen. Danach griff sie ein paar Akkorde und spielte die Begleitung zu einem Lied, dessen Text sie erst summte und dann leise vor sich hin murmelte.

»›Wahre Liebe, wo bist du geblieben?
Wahre Liebe, so geh doch nicht fort!
Hoch in den Bäumen singen die Vöglein,
wahre Liebe, wann kommst du zurück?‹

Ich glaube, ich spiele es in der falschen Tonart, aber der Flügel ist wenigstens richtig gestimmt. Ach, wie herrlich, daß ich jetzt wieder spielen kann. ›Wahre Liebe, wann kommst du zurück?‹ « murmelte sie. »Wahre Liebe«, wiederholte sie nachdenklich. »Ja. Das scheint mir ein Wink zu sein. Vielleicht sollte ich hinausgehen und mich um Wahreliebe kümmern!«
Sie zog feste Schuhe und eine Wolljacke an und ging in den Garten. Wahreliebe war nicht in ihrem früheren Heim, im *Ka-Ka* abgestellt, sondern im leeren Stall. Sie holte das Gespann heraus, zog es auf den grasbewachsenen Hügel hinauf, wischte es energisch mit dem mitgebrachten Staubtuch ab, um die letzten noch daran haftenden Spinnweben zu entfernen, stieg auf und versuchte, Wahreliebe, so gut es ihr Alter und das schäbige Fahrzeug erlaubten, in Gang zu bringen.
»Und nun, du meine wahre Liebe«, sagte sie, »lauf bergab, aber bitte, nicht zu schnell.«
Wahreliebe hatte es nicht sehr eilig. Langsam begann Tuppence bergab zu rollen. Dann wurde der Hang plötzlich steiler, Wahreliebe gewann an Tempo. Tuppence bremste etwas zu scharf und landete am Fuße des Hügels in einem besonders kratzigen Ast der großen Araukarie.
»Au, das tut weh!« sagte sie, während sie sich herausarbeitete. Nachdem sie sich ein paar Erdspuren abgeklopft hatte, sah sie sich um. Sie stand vor einem Gewirr dichter Büsche, die die andere Seite des Hügels hinaufwuchsen, Rhododendronbüsche und Hortensien, die im späten Frühjahr sicher sehr schön blühen würden. Im Augenblick hielt sich die Schönheit in Grenzen; es war nur ein Dickicht. Dennoch entdeckte sie, daß früher einmal ein Pfad hindurchgeführt haben mußte. Jetzt war alles überwuchert, aber man konnte die Richtung noch erkennen. Sie brach ein paar Zweige ab, zwängte sich durch die Büsche und folgte dem sich hügelaufwärts windenden Pfad. Es war klar, daß er seit Jahren nicht mehr freigeschnitten und benützt worden war.
»Ich bin gespannt, wo er endet«, murmelte Tuppence. »Ein Pfad

muß ein Ziel haben!«
Der Weg machte mehrere Kurven, dann stand der Rhododendron nicht mehr so dicht, dafür tauchten Lorbeerbüsche auf – vielleicht waren sie es, die dem Haus den Namen gegeben hatten –, und der Pfad wurde steiler, schmaler und steiniger. Er endete abrupt vor vier moosbewachsenen Stufen zu einer Art Nische, die einmal von einem Eisengitter umgeben gewesen sein mußte und jetzt von umgedrehten Flaschen eingefaßt wurde. In der Mitte stand ein Steinsockel mit einer verwitterten steinernen Statue. Es war ein Knabe mit einem Korb auf dem Kopf. Ein Gefühl des Wiedererkennens stieg in Tuppence auf.
»Nach solchen Statuen kann man das Alter eines Gartens bestimmen«, sagte sie. »Tante Sarah hatte auch so eine Putte. Und viele Lorbeerbüsche.«
In Gedanken war sie wieder bei Tante Sarah, die sie als Kind manchmal besucht hatte. Sie hatte dort, fiel ihr jetzt ein, ein Spiel gespielt, das sie *Pferde am Fluß* nannte. Für *Pferde am Fluß* brauchte man einen Reifen. Damals war sie sechs Jahre alt gewesen. Ihr Reifen spielte die Rolle der Pferde, Schimmel mit wehenden Mähnen und Schwänzen. In Tuppences Phantasie war die Jagd über eine grüne Wiese gegangen, dann um ein Beet mit Pampasgras, dessen fedrige Rispen im Wind wehten, dann bergauf einen ähnlichen Pfad entlang bis zu einer solchen Nische, in der der Knabe mit dem Korb auf dem Kopf stand. Jedesmal, wenn sie auf ihrem Schimmel ritt, hatte sie ein Geschenk mitgebracht, das sie in den Korb legte, und sich etwas gewünscht. Der Wunsch, daran erinnerte sich Tuppence, war fast immer in Erfüllung gegangen.
»Aber nur«, sagte sie jetzt und setzte sich auf die oberste Stufe, »weil ich gemogelt habe. Ich habe mir einfach etwas gewünscht, von dem ich mit ziemlicher Sicherheit wußte, daß es in Erfüllung gehen würde, und konnte mir so einbilden, der Zauber hätte gewirkt. Es war eine richtige Opfergabe für einen echten alten Gott. Dabei war es ja nur ein pausbackiger kleiner Junge. Ach, war das herrlich, als man sich soviel ausgedacht und an soviel geglaubt hat!«
Sie seufzte, stand auf und kehrte über den Pfad zu dem kleinen Glashaus zurück.
Das Schaukelpferd sah immer noch verloren und mitgenommen

aus, aber Tuppence wurde durch zwei andere Gegenstände von ihm abgelenkt – Stühle aus Porzellan, um die sich weiße Schwäne schlangen. Ein Stuhl war dunkelblau, der andere hellblau.
»So was hab ich auch schon mal gesehen!« rief sie. »Ja, so ähnliche Dinger standen auf der Veranda meiner Tante. Wir nannten sie Oxford und Cambridge, wegen der Farben der Mannschaften bei der Ruderregatta. Sie sahen genauso aus! Oder waren es Enten? Nein, es waren auch Schwäne. Und im Sitz hatten sie ein merkwürdiges Loch, das wie ein S geformt war und in das man etwas hineinstecken konnte. Ich werde Isaac bitten, die Stühle rauszutragen und gründlich abzuwaschen. Dann können wir sie auf die Loggia stellen – obwohl ich sie lieber Veranda nenne. Wir stellen sie auf und werden unsere Freude daran haben, wenn es wärmer ist.«
Sie drehte sich um, um zur Tür zu laufen. Ihr Fuß blieb in Mathildes vorstehendem Schaukelbogen hängen.
»O je!« sagte Tuppence, »was habe ich jetzt angestellt?«
Sie war über den dunkelblauen Porzellanstuhl gestolpert, hatte ihn umgerissen, und er war in zwei Teile zerbrochen.
»Ach, jetzt habe ich Oxford erlegt. Wie schade! Nun müssen wir uns mit Cambridge allein begnügen. Ich weiß nicht, ob man ihn wieder kitten kann. Es wird schwierig sein.«
Sie seufzte und überlegte, was Tommy wohl gerade tat.

Tommy saß mit alten Freunden zusammen und tauschte Erinnerungen aus.
»Auf der Welt geht's komisch zu«, sagte Oberst Atkinson. »Ich habe gehört, daß Sie und Ihre Frau Prudence – nein, Sie hatten einen Spitznamen für sie, Tuppence –, daß sie jetzt auf dem Land wohnen. In der Nähe von Hollowquay. Wie sind Sie auf diese Gegend gekommen? Aus einem bestimmten Grund?«
»Ach, wir haben das Haus ziemlich günstig kaufen können.«
»Aha. Na, das ist schon ein Glück, was? Wie heißt es denn? Sie müssen mir Ihre Adresse geben.«
»Den Namen wissen wir noch nicht. Vielleicht *Zedernhaus*, weil eine sehr schöne Zeder davor wächst. Eigentlich heißt es *Lorbeerhaus*, aber das hört sich zu viktorianisch an, finden Sie nicht auch?«
»Das *Lorbeerhaus!* Das *Lorbeerhaus* in Hollowquay! Sagen Sie mal,

was haben Sie vor? Da steckt doch was dahinter?«

Tommy blickte erstaunt in das faltige Gesicht mit dem buschigen Schnurrbart.

»Was haben Sie vor?« wiederholte Oberst Atkinson. »Sind Sie etwa wieder im Staatsdienst?«

»Dazu bin ich viel zu alt«, sagte Tommy. »Ich bin längst pensioniert.«

»So, so? Da bin ich mir nicht ganz sicher. Vielleicht behaupten Sie es nur. Vielleicht müssen Sie auch so tun. Wissen Sie, schließlich ist damals bei der Geschichte nie alles geklärt worden.«

»Bei welcher Geschichte?«

»Sie werden darüber gelesen oder davon gehört haben. Es war der Cardington-Skandal. Er passierte nach dem anderen Fall – mit den berühmten Briefen – und der Sache mit Emlyn Johnson und dem U-Boot.«

»Hm«, machte Tommy. »Ich habe nur eine vage Erinnerung.«

»Er stand nicht in direktem Zusammenhang mit der U-Boot-Affäre, aber dadurch kam er ins Rollen. Und da waren jene Briefe, die es politisch an die große Glocke gehängt hätten. Ja, die Briefe! Wenn sie sie hätten an sich bringen können, wäre es ganz anders gekommen. Dann wären einige Leute aufgefallen, die damals in der Regierung saßen und größtes Vertrauen genossen. Erstaunlich, wie so etwas passieren kann, nicht wahr? Wer wüßte das besser als Sie! Der Verräter in unserer Mitte; immer genießt er volles Vertrauen, immer ist er ein prima Kerl, immer fällt der Verdacht zu allerletzt auf ihn – und während der ganzen Zeit . . . Wie ich schon sagte, vieles ist nie geklärt worden.« Er zwinkerte. »Vielleicht hat man Sie hingeschickt, damit Sie sich mal umsehen, na, lieber Freund?«

»Nach was umsehen?« fragte Tommy.

»Oh, in Ihrem Haus. Sie sagten doch *Lorbeerhaus,* ja? Es hat eine Menge dummer Scherze darüber gegeben. Natürlich haben sich der Geheimdienst und die anderen Sicherheitsorgane gründlich umgesehen. Sie vermuteten, daß irgendwo im Haus wertvolle Beweisstücke zu finden sein müßten. Es gab auch die Theorie, daß alles noch rechtzeitig ins Ausland geschickt worden wäre – Italien wurde erwähnt. Doch einige Leute vermuteten, daß es dort ein Versteck gab. Sie kennen das ja, es ist ein Haus mit Kel-

lern und jeder Menge Steinfliesen . . . Ach, Tommy, geben Sie es zu, Sie sind wieder auf der Jagd.«
»So glauben Sie mir doch, daß ich nichts mehr mit solchen Dingen zu tun habe!«
»Oh, das hat man Ihnen schon einmal geglaubt, damals, als Sie in jener Pension wohnten, am Anfang des Zweiten Weltkriegs. Sie schnappten einen Agenten der Deutschen. Und dann ging es noch um die Frau mit dem Buch mit Kinderreimen. Der berühmte Fall N. und M. Das war gute Arbeit! Und jetzt hat Ihre Behörde Sie vielleicht auf eine neue Spur angesetzt.«
»Unsinn!« sagte Tommy. »Was für Einfälle Sie haben! Ich bin ein alter Mann.«
»Ein schlauer alter Fuchs sind Sie. Ich wette, Sie sind besser als die meisten jungen Leute. Sie sitzen da, sehen unschuldig aus – und vermutlich sollte man Ihnen gar keine Fragen stellen. Ich kann Sie ja wohl kaum auffordern, Staatsgeheimnisse zu verraten, was? Aber passen Sie trotzdem auf Ihre Frau gut auf. Sie wissen ja, wie vorwitzig sie ist. Damals, im Fall N. und M. ist sie gerade noch mal davongekommen.«
»Tuppence interessiert sich nur für die Geschichte des Hauses, für die Bewohner und ihre Bilder und dergleichen. Und für das Anlegen des Gartens. Er ist heute unser Hauptinteresse. Der Garten und Kataloge über Blumenzwiebeln, und was sonst so dazugehört.«
»Das glaube ich Ihnen erst, wenn ein Jahr ohne besondere Ereignisse vergangen ist. Aber ich kenne Sie, mein Lieber! Und die liebe Mrs. Beresford kenne ich ebenfalls. Sie beide zusammen sind eine prächtige Mannschaft, und ich wette, Sie fördern etwas zutage. Und ich sage Ihnen: Wenn diese Papiere auftauchen, wird sich das politisch sensationell auswirken, und es gibt eine Menge Leute, die sich nicht darüber freuen werden. Wahrhaftig nicht! Und die Leute, die sich nicht darüber freuen werden, gelten heute als Säulen der Ehrbarkeit. Denken Sie daran! Sie sind gefährlich, und wenn sie selbst nicht gefährlich sind, so stehen sie mit den andern in engem Kontakt. Seien Sie also vorsichtig und sorgen Sie dafür, daß auch Ihre Frau vorsichtig ist.«
»Was für eine blühende Phantasie Sie haben«, sagte Tommy. »Sie bringen es noch dazu, daß ich anfange, mich aufzuregen.«
»Regen Sie sich ruhig auf! Aber passen Sie auf Ihre Frau auf. Ich

habe sie sehr gern. Sie ist ein nettes Mädchen – war es immer.«
»Ein Mädchen kann man sie wohl kaum noch nennen.«
»Hören Sie, reden Sie nicht so von Ihrer Frau! Gewöhnen Sie sich das ja nicht an! Sie ist eine von Tausend. Trotzdem tut mir derjenige leid, den sie sich aufs Korn genommen hat. Vermutlich ist sie bereits auf der Jagd.«
»Das glaube ich nicht. Es ist viel wahrscheinlicher, daß sie gerade mit einer alten Dame Tee trinkt.«
»Warum nicht? Alte Damen können sehr oft brauchbare Informationen liefern. Alte Damen und Kinder. Gerade die seltsamsten Leute rücken oft mit Dingen heraus, über die man nur staunen kann. Oh, ich könnte Ihnen da viel erzählen . . .«
»Das glaube ich Ihnen gern, Oberst.«
»Aber leider, Geheimsachen darf man nicht weitergeben.« Oberst Atkinson schüttelte den Kopf.

Auf der Heimfahrt starrte Tommy aus dem Zugfenster auf die rasch vorüberziehende Landschaft. »Ich möchte wissen«, murmelte er, »ich möchte wissen, was da dran ist. Der alte Bursche ist meistens gut unterrichtet. Aber was könnte heute noch so eine Rolle spielen? Das ist Vergangenheit – es gibt heute keine Geheimnisse mehr, die noch mit *dem* Krieg zu tun haben. Unmöglich!« Trotzdem grübelte er weiter. Es kamen so viele neue Ideen auf, eine neue Generation war herangewachsen, Enkel und Neffen, jüngere Mitglieder von Familien, die immer etwas bedeutet hatten, die etwas darstellten, in einflußreichen Positionen waren oder Macht hatten, weil sie in sie hineingeboren worden waren. Und wenn nun rein zufällig diese jungen Leute nicht loyal waren? Dann konnte man sie beeinflussen; sie konnten einer neuen politischen Richtung anhängen oder einer alten, die neu auflebte, wie immer man so was nennen wollte. England war heute anders als früher. Oder war es immer so gewesen? Es gab unter einer sauberen Oberfläche immer dunklen Morast. Das Wasser war nicht bis zum Grund des Meeres klar. Irgendwo floß ein trüber unterirdischer Wasserlauf, der gefunden und geklärt werden mußte. Aber doch nicht – doch nicht in einem Ort wie Hollowquay. Hollowquay war ein verstaubtes kleines Nest, ein ehemaliges Fischerdorf, aus dem man eine englische Riviera hatte machen wollen. Nun war es ein kleiner Badeort und nur im August überfüllt. Die meisten Leute reisten jetzt lieber mit Reisegesellschaften ins Ausland.

»Na?« fragte Tuppence, als sie am Abend vom Eßtisch aufstanden und ins Wohnzimmer gingen, um Kaffee zu trinken. »War es nett bei dir oder nicht? Wie geht es den alten Knaben?«

»Ach, wie soll es ihnen schon gehen. Und wie war deine alte Dame?«

»Zuerst kam der Klavierstimmer, und nachmittags hat es geregnet. Ich habe sie gar nicht besucht. Eigentlich schade, vielleicht hätte sie mir etwas Interessantes erzählt.«

»Der alte Monty Atkinson hat das jedenfalls getan«, sagte Tommy. »Ich habe gestaunt. Was hältst du eigentlich wirklich von diesem Ort, Tuppence?«

»Sprichst du vom Dorf oder vom Haus?«

»Nicht vom Haus, ich meine Hollowquay.«

»Ich finde es hier sehr nett.«

»Was heißt – nett?«

»Das ist doch ein sehr treffendes Wort. Es wird immer so verächtlich abgetan, was nicht richtig ist. Ich finde, ein Ort ist nett, an dem nichts Besonderes passiert und wo auch nichts Besonderes passieren soll. Wo man froh ist, daß nichts passiert.«

»Hm. Vermutlich liegt das an unserem Alter.«

»Nein, das glaube ich nicht. Es ist einfach nett zu wissen, daß es Orte gibt, wo nichts passiert. Allerdings muß ich gestehen, daß heute beinahe etwas passiert wäre.«

»Was soll das heißen? Hast du was angestellt, Tuppence?«

»Nein, natürlich nicht! Es geht um die Scheibe im Glashausdach. Sie hat neulich schon ein bißchen gezittert und gewackelt. Heute ist sie mir praktisch auf den Kopf gefallen. Ich könnte völlig zerschnitten sein.«

Tommy sah sie prüfend an. »Du bist völlig ganz.«

»Ich hatte Glück. Trotzdem ist es mir in die Glieder gefahren.«

»Wir müssen den alten Mann, diesen Isaac, kommen lassen, damit er sie repariert. Er soll auch alle anderen Scheiben kontrollieren. Nicht auszudenken, wenn dir was geschieht, Tuppence!«

»Bei einem alten Haus stimmt wahrscheinlich vieles nicht.«

»Meinst du, auch bei dem unseren?«

»Wieso? Was soll an unserem Haus nicht stimmen?«

»Weil ich heute etwas Merkwürdiges darüber erfahren habe.«

»Etwas Merkwürdiges? Das erscheint mir höchst unwahrscheinlich!«
»Warum? Weil es so freundlich und unschuldig aussieht? So sauber angestrichen und ordentlich?«
»Nein. Der Anstrich und die Reparaturen und das unschuldige Aussehen sind unser Verdienst. Als wir es kauften, war es heruntergekommen und schäbig.«
»Darum war es auch so billig.«
»Du machst ein komisches Gesicht, Tommy«, sagte Tuppence. »Was ist los?«
»Daran ist der alte Monty schuld.«
»Ach, der Gute. Hat er dir Grüße für mich aufgetragen?«
»Selbstverständlich. Du sollst schön vorsichtig sein, und ich soll auf dich aufpassen.«
»Das sagt er immer. Aber warum ich hier vorsichtig sein soll – das möchte ich mal wissen.«
»Was würdest du sagen, Tuppence, wenn ich dir erzählte, daß er angedeutet hat oder vermutet, wir hätten uns nicht in den Ruhestand zurückgezogen, sondern wären in dienstlichem Auftrag hier. Daß wir wieder mal, genau wie in den Zeiten von N. und M., dienstlich herbeordert worden sind, vom Geheimdienst? Um etwas aufzudecken, um herauszufinden, was hier nicht stimmt.«
»Tommy, du träumst wohl!«
»Monty schien fest zu glauben, daß wir den Auftrag hätten, hier Nachforschungen anzustellen.«
»Ja, nach was denn?«
»Im Haus soll etwas versteckt sein.«
»Hier im Haus? Tommy, bist du verrückt?«
»Ehrlich gestanden, kam er mir ziemlich verrückt vor, aber ich bin jetzt nicht mehr so sicher.«
»Was soll es denn sein? Ein vergrabener Schatz? Die russischen Kronjuwelen im Keller? So etwas?«
»Nein, kein Schatz, sondern etwas, das jemandem gefährlich werden könnte.«
»Na, das ist aber wirklich seltsam«, sagte Tuppence.
»Warum, hast du was gefunden?«
»Nein, natürlich nicht! Aber anscheinend hat es hier vor vielen Jahren mal einen Skandal gegeben. Nicht, daß sich jemand genau

daran erinnert, nur eine Geschichte, die die Großmutter erzählt oder worüber das Personal geklatscht hat. Übrigens hat Beatrice eine Freundin, die etwas zu wissen scheint. Unsere Mary Jordan war in die Sache verwickelt. Es muß schrecklich geheim gewesen sein.«
»Ist das ein Produkt deiner Phantasie, Tuppence? Träumst du dich in unsere Jugendzeit zurück, als wir die Sache mit Jane Finn und der *Lusitania* klärten? Als wir so viele Abenteuer erlebten und die rätselhafte Mrs. Brown aufspürten?«
»Du meine Güte, ist das lange her, Tommy! Die *Jungen Abenteurer* haben wir uns genannt. Das kommt einem gar nicht mehr wirklich vor, nicht wahr?«
»Ja, du hast recht. Aber es war wirklich, sehr wirklich sogar. Die fragliche Geschichte muß an die sechzig Jahre her sein.«
»Was hat Monty denn genau gesagt?«
»Es handelt sich um Briefe oder Papiere, die einen politischen Skandal erregt hätten oder haben. Es geht um jemand in einflußreicher Stellung, der keine einflußreiche Stellung hätte haben dürfen; und es gab Briefe oder Papiere, die ihn erledigt hätten, wenn sie je ans Licht gekommen wären. Es geht um viele Intrigen, die vor langer Zeit geplant wurden.«
»Als Mary Jordan lebte? Das hört sich so unwahrscheinlich an, Tommy! Du mußt auf der Heimfahrt im Zug eingeschlafen sein und alles geträumt haben.«
»Das glaube ich selber bald«, antwortete Tommy. »Es ist wirklich absolut unwahrscheinlich.«
»Trotzdem könnten wir uns umsehen, da wir nun schon mal hier wohnen«, sagte Tuppence.
Ihre Augen suchten das Zimmer ab.
»Hier wird doch bestimmt nichts versteckt sein, oder was meinst du, Tommy?«
»Mir erscheint das Haus für ein derartiges Versteck ganz ungeeignet. Und seit damals haben so viele andere Familien hier gewohnt.«
»Ja, eine Menge, soweit ich das feststellen konnte. Trotzdem, es würde Spaß machen. Weißt du, wenn wir nichts anderes zu tun haben und vom vielen Tulpenpflanzen müde sind, könnten wir uns doch mal umsehen. Ich meine es so: Wir machen uns Gedanken und fangen damit an, daß wir sagen: ›Wenn ich etwas ver-

stecken wollte, wohin würde ich es tun und wo würde es am sichersten unentdeckt bleiben?‹«

»Ich glaube nicht, daß etwas unentdeckt bleiben würde«, stellte Tommy fest. »Nicht bei den vielen Gärtnern und Handwerkern, die sowieso alles auf den Kopf stellen, und dann die verschiedenen Familien und Häusermakler und wer nicht noch alles.«

»Man kann nie wissen! Vielleicht steckt's in der Teekanne.« Tuppence stand auf und trat zum Kamin. Sie kletterte auf einen Hocker, holte eine chinesische Teekanne vom Sims, nahm den Deckel ab und spähte hinein.

»Da ist nichts.«

»Das ist auch ein sehr unwahrscheinliches Versteck.«

»Könnte es sein«, fragte Tuppence, und ihre Stimme war eher hoffnungsvoll als zweifelnd, »daß jemand mir nach dem Leben trachtete und die Scheibe gelockert hat, damit sie mir auf den Kopf fällt?«

»Äußerst unglaubwürdig«, sagte Tommy. »Sicherlich wollte man den alten Isaac ärgern.«

»Was für ein enttäuschender Gedanke«, meinte Tuppence. »Ich hätte gern das Gefühl, gerade noch mal davongekommen zu sein.«

»Trotzdem, sei vorsichtig! Ich werde mehr auf dich aufpassen.«

»Du machst immer so ein Getue um mich.«

»Was sehr nett von mir ist«, sagte Tommy. »Du solltest froh sein, daß dein Mann so ein Getue um dich macht!«

»Hat unterwegs keiner auf dich geschossen oder versucht, den Zug entgleisen zu lassen?« fragte Tuppence.

»Nein. Trotzdem werden wir die Bremsen ausprobieren, ehe wir das nächste Mal wegfahren – ach, natürlich ist das alles völlig idiotisch!«

»Natürlich! Völlig idiotisch! Aber . . .«

»Aber?«

»Es macht mir fast Spaß, an so etwas zu denken.«

»Du meinst, Alexander wurde ermordet, weil er etwas wußte?« fragte Tommy.

»Er wußte etwas über die Person, die Mary Jordan getötet hat. ›Es war einer von uns . . .‹« Tuppence strahlte plötzlich. *»Uns«*, sagte sie mit Betonung. »Wir müssen alles über ›uns‹ herausbekommen. Es hat ein ›Uns‹ gegeben, in diesem Haus, in früherer Zeit.

Wir müssen ein Verbrechen aufklären. Wir müssen in die Vergangenheit reisen, um es aufzuklären, das Wo und Warum suchen. So etwas haben wir nie gemacht.«

13

»Wo hast du gesteckt, Tuppence?« fragte ihr Mann, als er am nächsten Tag nach Hause kam.

»Also, zuletzt bin ich im Keller gewesen.«

»Das kann ich sehen. Weißt du, daß du Spinnweben im Haar hast?«

»Das wundert mich nicht. Der Keller ist voll davon. Im übrigen war da nichts zu finden. Außer ein paar Flaschen Bayrum.«

»Bayrum?«

»Trinkt man den? Das halte ich für unwahrscheinlich.«

»Nein«, sagte Tommy. »Ich glaube, man hat ihn sich ins Haar getan.«

»Ja, da kannst du recht haben. Ich erinnere mich an einen Onkel – ja, ich hatte einen Onkel, der Bayrum als Haarwasser benützte. Ein Freund hat ihn ihm aus Amerika mitgebracht.«

»Ach, wirklich?«

»Uns hilft es auch nicht weiter. Ich meine, in einer Flasche Bayrum kannst du nichts verstecken.«

»Ach, nein?«

»Irgendwo muß man schließlich anfangen! Und es wäre ja möglich, daß das stimmt, was der gute Monty dir erzählt hat, obwohl ich nicht begreife, wo und was es sein könnte. Denn, sieh mal, wenn du ein Haus verkaufst oder stirbst, wird es doch ausgeräumt, nicht wahr? Ich meine, die Erben holen die Möbel ab und verkaufen es. Oder falls alles drinbleibt, zieht jemand anders ein und verkauft das Zeug. Wenn also jetzt noch was da ist, dann muß es den letzten oder vorletzten Bewohnern gehört haben, aber bestimmt nicht Familien, die schon lange vor ihnen im Haus wohnten.«

»Warum sollte jemand dir oder mir etwas antun oder versuchen wollen, uns aus dem Haus zu graulen – außer es gibt hier etwas, das wir nicht finden sollen?«

»Das ist allein deine Idee«, sagte Tuppence. »Es braucht gar nicht zu stimmen. Aber immerhin war der Tag nicht ganz vertan, ein paar Sachen habe ich gefunden.«
»Hatten sie was mit Mary Jordan zu tun?«
»Eigentlich nicht. Der Keller, das sagte ich schon, taugt nicht viel. Es waren ein paar alte Apparate da, die zum Fotografieren gehören. Dann eine Lampe zum Entwickeln, wie man sie früher benützt hat, mit einer roten Glasscheibe, und der Bayrum. Es gibt keine großen Steinplatten, die so aussehen, als könnte man sie aufheben und darunter etwas finden. Ein paar alte verschimmelte Koffer stehen rum, Blechkoffer und zwei Handkoffer, so kaputt, daß man nichts mehr hineinpacken kann. Wenn man ihnen einen Tritt gibt, zerfallen sie. Der Keller ist eine Fehlanzeige.«
»Das tut mir leid«, sagte Tommy. »Also erfolglos.«
»Aber jetzt gehe ich besser hinauf und mache die Spinnweben weg.«
»Das wäre nicht schlecht. Ohne sie habe ich dich lieber.«
»Eigentlich hättest du sagen sollen, daß du mich immer gern ansiehst und mich, egal wie alt ich bin, immer noch entzückend findest.«
»Tuppence, mein Liebling«, sagte Tommy, »ich finde dich überaus entzückend. Du hast eine dicke Spinnwebe über dem linken Ohr hängen, die sehr anziehend wirkt. Es erinnert mich an Kaiserin Eugenie, die auf gewissen Bildern auch so eine trägt. Übrigens scheint eine Spinne drinzusitzen.«
»Oh! Das mag ich gar nicht!«
Tuppence wischte die Spinnwebe fort und lief nach oben. Erst nach einer Weile kam sie zurück. Ein Glas stand für sie bereit. Sie sah es zweifelnd an.
»Das ist doch hoffentlich kein Bayrum?«
»Nein, Bristol Cream. Ich würde ihn selber auch nicht gern trinken.«
»Wie ist das?« fragte Tuppence. »Soll ich jetzt weitererzählen?«
»Ja, bitte«, sagte Tommy. »Du wirst es sowieso tun, aber mir gefällt der Gedanke, daß du es nur erzählst, weil ich dich dränge.«
»Also: Ich habe zu mir gesagt: ›Wenn ich in diesem Haus etwas verstecken wollte, wo würde man es am wenigsten finden?‹ «
»Natürlich. Logisch.«
»Und dann habe ich überlegt, welche Möglichkeiten es gibt. Eine

wäre natürlich Mathildes Bauch.«
»Wie bitte?«
»Das Schaukelpferd. Ich habe dir doch von ihm erzählt. Es ist ein amerikanisches Schaukelpferd.«
»Was hier alles aus Amerika stammt! Der Bayrum auch.«
»Ja. Das Schaukelpferd hat ein Loch im Bauch. Isaac erzählte es mir. Ein Haufen altes Zeug soll drin sein, nichts Interessantes. Aber das wäre ein Ort, an dem jemand etwas versteckt haben könnte, nicht?«
»Ja, sicher.«
»Wahreliebe übrigens auch. Ich habe das Fahrzeug gründlich untersucht. Der Sitz ist aus zerschlissenem Segeltuch. Aber es war nichts da, schon gar keine persönlichen Papiere. Dann habe ich weiter nachgedacht. Es bleiben uns immer noch die Bücherregale und die Bücher. Und mit dem Bücherzimmer auf dem Dachboden sind wir auch noch nicht fertig.«
»Nein? Ich hatte es so gehofft!«
»Das unterste Fach fehlt noch.«
»Das ist doch sehr einfach. Man braucht auf keine Leiter zu klettern.«
»Eben. Darum bin ich raufgegangen, habe mich auf den Boden gesetzt und es durchgesehen. Das meiste waren alte Predigten, von einem Methodistenpfarrer. Wenigstens halte ich es dafür. Sie sind ziemlich uninteressant, und darum habe ich sie alle rausgenommen und auf dem Boden gestapelt. Dabei habe ich eine Entdeckung gemacht. Unter den Büchern hatte jemand ein großes Loch ausgehöhlt und Zeug reingestopft, meistens völlig zerrissene Bücher. Eines war ziemlich groß und hatte einen braunen Papierumschlag. Ich habe es mir näher angesehen. Man kann ja nie wissen, nicht? Rate mal, was es ist?«
»Keine Ahnung. Die Erstausgabe von *Robinson Crusoe*. So was Wertvolles vielleicht?«
»Nein. Es ist ein Geburtstagsbuch.«
»Ein Geburtstagsbuch? Was ist das?«
»Früher war so was mal Mode. Dieses hier ist schon sehr alt. Ich glaube, es geht bis auf die Parkinsons zurück. Es sieht ziemlich mitgenommen aus. Zum Aufheben war es wohl nicht mehr schön genug, und ich glaube auch nicht, daß es noch jemand interessierte. Aber es stammt aus jener Zeit. Vielleicht läßt sich

was drin finden.«

»Ja? Meinst du, daß jemand was hineingelegt haben könnte?«

»Das dachte ich. Aber natürlich ist nichts drin. So einfach ist es nicht. Trotzdem werde ich es sehr genau unter die Lupe nehmen. Bis jetzt bin ich noch nicht dazu gekommen. Es könnte brauchbare Namen enthalten.«

»Ja, möglich.« Tommy hörte sich skeptisch an.

»Sonst habe ich leider nichts gefunden. Man sollte jetzt wohl noch die paar Schränke durchsuchen, die wir den Vorbesitzern abgekauft haben.«

»Und die übrigen Möbel?« fragte Tommy. »Sie haben oft Geheimfächer.«

»Nein, Tommy, das hat keinen Sinn. Die haben wir alle mitgebracht! Das einzige, was hier wirklich noch alt ist, ist das Gerümpel in dem Glashaus. Spielsachen und verwitterte Gartenbänke und so etwas. Antike Möbel gibt es keine. Der letzte Bewohner hat alles mitgenommen oder verkauft. Seit den Parkinsons müssen so viele Menschen hier gewohnt haben, daß von ihnen bestimmt nichts mehr da ist. Ich habe übrigens noch was gefunden, aber ich weiß nicht, ob es uns weiterhilft.«

»Was?«

»Menükarten aus Porzellan.«

»Menükarten aus Porzellan?«

»Ja. In dem alten Speisezimmerschrank, den wir nicht aufbekommen konnten. Weißt du, sie hatten den Schlüssel verloren. Ich habe ihn in einer alten Schachtel gefunden, übrigens auch im *KaKa*; und ihn geölt; das Schloß funktionierte tatsächlich noch. Leider war nichts drin. Ein leerer, schmutziger Schrank mit ein paar Scherben, die sicher von den letzten Bewohnern stammen. Aber oben, auf dem obersten Brett, lag ein kleiner Stapel mit auf Porzellan gemalten viktorianischen Menükarten, die es bei Gesellschaften gab. Fabelhaft, was die gegessen haben – geradezu prachtvolle Mahlzeiten. Ich lese es dir vor, aber erst nach dem Essen. Es war wirklich faszinierend. Weißt du, erst zwei Suppen, eine klar, eine gebunden, dann zwei Sorten Fisch, zwei Vorspeisen, dann kam Salat oder so etwas Ähnliches. Danach erst der Braten. Hinterher . . . ach, das weiß ich nicht mehr genau. Sorbet, glaube ich. Das ist Eis, nicht wahr? Und darauf – Hummersalat! Kannst du dir das vorstellen?«

»Sei still, Tuppence!« rief Tommy. »Ich glaube, mir wird schon ganz schlecht.«
»Na, das fand ich denn doch interessant. Übrigens sind sie sehr alt. Sie könnten aus der für uns wichtigen Zeit stammen.«
»Und was versprichst du dir von deinen Entdeckungen?«
»Das einzige, woraus sich was ergeben könnte, ist das Geburtstagsbuch. In ihm steht der Name Winifred Morrison.«
»Und?«
»Soviel ich weiß, ist es der Mädchenname der alten Mrs. Griffin, bei der ich neulich zum Tee war, erinnerst du dich? Sie ist eine der ältesten Einwohnerinnen und erinnert sich an vieles, was sogar noch vor ihrer Zeit geschehen ist. Ich denke mir, daß sie Namen aus dem Geburtstagsbuch kennt. Vielleicht bringt uns das weiter.«
»Ja, vielleicht.« Tommy klang immer noch zweifelnd. »Trotzdem . . .«
»Trotzdem?«
»Ach, ich weiß nicht mehr, was ich glauben soll. Meinst du nicht, wir sollten die ganze Geschichte aufgeben? Warum müssen wir eigentlich wissen, wer Mary Jordan getötet hat?«
»*Willst* du es nicht wissen?«
»Nein, das will ich nicht«, sagte Tommy. »Wenigstens – ach, ich gebe auf. Du hast mich angesteckt, ich gestehe es.«
»Hast *du* denn nichts Neues herausbekommen?«
»Dazu hatte ich heute keine Zeit. Aber ich habe eine neue Informationsquelle. Ich habe dir doch neulich von einer Frau erzählt, die eine so gute Spürnase hat. Ich habe sie gebeten, sich um ein paar Dinge zu kümmern.«
»Na«, sagte Tuppence, »geben wir die Hoffnung nicht auf. Es ist im Grund alles Unsinn, aber es macht doch Spaß.«
»Ich bin nicht so sicher, ob es so lustig ist, wie du glaubst, Tuppence.«
»Dann ist es auch egal. Wenigstens haben wir unser Bestes getan.«
»Wenn du dein Bestes nur nicht stets allein tun würdest«, sagte Tommy. »Das macht mir große Sorgen. Du unternimmst immer etwas, wenn ich nicht da bin.«

»Ich möchte wissen, was Tuppence jetzt macht«, sagte Tommy seufzend.
»Entschuldigen Sie, ich habe Sie nicht richtig verstanden.«
Tommy wandte den Kopf, um Miss Collodon genauer zu mustern. Miss Collodon war dünn, fast ausgemergelt, und hatte graue Haare, denen man noch Spuren einer Wasserstoffsuperoxydbehandlung ansah, die ihr ein jugendlicheres Aussehen hatte geben sollen (was nicht gelungen war). Jetzt probierte sie verschiedene künstlerische Grautönungen aus, Rauchgrau und Stahlblau und ähnliche Schattierungen, die zu einer Dame zwischen sechzig und fünfundsechzig paßten, die sich mit Recherchen befaßte. Ihr Gesicht drückte eine Art asketischer Überlegenheit und höchstes Vertrauen in die eigenen Fähigkeiten aus.
»Ach, es war nicht weiter wichtig, Miss Collodon«, antwortete Tommy. »Es war mir nur etwas eingefallen, wissen Sie. Es kam mir gerade in den Sinn.«
Wenn ich nur wüßte, dachte Tommy und gab sich diesmal Mühe, die Worte nicht laut auszusprechen, was sie heute unternimmt. Irgendwas Verrücktes, darauf möchte ich wetten. Möglich, daß sie sich halb umbringt in diesem merkwürdigen alten Kinderfahrzeug, das sich bestimmt bei einer von ihren Talfahrten in seine Bestandteile auflöst, und wahrscheinlich endet es mit einem Knochenbruch. Heutzutage sind es immer Beckenbrüche, obwohl ich nicht begreife, warum diese Knochen gefährdeter sind als andere. Tuppence, das glaubte er bestimmt, würde im Augenblick etwas Verrücktes oder Albernes tun oder etwas, das zwar nicht verrückt oder albern war, dafür aber höchst gefährlich. Jawohl, gefährlich! Es war immer schwierig, Tuppence aus Gefahren herauszuhalten. Ihm fielen viele Beispiele aus der Vergangenheit dazu ein. Worte aus einem Gedicht tauchten in seiner Erinnerung auf, und er sagte laut:

»›Tor des Schicksals . . .
Zieh nicht darunter durch, Karawane,
nicht singend! Hörst du
die Stille, die toten Vögel schweigen,
und dennoch etwas wie ein Vogel singt.‹«

Miss Collodon reagierte sofort, und Tommy erschrak fast vor Überraschung.
»Flecker«, sagte sie. »Flecker. *Todeskarawane … Höhle des Unglücks. Festung der Angst.*«
Tommy starrte sie an, dann ging ihm auf, daß Miss Collodon geglaubt hatte, er hätte ein poetisches Problem, das erforscht werden sollte und dessen vollen Text und Autor er erfragen wollte. Die Schwierigkeit bei Miss Collodon war, daß ihre Forschungen sich über ein so breites Feld erstreckten.
»Ich hatte gerade an meine Frau gedacht«, sagte Tommy, um Entschuldigung bittend.
»Ach?«
Miss Collodon betrachtete Tommy mit einem eigenartigen Ausdruck. Offensichtlich schloß sie auf einen schiefhängenden Haussegen. Gleich würde sie ihm die Adresse eines Eheberatungsinstituts geben, wo er Rat und Hilfe für seine Eheschwierigkeiten finden könnte.
Er sagte hastig: »Haben Sie mit den Nachforschungen Erfolg gehabt, über die ich vorgestern mit Ihnen gesprochen habe?«
»Oh, natürlich! Das war nicht weiter schwierig. Wissen Sie, bei derartigen Fragen ist das *Somerset House* außerordentlich nützlich. Ich glaube ja nicht, daß Ihnen viel mit den Auskünften gedient sein wird, die dort zu bekommen sind, aber ich habe die Daten von einigen Geburten, Heiraten und Sterbefällen.«
»Lauter Mary Jordans?«
»Ja, eine Mary, eine Maria und eine Polly. Eine Mollie Jordan habe ich auch. Ich weiß nicht, ob die von Ihnen gesuchte darunter ist. Darf ich Ihnen dies geben?«
Sie reichte ihm einen kleinen, maschinengeschriebenen Bogen.
»Vielen Dank.«
»Es sind mehrere Adressen notiert, nach denen Sie mich gefragt hatten. Die von Major Dalrymple konnte ich leider noch nicht ausfindig machen. Heute ziehen die Leute ständig um. Aber in zwei Tagen werde ich sie sicher haben. Dies ist Dr. Heseltines Adresse. Er wohnt zur Zeit in Surbiton.«
»Besten Dank. Ich werde wahrscheinlich mit ihm anfangen.«
»Haben Sie noch weitere Fragen?«
»Ja, hier ist eine Liste mit sechs Punkten. Einige davon fallen vermutlich nicht in Ihr Arbeitsgebiet.«

»Ach das«, sagte Miss Collodon absolut sicher. »Wissen Sie, ich muß mein Arbeitsgebiet meinen Aufgaben anpassen. Es ist ziemlich leicht festzustellen, wo man was herausbekommt, um es etwas naiv auszudrücken. Aber es trifft den Nagel auf den Kopf. Ich erinnere mich – na, es ist schon lange her, ich hatte damals gerade in diesem Beruf angefangen –, daß ich gleich zu Beginn entdeckte, wie nützlich das Auskunftsbüro eines Kaufhauses wie zum Beispiel Selfridge war. Man konnte die ausgefallensten Sachen fragen und erhielt immer eine Antwort oder zumindest den Rat, wohin man sich wenden sollte. Leider gibt es das nicht mehr. Heutzutage beziehen sich die meisten Nachforschungen auf – ach, wissen Sie, es geht um Selbstmord und solche Dinge. Es sind Samariterdienste geworden. Oder es geht um juristische Fragen wegen Testamenten oder Arbeitsplätzen im Ausland oder Einwanderungsproblemen. Übrigens gehören diese Dinge auch zu meinem Beruf. Es ist ein weites Feld geworden.«

»Ja, es sieht wirklich so aus.«

»Und dann die Hilfe für Alkoholiker. Es gibt viele Vereine, die sich ausschließlich damit befassen. Manche sind gut, andere taugen nichts. Ich habe eine lange Liste und einige sehr zuverlässige Namen . . .«

»Daran werde ich denken«, unterbrach sie Tommy, »wenn ich anfange, zu tief in die Flasche zu schauen. Es hängt ganz davon ab, wie weit ich heute komme.«

»Aber Mr. Beresford! Nach Schwierigkeiten mit Alkohol sehen Sie mir nicht aus.«

»Keine rote Nase?« fragte Tommy.

»Bei Frauen ist es viel schlimmer«, sagte Miss Collodon. »Viel schwieriger, sie davon abzubringen, verstehen Sie. Männer werden auch rückfällig, nur nicht so auffällig. Aber Frauen, kann ich Ihnen sagen, die wirken oft ganz normal und trinken in bester Laune nichts als Limonade – und dann, eines abends, mitten auf einer Gesellschaft, fängt alles wieder von vorne an.«

Jetzt sah sie auf die Uhr.

»Ach, ich muß zu meiner nächsten Verabredung, bis zur Upper Grosvenor Street.«

»Herzlichen Dank für all Ihre Bemühungen«, sagte Tommy.

Er half ihr in den Mantel, öffnete ihr die Tür und kehrte dann ins

Zimmer zurück.
»Ich darf nicht vergessen«, sagte er, »Tuppence heute abend zu erzählen, was unsere Nachforschungen bisher ergeben haben: Daß die Dame von der Auskunftei meine Frau für eine Trinkerin hält und glaubt, unsere Ehe ginge deswegen in die Brüche. Du meine Güte! Was kommt als nächstes?«

Das nächste war eine Verabredung in einem einfachen Restaurant in der Nähe der Tottenham Court Road.
»Ist es die Möglichkeit!« rief ein älterer Mann und sprang von seinem Stuhl auf. »Der rote Tom! Ich hätte Sie beinahe nicht wiedererkannt.«
»Kann ich mir denken. Von den roten Haaren ist nicht viel übrig. Jetzt wäre ich der graue Tom.«
»Ach, so sehen wir alle aus. Wie geht's Ihnen?«
»Danke, wie immer. Der Kalk rieselt ein bißchen, und die Auflösung schreitet allmählich fort.«
»Wie lange ist es her, seit wir uns gesehen haben? Zwei Jahre? Acht Jahre? Elf Jahre?«
»Na, jetzt übertreiben Sie! Wir haben uns letzten Herbst beim Essen in der *Malteser Katze* getroffen. Erinnern Sie sich nicht?«
»Ja, stimmt. Das Haus wurde abgerissen. Das Essen war miserabel. Nun erzählen Sie mal, was Sie so treiben, alter Freund. Haben Sie es immer noch mit der Spionage?«
»Nein«, sagte Tommy. »Mit dem Geheimdienst habe ich nichts mehr zu tun.«
»Wie schade. So eine Verschwendung Ihrer Talente.«
»Und was ist mit Ihnen, Mutton-Chop?«
»Ach, viel zu alt, um meinem Land auf diese Art zu dienen.«
»Gibt's denn keine Spionage mehr?«
»Jede Menge, vermutlich. Aber dafür wird man jetzt wohl die klugen jungen Männer nehmen, die aus den Universitäten quellen und dringend Arbeit suchen. Wo stecken Sie eigentlich? Ich habe Ihnen eine Weihnachtspostkarte geschickt. Na ja, geschickt habe ich sie erst im Januar, sie ist zurückgekommen. Empfänger unbekannt!«
»Wir leben jetzt auf dem Land. An der Südküste. In Hollowquay.«
»Hollowquay, Hollowquay? Der Ort kommt mir bekannt vor. Ist

dort nicht mal was passiert, das in Ihr Fach schlägt?«
»Nicht zu meiner Zeit«, antwortete Tommy. »Ich habe erst davon gehört, nachdem wir hingezogen sind. Geschichten der Vergangenheit. Es ist mindestens sechzig Jahre her.«
»Hatte es nicht irgendwas mit einem U-Boot zu tun? U-Boot-Pläne, die an irgend jemand verkauft worden sind? Ich habe vergessen, an wen wir damals Schiffe verkauften. Vielleicht an die Japaner, vielleicht an die Russen – ach, an viele Länder. Feindliche Agenten schien man immer nur im Regent's Park oder an einem ähnlichen Ort zu treffen. Wissen Sie, man traf, sagen wir mal, den dritten Sekretär einer Botschaft. So schöne Spioninnen wie in den Romanen hat's leider nie gegeben.«
»Ich wollte Sie gern etwas fragen, Mutton-Chop.«
»So, na schießen Sie los! Ich habe kein sehr ereignisreiches Leben geführt. Margery – Sie erinnern sich noch an Margery?«
»Selbstverständlich. Beinahe wäre ich zu Ihrer Hochzeit gekommen.«
»Ich weiß. Sie waren verhindert, oder vielmehr Sie haben den falschen Zug genommen, wenn ich mich richtig erinnere. Er fuhr nach Schottland, statt nach Southall. Na, es war kein großer Schaden, daß Sie nicht kamen. Es ist nicht viel draus geworden.«
»Wieso?«
»Aus irgendeinem Grund hat es nicht funktioniert. Nach anderthalb Jahren war es vorbei. Sie hat wieder geheiratet. Ich nicht, aber es geht mir nicht schlecht. Ich wohne in Little Pollon. Der Golfplatz ist recht ordentlich. Meine Schwester versorgt mir den Haushalt. Sie ist eine wohlhabende Witwe, und wir vertragen uns gut. Sie ist ziemlich taub und hört schlecht, so daß man eben etwas brüllen muß.«
»Sie sagten, Sie hätten von Hollowquay gehört? War es wirklich Spionage?«
»Ach, lieber Freund, offen gestanden – es ist schon so lange her, daß ich es nicht mehr genau weiß. Damals hat es viel Aufsehen erregt. Wissen Sie, prachtvoller junger Marineoffizier, über jeden Tadel erhaben, neunzig Prozent britisch, hundertfünf Prozent zuverlässig – aber nichts stimmte dann. Er wurde von – nein, ich erinnere mich nicht, von wem er bezahlt wurde. Ich schätze, von den Deutschen. Es war vor dem Krieg von 1914. Ja, um die Zeit muß es gewesen sein.«

»Eine Frau soll dabei auch eine Rolle gespielt haben«, sagte Tommy.
»Mir ist, als hätte ich ihren Namen gehört. Mary Jordan hieß sie, kann das sein? Die Sache ist mir wirklich nicht mehr recht klar. Es stand in den Zeitungen, und ich glaube, es ging um seine Frau – die Frau des über jeden Verdacht erhabenen Marineoffiziers, meine ich. Seine Frau hat sich mit den Russen in Verbindung gesetzt und – nein, halt, das war später. Es gerät einem alles durcheinander – die Fälle gleichen sich so. Die Frau fand, daß er nicht genug Geld verdiente – was ja wohl heißt, daß sie nicht genug Geld bekam. Und darum . . . Sagen Sie mal, warum wollen Sie diesen alten Kram wieder ausgraben? Was haben Sie nach so langer Zeit noch damit zu tun? Ich erinnere mich, Sie hatten mal mit einem Passagier der *Lusitania* zu tun, der mit dem Schiff untergegangen ist. In jene Sache waren Sie doch verwickelt, oder war's Ihre Frau?«
»Alle beide«, antwortete Tommy. »Es ist so lange her, daß ich mich nicht mehr richtig erinnere.«
»Eine Frau steckte dahinter, nicht wahr? Sie hieß Jane Fish oder Jane Whale!«
»Jane Finn«, berichtigte Tommy.
»Wo ist sie jetzt?«
»Mit einem Amerikaner verheiratet.«
»So so. Wie nett, so was zu hören. Man kommt immer wieder auf die alten Freunde zu sprechen und was aus ihnen geworden ist. Entweder sind sie tot, was einen enorm überrascht, weil man es nicht für möglich gehalten hat, oder sie sind nicht tot, und das überrascht einen dann noch mehr. Das Leben ist nicht einfach.«
Tommy fand das auch, und dann erschien der Ober. Was die Herren essen wollten . . . Danach wandte sich die Unterhaltung feinschmeckerischen Fragen zu.

Am Nachmittag hatte Tommy noch eine Verabredung. Diesmal mit einem melancholischen und griesgrämigen Mann, der in seinem Büro saß und offensichtlich Tommy die Zeit nicht gönnte, die er ihm widmen mußte.
»Tja, da kann ich Ihnen nicht viel sagen. Natürlich weiß ich so ungefähr, wovon Sie sprechen – damals hat es viel Gerede gegeben, es kam zu einem politischen Skandal –, aber über derartige Din-

ge bin ich nicht informiert, verstehen Sie? Nein. Sie müssen bedenken, daß so etwas rasch in Vergessenheit gerät, nicht wahr? Sobald in der Presse ein neuer Skandal breitgetreten wird, vergißt man den vorigen.«
Er wurde etwas gesprächiger, als die Rede auf einige Glanzpunkte seines eigenen Lebens kam – Verdachtsmomente, die plötzlich und überraschend geklärt worden waren, oder irgendein äußerst seltsamer Vorfall, der seinen Verdacht erregt hatte. Am Ende sagte er:
»Ein wenig kann ich Ihnen doch weiterhelfen. Hier habe ich eine Adresse für Sie. Sie sind bereits angemeldet. Ein netter Bursche. Glänzend informiert. Höher geht's nicht. Er ist ganz oben. Eine meiner Töchter ist sein Patenkind. Deshalb ist er nett zu mir und tut mir nach Möglichkeit jeden Gefallen. Ich habe ihn gefragt, ob er bereit wäre, Sie zu empfangen, es gäbe da einige Dinge, über die Sie gern Bescheid wüßten. Ich habe ihm erzählt, was für ein netter Kerl Sie sind und so weiter, und er meinte, er hätte schon von Ihnen gehört. Sie sollen ruhig kommen – um Viertel vor vier. Hier ist die Adresse, ein Büro in der City. Sind Sie ihm schon mal begegnet?«
»Ich glaube nicht.« Tommy betrachtete die Visitenkarte und den Zettel mit der Adresse. »Nein.«
»Sie würden ihn nie für einen Mann halten, der Einfluß hat, er ist sehr groß, wissen Sie, und gelb.«
»Groß und gelb?«
Tommy konnte sich darunter nicht sehr viel vorstellen.
»Er ist ganz oben«, versicherte sein griesgrämiger Freund. »Absolute Spitze. Gehen Sie nur hin! *Etwas* kann er Ihnen auf jeden Fall erzählen. Na, dann viel Glück, mein Lieber!«

Nachdem sich Tommy erfolgreich bis zu dem Bürogebäude in der City durchgekämpft hatte, wurde er von einem Mann zwischen fünfunddreißig und vierzig empfangen, der ihn mit Blikken durchbohrte, die nichts Gutes verhießen. Tommy hatte das Gefühl, verdächtigt zu werden, entweder eine Bombe in einem unverfänglichen Behältnis bei sich zu tragen oder eine Entführung zu planen oder die ganze Belegschaft mit einem Revolver in Schach halten zu wollen. Es machte ihn schrecklich nervös.
»Sie sind mit Mr. Robinson verabredet? Wann, sagten Sie? Aha,

um Viertel vor vier?« Er beugte sich über einen Terminkalender. »Mr. Thomas Beresford?«
»Ja«, antwortete Tommy.
»Gut. Wenn Sie bitte hier unterschreiben würden.«
Tommy schrieb seinen Namen an die gewünschte Stelle.
»Johnson!«
Ein fahrig wirkender junger Mann von etwa dreiundzwanzig tauchte wie eine Erscheinung von seinem Schreibtisch hinter einer Glaswand auf. »Ja, Sir?«
»Bringen Sie Mr. Beresford in den vierten Stock zum Büro von Mr. Robinson.«
»Ja, Sir!«
Er führte Tommy zu einem Lift. Es war die Sorte Lift, die ihre eigenen Vorstellungen zu haben scheint, wie man mit einem Fahrgast umzugehen hat. Die Türen glitten auseinander, Tommy ging hinein und wurde von ihnen beinahe festgequetscht, weil sie sich zu früh schlossen. Krachend knallten sie knapp hinter seinem Rücken zu.
»Ein kühler Nachmittag«, stellte Johnson fest und gab sich dem Besucher gegenüber freundlich, weil dieser sofort ins Allerheiligste vorgelassen wurde.
»Ja«, sagte Tommy, »nachmittags scheint es immer kühl zu sein.«
»Manche behaupten, es kommt von der Umweltverschmutzung, andere sagen, das Erdgas ist schuld, das sie aus der Nordsee holen.«
»Ach? Das habe ich noch nie gehört.«
»Mir kommt es auch unwahrscheinlich vor«, stellte Johnson fest. Sie glitten am zweiten und dritten Stock vorüber und hielten schließlich. Johnson führte Tommy, der wieder nur mit knapper Not den Lifttüren entkam, durch einen Korridor zu einer Tür, klopfte an, wurde hereingerufen, hielt die Tür auf, ließ Tommy über die Schwelle schreiten und sagte: »Mr. Beresford, Sir. Er ist angemeldet.«
Dann verschwand er. Das Zimmer wurde von einem riesigen Schreibtisch ausgefüllt, hinter dem ein großer, schwerer Mann mit einem großflächigen gelben Gesicht saß. Seine Nationalität ließ sich nicht erraten. Er konnte alles sein. Tommy hielt ihn ganz instinktiv für einen Ausländer. Ein Deutscher vielleicht? Oder ein Österreicher? Vielleicht sogar ein Japaner. Andererseits war

es durchaus möglich, daß er Engländer war.
»Oh, Mr. Beresford!«
Mr. Robinson stand auf und reichte ihm die Hand.
»Ich bin Ihnen sehr dankbar, daß Sie sich Zeit für mich genommen haben«, sagte Tommy.
Er hatte das Gefühl, Mr. Robinson schon gesehen oder früher einmal gezeigt bekommen zu haben. Auf jeden Fall mußte er damals – wann immer es auch gewesen war – ziemlich eingeschüchtert gewesen sein, weil Mr. Robinson ein so bedeutender Mann war. Und, so hatte man ihm gesagt, er war es immer noch. Man spürte es sofort.
»Wie ich höre, haben Sie ein paar Fragen. Ihr Freund – mir ist sein Name im Augenblick entfallen – hat mir ein paar Stichworte gegeben.«
»Ich glaube – ich meine, vielleicht sollte ich Sie mit so einer Sache gar nicht behelligen. Ich weiß nicht einmal, ob es wirklich von Bedeutung ist. Es war ein spontaner . . .«
»Einfall?«
»Ja, zum Teil stammt er von meiner Frau.«
»Ich habe schon von ihr gehört. Von Ihnen übrigens auch. Warten Sie, es ging um den Fall N. und M., nicht wahr? Ja, ich erinnere mich wieder an die Einzelheiten. Sie haben einen Agenten geschnappt, der bei der englischen Marine gewesen ist und in Wirklichkeit ein bedeutender Hunne war. Ich nenne sie manchmal noch Hunnen, wissen Sie. Natürlich weiß ich, daß jetzt alles ganz anders ist, seit wir zum Gemeinsamen Markt gehören und so weiter. Alle im gleichen Kindergarten, könnte man sagen, was? Sie haben damals ausgezeichnete Arbeit geleistet. Ihre Frau auch. Meine Hochachtung. Das alte Kinderbuch! ›Hopp, hopp, hopp, Pferdchen lauf Galopp.‹ Dadurch kam doch alles heraus, nicht wahr?«
»Wie seltsam, daß Sie sich noch erinnern!« meinte Tommy beeindruckt.
»Ja, ich weiß, man ist selbst immer wieder überrascht, wenn einem was einfällt. Wie gerade eben. Es war eine so verrückte Sache, daß man nie vermutet hätte, was tatsächlich dahintersteckte.«
»Ja, es war brillant.«
»Um was geht es nun bei Ihnen? Erzählen Sie mir einfach die gan-

ze Geschichte! Setzen Sie sich doch, und entlasten Sie Ihre Füße. Wissen Sie nicht – na, Sie werden es noch erfahren, wenn Sie ein paar Jahre älter sind –, wie wichtig es ist, die Beine auszuruhen?«

»Alt genug bin ich wohl jetzt schon«, sagte Tommy. »Viel habe ich nicht mehr vom Leben zu erwarten, nur noch den Sarg, wenn's soweit ist.«

»Ach, das möchte ich nicht behaupten. Glauben Sie mir, wenn man mal ein gewisses Alter erreicht hat, kann man praktisch ewig leben. Also, um was geht es eigentlich?«

»Meine Frau und ich sind umgezogen, wir hatten den üblichen Ärger . . .«

»Kenne ich«, rief Mr. Robinson. »Und ob ich das kenne! Es wimmelt von Elektrikern! Sie machen Löcher in den Boden, in die man reinfällt . . .«

»Die früheren Besitzer haben Bücher dagelassen, an denen sie nicht mehr interessiert waren, unter anderem viele Kinderbücher, von Autoren wie Henty zum Beispiel.«

»Ich habe ihn in meiner Jugend auch gelesen.«

»In einem Buch fanden wir unterstrichene Stellen. Eigentlich waren es nur Buchstaben. Wenn man sie aneinanderreihte, kam ein Satz heraus. Und – was ich jetzt sagen werde, hört sich schrecklich dumm an . . .«

»Na, ein Hoffnungsschimmer«, sagte Mr. Robinson. »Wenn sich was dumm anhört, will ich es immer wissen.«

»Der Satz lautete: ›Mary Jordan ist keines natürlichen Todes gestorben. Es war einer von uns.‹ «

»Wie interessant. So was habe ich leider nie entdeckt. Wer hat es geschrieben? Haben Sie irgendwelche Hinweise?«

»Offenbar ein Schuljunge mit Namen Parkinson. Die Familie wohnte in unserem Haus, soviel wir feststellen konnten. Alexander Parkinson. Er liegt auf dem dortigen Friedhof begraben.«

»Parkinson«, sagte Mr. Robinson. »Lassen Sie mich nachdenken. Parkinson – ja, mit diesem Namen hatte ein Fall etwas zu tun, nur daß man manchmal nicht mehr genau weiß, wer und was und wo.«

»Wir wollten unbedingt herausbekommen, wer Mary Jordan war.«

»Weil Sie nicht auf natürliche Weise gestorben ist? Ja, das sieht Ihnen ähnlich! Eine merkwürdige Geschichte. Was haben Sie entdeckt?«

»Nichts«, erwiderte Tommy. »Niemand kann sich mehr an sie erinnern oder weiß etwas über sie. Jemand hat wenigstens erzählt, sie wäre eine Art Au-pair-Mädchen gewesen oder eine Gouvernante. Genau wußte die Frau es nicht. Sie sehen, wie schwierig die Nachforschungen sind.«

»Und sie ist gestorben? An was?«

»Jemand hat beim Spinatschneiden ein paar Fingerhutblätter erwischt – ein reines Versehen. Sie haben alle davon gegessen. So was ist kaum tödlich.«

Mr. Robinson nickte. »Das würde nicht ganz genügen. Aber wenn Sie eine gute Portion Digitalis in eine Kaffeetasse tun und dafür sorgen, daß Mary Jordan sie austrinkt – oder Sie mixen das Zeug in ihren Cocktail –, dann kann man den Fingerhutblättern die Schuld geben, und es sieht alles wie ein bedauerliches Versehen aus. Aber dieser Alexander Parkinson war ein helles Bürschchen. Er machte sich Gedanken, nicht wahr? Wissen Sie noch mehr, Beresford? Wann war das? Im Ersten Weltkrieg, im Zweiten, oder früher?«

»Vor dem Ersten Weltkrieg. Die Gerüchte kamen nie zum Schweigen, daß es damals eine deutsche Spionin gegeben hat.«

»Ich erinnere mich! Es war eine Riesensensation. Man hielt jeden Deutschen, der vor 1914 in England arbeitete, von vornherein für einen Spion. Der englische Offizier, der in den Fall verwickelt war, galt als ›über jeden Verdacht erhaben‹. Ich persönlich sehe mir solche Leute immer ganz genau an. Das ist nun lange her, und ich glaube nicht, daß kürzlich etwas darüber veröffentlicht worden ist. Ich meine, nicht in dem Sinn, daß alte Akten freigegeben wurden und jemand sie für den Publikumsgeschmack aufbereitet hat.«

»Es ist leider alles so vage!«

»Natürlich! Nach so langer Zeit! Die Geschichte wurde immer mit den U-Boot-Plänen in Verbindung gebracht, die damals abhanden kamen. Man sprach auch von Flugzeugplänen. So etwas ist immer interessant und weckt Neugier. Aber es handelte sich nicht allein darum, wissen Sie. Man darf die politischen Auswirkungen nicht außer acht lassen. Bedeutende Politiker steckten mit drin. Gerade solche, von denen man annahm, sie wären rechtschaffen und loyal. Rechtschaffenheit kann ebenso gefährlich sein wie ein über jeden Verdacht erhabener Offizier. Ich erinnere mich an einen solchen Fall aus dem letzten Krieg: Ein Mann dort unten an der Küste – er wohnte in einem kleinen Haus am Strand – war ein Anhänger Hitlers und sammelte Schüler um sich. Er predigte, es bliebe uns nichts anderes übrig, als uns mit ihm zu verbünden. Dabei machte er einen so seriösen Eindruck. Er hatte ein paar gute Ideen. Er wollte die Armut, soziale Unsicherheit und Ungerechtigkeit abschaffen – lauter solche Dinge, wissen Sie. Ja. Er blies ins Horn der Faschisten, nannte es aber nie Faschismus. Mit Spanien hatte er es auch, und mit Franco selbstverständlich. Dazu kam dann noch der gute alte Mussolini. Ja, dunkle Geschäfte hat es vor Kriegen auch immer gegeben. Viele Dinge kommen nie ans Tageslicht, und niemand erfährt je etwas Genaues.«

»Sie wissen wirklich gut Bescheid«, sagte Tommy. »Entschuldigen Sie, ich möchte nicht aufdringlich wirken, aber es ist eine große Freude, jemand zu treffen, der so gut informiert ist.«

»Na ja, ich hatte oft die Finger im Spiel, wie man sagen könnte. Wissen Sie, ich bin auf Umwegen an die Dinge gekommen oder blieb im Hintergrund. Man hört viel. Auch von seinen alten Freunden erfährt man eine Menge, die sich mit den betreffenden Angelegenheiten befaßt hatten und die Details kannten. Sie werden das sicher auch schon erfahren haben.«

»Ja, natürlich«, sagte Tommy. »Man trifft alte Freunde, die wieder alte Freunde haben, und dann kommt viel zusammen, was sie wissen und was man selbst weiß. Damals hat man sich auf das Ganze keinen Reim gemacht, jetzt hört man wieder davon, und plötzlich wird es sehr interessant.«

»Ja. Ich verstehe jetzt, worauf Sie hinauswollen. Merkwürdig, daß Sie gerade über diesen Fall gestolpert sind.«

»Der Ärger ist nur«, sagte Tommy, »daß ich gar nicht weiß, ob wir vielleicht nur einem Hirngespinst nachjagen. Wir haben das Haus gekauft, weil wir dort wohnen wollten. Es war genau, wie wir es uns erträumten. Wir haben es nach unseren Plänen umgebaut, und jetzt versuchen wir, den Garten in Ordnung zu bringen. Wir dachten sozusagen an nichts Böses. Unser Beweggrund war nichts als reine Neugier.«

»So ist der Mensch nun einmal beschaffen. Die Neugier ist der Beweggrund für alle Forschung, sie führt uns auf den Mond und in die Tiefen des Meeres. Sie läßt uns Erdgas in der Nordsee entdecken und Sauerstoff aus dem Meer gewinnen. Ohne Neugier wäre der Mensch wie eine Schildkröte, die übrigens ein sehr angenehmes Leben führt. Sie schläft im Winter und lebt im Sommer von nichts anderem als Gras. Vielleicht kein interessantes, aber ein sehr friedliches Leben. Andererseits –«

»Andererseits könnte man sagen, der Mensch gleicht einem Mungo.«

»Aha! Sie lesen Kipling. Das freut mich. Kipling wird heutzutage leider viel zu wenig geschätzt. Er war ein großartiger Schriftsteller. Man sollte ihn viel mehr lesen. Seine Kurzgeschichten sind erstaunlich gut.«

»Ich möchte mich nicht gern blamieren«, sagte Tommy. »Ich möchte meine Nase nicht in Dinge stecken, die mich nichts angehen. Die heute keinen Menschen mehr etwas angehen, sollte ich vielleicht richtiger sagen.«

»Das können Sie nie wissen«, meinte Mr. Robinson.

»Es ist mir durchaus ernst damit.« Tommy hatte ein schlechtes Gewissen, weil er einem so bedeutenden Mann die Zeit stahl.

»Vermutlich wird Ihnen Ihre Frau keine Ruhe lassen. Leider hatte ich noch nicht das Vergnügen, sie kennenzulernen. Sie soll eine großartige Person sein, was?«

»Ich finde, ja.«

»Na, das höre ich gern. Ich mag Menschen, die zusammenhalten und eine gute Ehe führen.«

»Ach, ich glaube, ich gleiche einer Schildkröte. Tatsache ist doch, daß wir alt und müde sind. Und obwohl wir für unser Alter noch sehr munter sind, möchten wir nicht gern in irgendeine dunkle Geschichte verwickelt werden. Wir . . .«

»Ich weiß, ich weiß.« Mr. Robinson winkte ab. »Hören Sie auf, sich dauernd zu entschuldigen. Sie möchten einfach Klarheit haben. Und Mrs. Beresford ebenfalls. Abgesehen davon: nach allem, was man mir von ihr erzählt hat, bin ich sicher, daß sie es auch schaffen wird.«

»Meinen Sie, daß sie eher Erfolg haben wird als ich?«

»Ich glaube nur, daß Sie vielleicht nicht ganz so darauf erpicht sind, den Dingen auf die Spur zu kommen. Aber ich gebe Ihnen die gleichen Erfolgschancen, weil ich den Eindruck habe, daß Sie sehr gut darin sind, Quellen aufzuspüren. Und für etwas, das so

lange her ist, lassen sich Quellen nur schwer aufspüren.«
»Darum habe ich auch ein so schlechtes Gewissen, Sie zu stören. Von selbst wäre ich nie gekommen. Aber Mutton-Chop ...«
»Ein guter Mann. War zu seiner Zeit sehr tüchtig. Ja. Er hat Sie zu mir geschickt, weil er weiß, daß ich an solchen Dingen immer interessiert bin. Ich habe schon sehr früh damit angefangen, wissen Sie: Mit dem Herumstochern in verdächtigen Fällen und dem Aufspüren von Dingen.«
»Und jetzt«, sagte Tommy, »jetzt sind Sie ganz oben.«
»Na, wer hat Ihnen denn das gesagt?« fragte Mr. Robinson. »Das ist Unsinn!«
»Das glaube ich nicht.«
»Na ja, manche arbeiten sich an die Spitze, anderen wird eine Spitzenposition aufgezwungen. Ich würde sagen, letzteres paßt am ehesten auf mich. Mir ist die Behandlung von ein paar sehr interessanten Fällen einfach aufgezwungen worden.«
»Die Sache mit – Frankfurt – zum Beispiel?«
»So, so. Sie haben die Gerüchte also gehört. Aber streichen Sie sie ruhig aus Ihren Gedanken. Je weniger davon geredet wird, um so besser. Und glauben Sie ja nicht, ich wollte Ihnen einen Vorwurf daraus machen, weil Sie mit Ihren Fragen zu mir gekommen sind. Wahrscheinlich kann ich einiges von dem beantworten, was Sie wissen wollen. Nehmen wir mal an, ich sagte, vor Jahren hätte es einen Fall gegeben, der nie genau geklärt wurde und der uns heute noch interessiert, weil er immer noch aktuell ist, dann entspräche das der Wahrheit. Nehmen Sie das mal als Basis an. Allerdings weiß ich nicht, was für Ratschläge ich Ihnen geben soll. Sie müssen einfach darüber nachgrübeln, herumhorchen, Erinnerungen ausgraben. Wenn Sie auf etwas stoßen, das mich interessieren könnte, rufen Sie mich an. Wir werden ein Kennwort ausmachen. Und wenn es nur dazu gut ist, daß wir uns wieder wichtig fühlen und glauben, eine Rolle zu spielen. Apfelgelee, wie gefällt Ihnen das? Wissen Sie, Sie sagen, Ihre Frau hätte Apfelgelee gemacht und Sie würden mir gern ein Glas vorbeibringen. Dann bin ich schon im Bilde.«
»Und das hieße dann, ich hätte etwas über Mary Jordan entdeckt? Aber warum soll man die Sache weiterverfolgen? Schließlich ist sie lange tot.«
»Ja. Sie ist tot. Aber – verstehen Sie, manchmal schätzt man je-

mand falsch ein, nur weil man was über ihn gehört oder gelesen hat.«
»Glauben Sie, wir machen uns über Mary Jordan falsche Vorstellungen? Wollen Sie sagen, daß sie ganz unbedeutend war?«
»Oh, sie könnte sehr wichtig gewesen sein.« Mr. Robinson sah auf die Uhr. »Ich muß Sie leider hinauswerfen. In zehn Minuten kommt ein Besucher, ein langweiliger Mensch, der aber in Regierungskreisen eine große Rolle spielt. Sie wissen ja, wie das Leben heute ist: Regierung, Regierung, wo Sie gehen und stehen. Im Büro, zu Hause, im Supermarkt und im Fernsehen. Ein bißchen mehr Privatleben könnten wir alle brauchen. Aber das kleine Spiel, das Sie und Ihre Frau da betreiben, gehört in Ihr Privatleben, und Sie können es sich von dieser Warte aus in Ruhe betrachten. Wer weiß, vielleicht entdecken Sie etwas Interessantes. Mehr kann ich dazu nicht sagen. Ich kenne ein paar Tatsachen, die Ihnen wahrscheinlich kein anderer mehr erzählen könnte. Vielleicht ist es bald soweit, daß ich Sie informieren kann. Aber da alle tot sind, ist es möglicherweise gar nicht angebracht.
In einem Punkt möchte ich Ihnen noch auf die Sprünge helfen. Sie haben sicher über den Prozeß dieses Kapitäns gelesen – der Name ist mir entfallen –, der verurteilt wurde und seine wohlverdiente Strafe absaß. Er hatte Landesverrat begangen. Aber Mary Jordan . . .«
»Ja?«
»Nun, nennen wir sie ruhig eine Spionin. Aber sie war keine deutsche Spionin, keine Agentin einer feindlichen Macht. Hören Sie genau zu, mein Lieber!«
Mr. Robinson senkte die Stimme und beugte sich über den Schreibtisch vor.
»Sie gehörte zu uns!«

15

»Aber das ändert alles«, sagte Tuppence.
»Ja.« Tommy nickte. »Ja. Es war – ein Schlag aus heiterem Himmel.«

»Warum hat er es dir erzählt?«
»Das weiß ich nicht. Ich dachte ... ach, mir sind mehrere Möglichkeiten eingefallen.«
»Hat er ... Tommy, wie sieht er eigentlich aus? Du hast ihn mir gar nicht beschrieben.«
»Vor allem ist er gelb. Gelb, groß, fett und sehr alltäglich, gleichzeitig ist er aber überhaupt nicht alltäglich. Er ist, wie Mutton-Chop sagte, ganz oben.«
»Du klingst, als redest du von einem Popsänger.«
»An diese Ausdrücke gewöhnt man sich allmählich.«
»Aber warum? Warum verrät er dir was, das er offenbar gar nicht verraten wollte?«
»Es ist so lange her! Ich vermute, daß es keine Rolle mehr spielt. Wenn du bedenkst, was heute an Geheimmaterial freigegeben wird. Sie halten nichts mehr unter Verschluß und geben alle Tatsachen bekannt, wer wann was geschrieben oder gesagt hat, worüber gestritten und was vertuscht wurde.«
»Du bringst mich ganz durcheinander, Tommy. Außerdem ist unser Blickwinkel falsch, findest du nicht?«
»Wieso?«
»Na ja, als wir diese unterstrichenen Stellen im *Schwarzen Pfeil* fanden, schien alles ganz klar. Es mußte ein Familienmitglied oder ein Hausbewohner sein, der Mary Jordans Ermordung inszenierte. Wir wußten nur nicht, wer Mary Jordan war, und das war sehr verwirrend.«
»Weiß der Himmel, es stimmt!« bestätigte Tommy.
»Viel haben wir nicht über sie herausbekommen – nur ...«
»... daß sie anscheinend eine deutsche Spionin war. Das meinst du doch, nicht? Das hast du entdeckt.«
»Ja, und das habe ich auch geglaubt und ...«
»Und jetzt wissen wir, daß es nicht wahr ist. Sie war das genaue Gegenteil!«
»Sie war eine Art englische Spionin.«
»Sie muß im englischen Nachrichtendienst oder Geheimdienst beschäftigt gewesen sein und ist hergekommen, um etwas aufzudecken. Sie sollte etwas über – na, wie heißt er noch mal –, über diesen Marineoffizier herausfinden. Vielleicht war hier ein Nest deutscher Agenten – wie damals im Fall N. und M. –, die einen Coup vorbereiteten.«

»Das scheint fast so.«
»Und sie kam mit dem Auftrag, möglichst viel herauszufinden.«
»Hm.«
»Dann bedeutet ›einer von uns‹ nicht das, was wir geglaubt haben. ›Einer von uns‹ muß jemand gewesen sein, der hier in der Nähe lebte oder etwas mit unserem Haus zu tun hatte oder aus einem besonderen Anlaß im Haus war. Und sie starb eines gewaltsamen Todes, weil jemand herausfand, wer sie wirklich war. Und das wiederum hat Alexander entdeckt.«
»Vielleicht hat sie vorgegeben, für Deutschland zu spionieren«, sagte Tuppence, »und sich mit diesem Kapitän – wer das auch gewesen ist – angefreundet.«
»Nennen wir ihn einfach Kapitän X«, schlug Tommy vor.
»Schön, Kapitän X.«
»Übrigens hat hier auch ein Agent einer ausländischen Macht gelebt, der Chef einer großen Organisation. Er wohnte in einem kleinen Haus nicht weit vom Quai, wenn ich richtig informiert bin, und hat Propagandaschriften veröffentlicht, daß es das Beste wäre, wenn wir uns Deutschland anschlössen und gemeinsame Sache machten.«
»Das ist alles so verwirrend, Tommy. So viele Pläne und Geheimdokumente und Verschwörungen ... Jedenfalls haben wir an den falschen Orten gesucht.«
»Nein, das finde ich nicht«, sagte Tommy.
»Wieso nicht?«
»Weil ... wenn Mary Jordan hier war, um etwas herauszufinden, und das auch schaffte, dann hat vielleicht Kapitän X oder jemand anders – es müssen noch mehr Leute in die Sache verwickelt gewesen sein –, also, als die dahinterkamen ...«
»Jetzt bring mich nicht schon wieder durcheinander!«
»... als sie dahinterkamen, mußten sie sie ...«
»Zum Schweigen bringen«, vollendete Tuppence den Satz.
»So wie du das sagst, hört es sich wie Phillip Oppenheim an. Und das war bestimmt vor 1914.«
»Jedenfalls mußten sie Mary mundtot machen, ehe sie ihre Entdeckung weitergeben konnte.«
»Es muß mehr dahinterstecken. Vielleicht hatte sie etwas Wichtiges gefunden, Papiere, Dokumente. Möglicherweise auch Briefe, die an jemand weitergegeben werden sollten.«

»Ja, das leuchtet mir ein. Wir müssen uns eine ganz andere Gruppe von Leuten vornehmen. Aber wenn sie zu den Leuten gehörte, die an dem schlechten Spinat starben, begreife ich nicht, wieso Alexander es ›einer von uns‹ nennt. Es war doch vermutlich niemand von seiner Familie.«

»Es gibt noch eine andere Lösung«, sagte Tommy. »Es muß nicht unbedingt ein Hausbewohner gewesen sein. Es ist ziemlich einfach, ähnlich aussehende, aber giftige Blätter zu pflücken, sie unter die anderen zu mengen und in die Küche zu bringen. Sie brauchten ja nicht unbedingt von tödlicher Wirkung zu sein. Nur gerade so giftig, daß die Leute krank wurden und einen Arzt holen ließen. Der Arzt würde die verschiedenen Gerichte analysieren lassen und feststellen, daß das Gemüse verdorben war. Er würde das bestimmt nicht für Absicht halten.«

»Aber dann hätten alle sterben müssen!« sagte Tuppence. »Oder alle wären krank geworden und nicht gestorben.«

»Nicht unbedingt, Tuppence. Nimm mal an, man wollte eine bestimmte Person – Mary Jordan – töten und mischte eine gewisse Menge Gift in – sagen wir –, in einen Cocktail, vor dem Essen, vielleicht auch in den Kaffee – Digitalis oder Akonitin oder was nun im Fingerhut ist.«

»Akonitin ist im Eisenhut, soweit ich weiß.«

»Sei nicht so gebildet! Es geht doch nur darum, daß alle eine schwache Dosis des Gifts bekommen, das angeblich aus Versehen ins Essen geraten ist. Alle werden davon krank – aber eine Person stirbt. Verstehst du? Wenn alle krank werden und sich herausstellt, daß es an einem bedauerlichen Versehen liegt – na ja, so was kann passieren. Die Leute essen ja auch mal Giftpilze, und die Kinder pflücken Tollkirschen, weil sie sie für Beeren halten. Das sind eben Versehen; nicht alle Leute sterben daran. Hier ist nur einer gestorben. Liegt es nicht nahe, daß man Mary Jordan für besonders allergisch gegen das betreffende Gift hielt? Begreifst du nicht, daß es wie ein trauriger Unfall aussehen mußte und niemand sich Gedanken machte oder auch nur den Verdacht hegte, es könnte anders gewesen sein?«

»Sie könnte wie alle anderen ein bißchen krank gewesen sein, und die richtige Giftmenge gaben sie ihr erst am nächsten Morgen mit dem Tee ein.«

»Ich bin sicher, daß dir hundert Möglichkeiten einfallen!«

»Was ist mit den anderen Fragen? Mit dem Wer und Was und Warum? Wer war der ›eine von uns‹ oder ›eine von ihnen‹, wie wir besser sagen sollten, der die Gelegenheit hatte? Jemand, der hier zu Besuch war? Ein Freund von Nachbarn? Oder jemand, der einen Brief, vielleicht ein gefälschtes Empfehlungsschreiben, mitbrachte, in dem stand: Seid nett zu unserem Freund X, der in Eurer Nähe die Ferien verbringt. Vielleicht war es auch eine Freundin, die ›mal den schönen Garten sehen wollte‹. Das ist doch leicht zu machen.«
»Ja.«
»In diesem Fall«, fuhr Tuppence fort, »ist vielleicht noch ein Beweis im Haus, und das wieder könnte die seltsamen Erlebnisse erklären, die ich hatte.«
»Was ist passiert, Tuppence?«
»Die Räder von dem gräßlichen kleinen Wagen mit dem Pferd sind abgegangen, als ich den Berg hinunterfuhr. Da bin ich heftig in die Araukarie geflogen. Um ein Haar – na ja, beinahe wäre ich ernstlich verunglückt. Isaac, der dumme Kerl, sollte sich darum kümmern, daß das Ding sicher war. Er hat auch gesagt, er hätte es nachgesehen. Ehe ich losfuhr, hat er noch bestätigt, es wäre in Ordnung.«
»Und das stimmte nicht?«
»Eben! Hinterher behauptete er, jemand hätte sich an den Rädern zu schaffen gemacht, sonst hätten sie sich nicht gelöst.«
»Ist dir klar, daß das schon der zweite oder dritte Unfall ist, seit wir hier sind? Erinnerst du dich, wie mir neulich im Bücherzimmer fast die Lampe auf den Kopf gefallen ist?«
»Glaubst du, daß uns jemand loswerden will? Aber das hieße . . .«
»Daß es einen Beweis geben muß! Hier im Haus!«
Nachdenklich sahen sie sich an. Tuppence setzte dreimal zum Sprechen an, blieb aber stumm und überlegte mit gerunzelter Stirn. Schließlich ergriff Tommy das Wort.
»Was hat er denn zu dem Zwischenfall gesagt? Ich meine, Isaac.«
»Daß man mit so was rechnen müßte, weil die Kutsche so alt wäre.«
»Aber er hat auch gemeint, daß jemand daran herummanipuliert haben könnte?«
»Ja«, antwortete Tuppence. »Er war ganz sicher. ›Oh‹, hat er ge-

sagt, ›die Kinder müssen dagewesen sein und sind damit gefahren. Sie machen alles kaputt, wissen Sie. Nicht, daß ich sie beobachtet hätte, die richten es immer so ein, daß ich sie nicht erwische. Sie warten, bis ich weg bin, Madam.‹ Na, dann habe ich ihn gefragt, ob er es nur für einen dummen Streich hielt?«

»Und?«

»Er wußte es nicht so recht!«

»Das kann es natürlich auch gewesen sein«, sagte Tommy. »Die Menschen sind leider so.«

»Willst du damit andeuten, daß das Ganze Absicht war? Aber, Tommy, das ist doch Unsinn!«

»Ja, es hört sich unsinnig an, aber manchmal ist es das gar nicht. Es hängt ganz vom Wo und Wie ab. Und warum es geschieht.«

»Ich sehe in diesem Fall wirklich keinen Grund.«

»Vermutlich will man uns von hier vertreiben.«

»Warum denn? Wenn jemand unbedingt das Haus haben will, braucht er uns doch nur ein verlockendes Angebot zu machen.«

»Ja, das ginge natürlich.«

»Hm, komisch – soweit wir wissen, hat keiner das Haus haben wollen. Bei der Besichtigung waren wir allein. Allgemein wurde angenommen, daß es so billig angeboten wurde, weil es altmodisch ist und man soviel reparieren muß.«

»Ich kann mir nicht vorstellen, daß man uns umbringen wollte. Vielleicht war man nur über deine Neugier beunruhigt. Weil du zuviel gefragt hast.«

»Du meinst, daß ich etwas aufgerührt habe, das nicht aufgerührt werden sollte?«

»Ja, etwas in der Art. Zum Beispiel wäre es angenehm, wenn wir plötzlich feststellten, daß es uns hier nicht gefällt, das Haus zum Verkauf anböten und fortzögen. Damit wären sie sicherlich zufrieden. Ich glaube nicht, daß man . . .«

»Wen meinst du mit ›man‹?«

»Keine Ahnung«, sagte Tommy. »Damit müssen wir uns später befassen.«

»Und was ist mit Isaac?«

»Wieso?«

»Ich weiß auch nicht. Ich überlege nur, ob er etwa damit zu tun hat.«

»Er ist ein sehr alter Mann; er lebt schon lange hier und weiß ziemlich viel. Wenn ihm jemand eine Fünfpfundnote zusteckt, glaubst du, daß er dann die Räder von Wahreliebe losschraubt?«

»Nein, das glaube ich nicht. Dazu ist er zu vernünftig.« Tuppence schüttelte den Kopf.

»Darum geht es nicht. Er braucht nur den Geldschein zu nehmen, ein paar Schrauben loszudrehen oder hier und da ein Stückchen Holz abzubrechen, damit – damit das Wägelchen in die Brüche geht, wenn du das nächstemal den Hügel hinunterfährst.«

»Deine Phantasie geht mit dir durch!«

»Na, du hast dir auch schon allerhand dummes Zeug eingebildet.«

»Ja, aber es paßte dann doch! Es paßte zu dem, was wir gehört hatten.«

»Wenn man das Ergebnis meiner Ermittlungen oder Nachforschungen – oder wie immer du es nennen willst – auswertet, scheinen wir nicht das richtige gehört zu haben.«

»Das habe ich doch eben schon gesagt: Es ändert alles! Jetzt, da wir wissen, daß Mary Jordan keine ausländische, sondern eine *britische* Agentin war. Sie hatte hier einen Auftrag auszuführen. Vielleicht hat sie ihn tatsächlich erledigt.«

»Dann«, sagte Tommy, »laß uns das erst genau klären und unsere neueste Information einfügen. Also: Sie war hier, um etwas herauszubekommen.«

»Ja. Vermutlich etwas über diesen Kapitän X. Du mußt dich nach seinem Namen erkundigen. Es ist so langweilig, ihn nur X nennen zu können.«

»Schon gut. Aber du weißt, wie kompliziert so was ist.«

»Weiter: Sie hat etwas entdeckt und darüber berichtet. Vielleicht hat jemand den Brief geöffnet.«

»Welchen Brief?« fragte Tommy.

»Den, den sie an ihre Kontaktperson schrieb.«

»Ja.«

»Vielleicht war's ein Verwandter, ihr Vater oder ihr Großvater?«

»Das kann ich mir nicht vorstellen. So werden solche Dinge nicht gehandhabt. Vielleicht hat sie den Namen Jordan ohne besonderen Grund angenommen, oder man hielt ihn für unverfänglich, weil er sie in keiner Weise festlegte.«

»Und dann kam sie hierher – als was? Das wissen wir nicht. Und sie muß ja nicht unbedingt einen Brief geschrieben haben. Sie kann nach London gefahren sein und Bericht erstattet haben. Sagen wir, sie hatte ein Stelldichein im Regent's Park.«

»Gewöhnlich ist es umgekehrt«, wandte Tommy ein. »Ich meine, man trifft sich dort mit einem Mitglied der Botschaft des Landes, für das man arbeitet. Und . . .«

». . . man versteckt etwas in einem hohlen Baum. Glaubst du, daß sie das tatsächlich tun? Es hört sich so unwahrscheinlich an. Es paßt im Grund viel eher zu einem verliebten Pärchen, das seine Briefe dort deponiert.«

»Gar nicht schlecht! Ich halte es für gut möglich, daß ihre Nachricht wie ein Liebesbrief abgefaßt und verschlüsselt war.«

»Eine glänzende Idee! Wenn man nun annimmt . . . Ach, du meine Güte, es ist so lange her! Wie soll man da weiterkommen? Je mehr man weiß, um so weniger nützt es einem. Aber deswegen hören wir nicht auf, nicht wahr Tommy?«

»Ich fürchte, wir können es im Augenblick wohl nicht.« Tommy seufzte.

»Wär's dir denn lieber?«

»Eigentlich ja. Soweit ich es übersehen kann . . .«

Tuppence unterbrach ihn. »Nein, es paßt nicht zu dir, die Fährte plötzlich aufzugeben. Und mich bekommst du davon auch nicht los. Weißt du, ich würde ständig darüber nachgrübeln, und so was macht mich völlig fertig. Am Ende würde ich sicher den Appetit verlieren.«

»Die Sache ist die«, sagte Tommy, »daß wir ungefähr wissen, wo der Ansatzpunkt liegt: Spionage. Feindliche Spionage, auf bestimmte Ziele gerichtet, einige wurden erreicht, andere sicherlich nicht. Aber wir wissen nicht – das ist es eben –, wir wissen nicht, wer darin verwickelt war. Ich meine jetzt, aus feindlicher Sicht betrachtet. Es muß hier doch Leute gegeben haben, die da mitmischten, vielleicht Leute unserer Abwehr. Verräter, die sich als treue Diener des Staates ausgaben.«

»Ja.« Tuppence nickte. »Das stimmt. So muß es gewesen sein.«

»Und Mary Jordan hatte den Auftrag, an diese Leute heranzukommen.«

»Und Verbindung mit Kapitän X aufzunehmen?«

»Ja, da bin ich sicher. Oder mit Freunden von ihm. Und deshalb mußte sie herkommen.«

»Jetzt sind wir wohl wieder bei den Parkinsons angelangt, ehe wir überhaupt richtig wissen, ob sie damit etwas zu tun hatten, nicht? Waren die Parkinsons auf seiten der Feinde?«
»Das kommt mir unwahrscheinlich vor, Tuppence.«
»Dann begreife ich nicht, was das Ganze soll.«
»Ich denke mir, daß unser Haus der Ansatzpunkt sein könnte.«
»Unser Haus? Seitdem haben hier so viele Menschen gewohnt.«
»Ja, schon, aber keine waren wie – wie du, Tuppence.«
»Was soll das heißen, sie waren nicht wie ich?«
»Na, sie wollten keine alten Bücher haben, haben nicht darin herumgelesen und merkwürdige Dinge entdeckt. Sie waren eben keine neugierigen Mungos. Sie sind einfach eingezogen und haben hier gewohnt. Vermutlich waren die Räume im oberen Stock, in denen die Bücher standen, Personalzimmer, um die sich keiner viel kümmerte. Es könnte schon etwas hier im Haus versteckt sein – von Mary Jordan. Sie hat sich ein Versteck ausgesucht, das ein Eingeweihter leicht finden konnte. Oder die Sache lag bereit, weil sie sie selber nach London bringen wollte, wenn sie Gelegenheit und einen Vorwand dazu fand. Ein Besuch beim Zahnarzt. Ein Besuch bei einer alten Freundin. Das ist leicht zu arrangieren.«
»Meinst du, es ist noch hier im Haus?«
»Nein«, antwortete Tommy, »das kann ich mir eigentlich nicht denken. Trotzdem hat jemand Angst, daß wir etwas finden oder schon gefunden haben. Dieser Jemand will uns aus dem Haus vertreiben oder die Sache an sich bringen, die wir entdeckt haben könnten, obwohl er selbst nie was entdeckt hat. Vielleicht hat man seit Jahren gesucht und ist zum Schluß gekommen, daß es irgendwo draußen verborgen sein muß.«
»Ach, Tommy, die Sache wird immer aufregender!«
»Es sind doch nur Vermutungen, Tuppence.«
»Sei kein Spielverderber!« rief Tuppence. »Ich suche auf jeden Fall weiter, drinnen und draußen.«
»Was willst du tun? Den Gemüsegarten umgraben?«
»Wer weiß. Ach, Tommy!«
»Schade, Tuppence!« sagte Tommy. »Gerade haben wir uns noch auf einen geruhsamen, friedlichen Lebensabend gefreut.«
»Keine Ruhe für die Alten!« rief Tuppence fröhlich. »Das bringt mich auf eine Idee.«

»Und?«
»Ich muß mal den Altenklub besuchen und mit den Leuten dort reden. Auf die bin ich noch gar nicht gekommen.«
»Paß um Gottes willen auf dich auf! Ich glaube, ich bleibe jetzt lieber zu Hause, um dich im Auge zu behalten. Aber morgen muß ich noch mal nach London, um mich um meine Ermittlungen zu kümmern.«
»In der Zwischenzeit werde ich hier ermitteln«, sagte Tuppence.

16

»Hoffentlich störe ich Sie nicht«, sagte Tuppence, »wenn ich einfach so hereinplatze? Eigentlich wollte ich vorher anrufen, falls Sie nicht zu Hause wären oder mich nicht brauchen könnten. Aber es ist wirklich nicht wichtig, und wenn es Ihnen lieber ist, kann ich gleich wieder gehen. Ich meine, ich hätte volles Verständnis und wäre nicht beleidigt . . .«
»Aber ich freue mich doch, Sie zu sehen, Mrs. Beresford«, sagte Mrs. Griffin.
Sie setzte sich ein wenig auf dem Stuhl zurück, um sich bequemer anlehnen zu können, und sah mit ehrlicher Freude in Tuppences etwas verlegenes Gesicht.
»Es ist wirklich nett, wenn jemand Neues herzieht. Wir sind so an unsere Nachbarn gewöhnt, daß ein neues Gesicht – in Ihrem Fall sogar zwei – ein reines Vergnügen ist. Wirklich ein Vergnügen, glauben Sie mir! Sie müssen mal zum Abendessen kommen. Ich weiß nicht, wann Ihr Mann nach Hause kommt. Er fährt ja meistens nach London, nicht wahr?«
»Das ist sehr freundlich von Ihnen, vielen Dank. Hoffentlich besuchen Sie uns auch und sehen sich das Haus an, wenn es erst ganz eingerichtet ist. Eigentlich sollte es längst fertig sein, aber es fehlt immer noch etwas.«
»Häuser haben das so an sich«, sagte Mrs. Griffin.
Mrs. Griffin – Tuppence wußte es aus mehreren Informationsquellen, zum Beispiel von ihrer Putzfrau, vom alten Isaac und von Gwenda aus der Poststelle – war um die neunzig. Die gerade Haltung, mit der sie ihren vom Rheuma geplagten Rücken zu

entlasten versuchte, ließ sie viel jünger wirken. Trotz des faltigen Gesichts erinnerte der weißhaarige Kopf mit dem Spitzenschal Tuppence entfernt an zwei frühere Großtanten. Die alte Dame trug eine zweifach geschliffene Brille und einen Hörapparat, den sie, soweit Tuppence feststellen konnte, nur selten benötigte. Sie sah durchaus wach und munter aus und wirkte, als könnte sie mühelos hundert oder noch mehr Jahre alt werden.

»Was haben Sie in letzter Zeit denn so gemacht?« fragte Mrs. Griffin. »Die Elektriker sind Sie ja los. Das weiß ich von Dorothy. Mrs. Rogers, wissen Sie. Sie war früher als Mädchen bei mir. Jetzt kommt sie noch zweimal in der Woche zum Putzen.«

»Gott sei Dank, daß sie fort sind«, antwortete Tuppence. »Ich bin immer in die Löcher gefallen, die sie aufgerissen haben. Eigentlich bin ich gekommen – ach, es hört sich ziemlich töricht an, aber ich dachte . . . Ich habe im Haus aufgeräumt, Bücherregale und so was, verstehen Sie. Wir haben von unseren Vorgängern alte Bücher übernommen, hauptsächlich Kinderbücher, und ich habe ein paar frühere Lieblinge darunter entdeckt.«

»Oh, das kann ich verstehen«, sagte Mrs. Griffin. »Sicher hat es Sie entzückt, sie wieder zu lesen. *Der Gefangene von Zenda* vielleicht? Den hat meine Großmutter schon gelesen. Ich übrigens auch. Ach, das war so schön romantisch! Ich glaube, es war die erste Liebesgeschichte, die wir damals lesen durften. Sie wissen ja, Romane zu lesen galt nicht als schicklich. Meine Mutter und meine Großmutter erlaubten nie, daß man vormittags schon einen Roman las. Etwas Historisches oder Ernstes – das ja, doch Romane galten als Vergnügen, und das gab's erst am Nachmittag.«

»Ich weiß«, sagte Tuppence. »Ich habe viele Bücher gefunden, die ich gern noch mal lesen würde. Die von der Molesworth, zum Beispiel!«

»Das Gobelinzimmer?« fragte Mrs. Griffin verständnisvoll.

»Ja. Ich habe es sehr geliebt.«

»Mir hat *Die Farm zu den vier Winden* am besten gefallen.«

»Ja, das ist auch da. Es war wirklich eine Fundgrube. So viele alte Autoren! Dann bin ich zum untersten Fach gekommen, und mit dem muß etwas passiert sein. Es war eingedrückt, wissen Sie. Vielleicht ist es beim Umstellen der Möbel geschehen. Es war ein Loch im Boden. Ich habe eine Menge altes Zeug darin gefunden,

meistens zerrissene Bücher. Dazwischen hat dies gelegen.«
Sie holte ein in braunes Packpapier eingeschlagenes Päckchen heraus.
»Es ist ein Geburtstagsbuch, ein ganz altmodisches Geburtstagsbuch. Ihr Mädchenname steht auch darin. Ich erinnere mich, daß Sie ihn mir genannt haben: Winifred Morrison. Das stimmt doch?«
»Ja, das ist richtig.«
»Ich dachte, es könnte Ihnen Spaß machen, es sich anzusehen. Vielleicht stehen Namen alter Freunde darin. Oder von Bekannten.«
»Sehr freundlich von Ihnen, meine Liebe. Ich sehe es mir mit großem Vergnügen an. Wissen Sie, Dinge aus der Vergangenheit sind oft sehr amüsant, wenn man sie im Alter wiedertrifft. Was für ein reizender Einfall!«
»Es ist ziemlich vergilbt und abgegriffen«, sagte Tuppence und reichte ihr das Buch.
»Ja, ja. Damals hatte jeder ein Geburtstagsbuch. Ich glaube, später ist es aus der Mode gekommen. Unsere Generation war wohl die letzte. In meiner Schule hatten es alle Mädchen. Wissen Sie, man trug sich in das Buch seiner Freundinnen ein, und sie schrieben ihren Namen in das eigene Buch.«
Sie schlug es auf und begann zu lesen.
»Ach, ach«, murmelte sie. »Wie mich das an vergangene Zeiten erinnert! Ja, richtig: Helen Gilbert – natürlich. Und Daisy Sherfield. Sherfield? Ja, ich erinnere mich an sie. Sie hatte eine Zahnklammer, die sie immer herausnahm. Sie hat behauptet, sie könnte sie nicht vertragen. Und da sind Edie Crone und Margaret Dickson. Was für eine gute Schrift sie alle hatten. Viel besser als die Mädchen heutzutage. Na, und erst die Briefe meiner Neffen! Die kann ich kaum lesen. Es sieht wie Hieroglyphen aus, das meiste muß man erraten. Mollie Short, ja, die hat gestottert. Wie mir auf einmal alles wieder einfällt!«
»Viele werden nicht mehr – ich meine . . .« Tuppence verstummte aus Angst, etwas Taktloses zu sagen.
»Sie denken, die meisten sind tot, meine Liebe? Da haben Sie recht. Die meisten, doch nicht alle. Ja, es lebt noch eine ganze Reihe von Menschen, die ich schon als Kind gekannt habe. Allerdings haben die meisten Freundinnen geheiratet und sind fort-

gezogen. Entweder waren die Männer beim Militär und wurden ins Ausland versetzt oder sie zogen in andere Städte. Zwei meiner ältesten Freundinnen leben in Northumberland. Ja, ja, das ist sehr interessant!«

»Damals gab es hier wohl keine Parkinsons?« fragte Tuppence. »Ich habe den Namen nicht gefunden.«

»Nein, das war später. Sie möchten etwas über die Parkinsons herausbekommen, oder täusche ich mich?«

»Ja, das würde ich gern«, sagte Tuppence. »Es ist reine Neugier, wissen Sie, nichts anderes. Durch die alten Bücher bin ich auf den jungen Alexander Parkinson gestoßen. Ich habe angefangen, mich für ihn zu interessieren. Und dann war ich neulich auf dem Friedhof und habe sein Grab entdeckt. Er ist sehr jung gestorben. Ich mußte immer an ihn denken.«

»Er ist jung gestorben. Ja. Alle Leute scheinen es für sehr traurig zu halten. Er war ein sehr begabter Junge, und man hat wohl gehofft – ach, daß er eine große Zukunft vor sich hätte. Er war nicht krank. Ich glaube, es war eine Lebensmittelvergiftung, bei einem Picknick. Mrs. Henderson hat es mir erzählt. Sie weiß noch viel von den Parkinsons.«

»Mrs. Henderson?« Tuppence sah sie fragend an.

»Sie kennen sie bestimmt nicht. Sie ist in einem Altersheim, etwa zwölf oder fünfzehn Meilen von hier entfernt. Es heißt *Wiesengrund.* Sie sollten sie mal besuchen, weil sie Ihnen sehr viel erzählen könnte. Auch über das Haus, das Sie gekauft haben. Damals hieß es *Schwalbennest.* Jetzt hat es einen anderen Namen, nicht?«

»*Lorbeerhaus.*«

»Mrs. Henderson ist ebenfalls sehr alt, das jüngste Kind einer großen Familie, und war Gouvernante. Und dann Gesellschafterin und Pflegerin von Mrs. Beddingfield, die damals das *Schwalbennest* besaß – das *Lorbeerhaus,* meine ich. Sie erzählt sehr gern von früheren Zeiten. Ich finde wirklich, Sie sollten sie besuchen.«

»Ach, das hätte sie sicher nicht . . .«

»Meine Liebe, ich bin überzeugt, sie würde sich freuen. Besuchen Sie sie. Sagen Sie ihr, ich hätte es angeregt. Sie erinnert sich an mich und meine Schwester Rosemary, und ich besuche sie auch gelegentlich, jetzt allerdings schon länger nicht mehr, weil es mir zu schwer fällt. Und dann sollten Sie auch Mrs. Henley besuchen, die im Haus *Zum Apfelbaum* wohnt. Das ist auch ein Heim für alte Leute. Nicht ganz dieselbe Schicht, verstehen Sie, aber es wird sehr gut geführt. Und was Sie da an Klatsch zu hören bekommen! Die freuen sich bestimmt über jeden Besuch. Wissen Sie, wenn nur mal etwas den monotonen Alltag unterbricht.«

17

»Du siehst müde aus, Tuppence«, sagte Tommy, als sie nach dem Abendessen ins Wohnzimmer gingen, Tuppence sich mit mehreren lauten Seufzern in einen Sessel fallen ließ und dann auch noch gähnte.
»Müde? Ich bin erschlagen!« sagte sie.
»Was hast du gemacht? Doch hoffentlich nicht im Garten gearbeitet?«
»Körperlich habe ich mich nicht übernommen«, erklärte Tuppence kühl. »Ich habe es dir nachgemacht; ich habe geistig gearbeitet und Ermittlungen angestellt.«
»So etwas ist auch sehr anstrengend. Da stimme ich dir zu. Wo eigentlich? Vorgestern hast du aus Mrs. Griffin nicht allzuviel herausgeholt, was?«
»Oh, ich glaube, eine ganze Menge. Bei der ersten Adresse, die sie mir gegeben hat, war zwar nicht viel zu erfahren, aber doch einiges.«
Sie klappte die Handtasche auf und holte ein ziemlich großes Notizbuch heraus.
»Ich habe mir bei jedem Besuch Notizen gemacht. Ich hatte ein paar Porzellanmenükarten mitgenommen.«
»Ach? Und was haben sie genützt?«
»Sie haben ein langes Gespräch über das Essen in Gang gebracht. Das war meine erste Quelle. Leider habe ich den Namen inzwischen vergessen.«
»Du solltest sie dir wirklich besser merken.«
»Ich schreibe mir keine Namen auf, sondern das, was mir die Leute erzählen. Und die Porzellanmenükarten haben Wunder gewirkt, weil sie sie an ein bestimmtes Essen erinnerten, von dem sie ganz begeistert waren. Sie hatten noch nie so was Gutes

gegessen – und vor allem zum erstenmal Hummersalat. Sie wußten zwar, daß er in den besseren Familien nach dem Braten serviert wurde, aber sie hatten es noch nie selbst erlebt.«
»Hm. Das hat dir nicht viel genützt.«
»Doch, das hat es. Sie haben nämlich gesagt, sie würden sich an den Abend immer erinnern. Und als ich nach dem Grund fragte, erklärten sie, wegen der Volkszählung.«
»Wegen der Volkszählung?«
»Ja. Ach, du kennst das doch, Tommy! Wir hatten erst eine Zählung. War es im vorigen oder im vorvorigen Jahr? Weißt du nicht mehr, man mußte Erklärungen abgeben und Formulare ausfüllen? Jeder mußte angegeben werden, auch wer am Stichtag bei einem übernachtete. Du kennst das doch: Wer hat am Abend des 15. November in Ihrem Haus übernachtet? Man mußte die Namen eintragen, oder die Gäste mußten unterschreiben, das weiß ich nicht mehr genau. Auf jeden Fall war an jenem Abend Volkszählung, und jeder mußte seine Gäste angeben, und natürlich waren sehr viele Leute bei der Gesellschaft, die darüber geredet haben. Sie fanden es dumm und auch ungehörig, daß man ihnen etwas so Taktloses zumutete. Man mußte nämlich angeben, ob man Kinder hatte und verheiratet war oder unverheiratet war und trotzdem Kinder hatte und so was mehr. Sie mußten lauter verzwickte Fragen beantworten, die sie nicht für angebracht hielten. Sie haben sich also aufgeregt und können sich deshalb an den Abend so gut erinnern.«
»Die Volkszählung kann nützlich sein, wenn sich das Datum feststellen läßt.«
»Meinst du, sie könnte uns was verraten?«
»O ja. Wenn man die richtigen Leute kennt, ist sicher leicht an die Unterlagen ranzukommen.«
»Übrigens erinnerten sie sich auch, daß über Mary Jordan gesprochen wurde. Alle haben gesagt, wie reizend sie gewirkt hätte und wie beliebt sie bei allen gewesen wäre. Sie hätten nie geglaubt – ach, du weißt, wie da geredet wird. Dann sagten sie noch, sie wäre zur Hälfte deutsch gewesen, und die Leute hätten es sich überlegen sollen, ehe sie sie einstellten.«

Tuppence setzte die leere Kaffeetasse ab und lehnte sich im Sessel zurück.

»Etwas Hoffnungsvolles?« fragte Tommy.
»Nein, eigentlich nicht, oder vielleicht doch. Jedenfalls steckten die alten Leute voll Geschichten. Die meisten hatten sie von älteren Verwandten oder Freunden, Geschichten über verlorengegangene und wiedergefundene Dinge. Eine handelte von einem Testament, das in einer chinesischen Vase war. Oxford und Cambridge wurden auch erwähnt, obwohl ich nicht begreife, warum gerade dort etwas versteckt sein soll. Es kommt mir ziemlich unwahrscheinlich vor.«
»Vielleicht hatte jemand einen Neffen, der dort studierte und etwas mitgenommen hat.«
»Möglich, aber nicht wahrscheinlich.«
»Hat man direkt von Mary Jordan gesprochen?«
»Nein, nur Berichte aus zweiter Hand, keiner hat sie persönlich gekannt und gewußt, daß sie eine deutsche Spionin war. Sie hatten es von den Großmüttern, Großtanten, Schwestern oder Kusinen ihrer Mütter gehört oder von ›Onkel Johns Freund bei der Marine, der ganz genau darüber Bescheid gewußt hat‹.«
»Haben sie über ihren Tod gesprochen?«
»Sie brachten ihn mit der Spinat- und Fingerhutvergiftung in Verbindung. Alle hätten sich wieder erholt, sagten sie, nur Mary nicht.«
»Interessant«, murmelte Tommy. »Dieselbe Sache, nur eine andere Version.«
»Vielleicht gibt es zu viele Quellen«, sagte Tuppence. »Eine Frau namens Bessie berichtete, daß ihre Großmutter davon erzählt hätte. ›Aber‹, sagte sie, ›damals war das schon lange her. Sicher hat sie alles durcheinanderbekommen. Das tat sie immer.‹ Weißt du, wenn sie alle gleichzeitig reden, ist es schwierig, den Faden zu behalten. Es war dauernd von Spionen und Gift bei einem Picknick und so etwas die Rede. Ich konnte keine genauen Daten bekommen, weil kein Mensch sie wußte. Wenn zum Beispiel die Großmutter sagt: ›Ich war damals sechzehn und fand es schrecklich aufregend‹, dann weißt du vermutlich gar nicht, wie alt sie jetzt ist und erst recht nicht, wann sie sechzehn war. Wahrscheinlich würde sie heute auch sagen, sie wäre damals neunzehn gewesen, weil sie sich, wenn sie erst mal achtzig sind, gern älter machen. Wenn sie nun aber erst um die Siebzig ist, wird sie behaupten, sie wäre zweiundfünfzig.«

»›Mary Jordan‹«, murmelte Tommy gedankenvoll, als er zitierte, »›ist keines natürlichen Todes gestorben‹. Er hatte einen Verdacht! Ob er wohl mit einem Polizeibeamten darüber gesprochen hat?«

»Meinst du Alexander?«

»Ja. Vielleicht hat er zuviel geredet und mußte deswegen sterben.«

»Von Alexander hängt so viel ab, nicht wahr?«

»Wann er gestorben ist, wissen wir, weil wir sein Grab kennen. Aber bei Mary Jordan wissen wir immer noch nicht, wann oder warum.«

»Das werden wir schon noch herausbekommen, Tommy.«

»Vielleicht hilft es, wenn du eine Liste von allen Namen machst, die du hast, und jeweils die bekannten Daten und Tatsachen hinzufügst. Manchmal ist erstaunlich, was man durch ein paar Fragen alles erfahren kann.«

»Wenn ich deine nützlichen Freunde hätte, dann schon!« sagte Tuppence ein bißchen neidisch.

»Die hast du ebenso wie ich.«

»Ach, eigentlich nicht.«

»Doch. Du bringst die Menschen in Bewegung. Du besuchst mit einem Geburtstagsbuch eine alte Dame, und ehe du dich versiehst, hast du mit einer Menge alter Leute in einem Altersheim gesprochen und weißt, was zur Zeit ihrer Großtanten, Großmütter, Paten und Onkel Johns geschehen ist. Vielleicht war auch noch ein alter Admiral dabei, der von Spionen erzählte. Wenn wir erst ein paar feste Daten haben und Erkundigungen darüber einziehen, können wir – wer weiß – auf Tatsachen stoßen.«

»Ich frage mich, wer die Studenten waren, die etwas versteckt haben sollen. Oxford und Cambridge, erinnerst du dich?«

»Nach Spionage hörte es sich nicht an.«

»Ja, das finde ich auch.«

»Dann gibt es noch die Ärzte und Pfarrer«, sagte Tommy. »Die ließen sich leicht nachprüfen, aber ich glaube nicht, daß es zu etwas führt. Es ist zu weit hergeholt. Wir wissen nicht . . . Tuppence, hat wieder jemand versucht, dir einen Streich zu spielen?«

»Meinst du, ob mir jemand in den letzten Tagen was antun wollte? Nein. Niemand hat mich zu einem Picknick eingeladen; die Bremsen am Auto funktionieren, und die Dose mit dem Un-

krautmittel im Schuppen ist nach wie vor ungeöffnet.«
»Isaac hat sie griffbereit hingestellt, falls du eines Tages mit ein paar Butterbroten vorbeikommst.«
»Der arme Isaac! Du darfst nichts Schlechtes über ihn sagen. Er ist einer meiner besten Freunde geworden. Ach, stimmt – da fällt mir ein . . .«
»Was fällt dir ein?«
»Wenn ich mich doch genau erinnern könnte!« Tuppence blinzelte. »Als du das von Isaac gesagt hast, da regte sich . . .«
»O je.« Tommy seufzte.
»Eine alte Dame«, fuhr Tuppence unvermittelt fort, »soll abends ihre Schätze immer in die Fausthandschuhe gestopft haben. Ihre Ohrringe, zum Beispiel. Sie hat auch geglaubt, jeder wollte sie vergiften. Jemand anders erinnerte sich an eine Frau, die ihr Geld in einer Missionssammelbüchse versteckte. Weißt du, solche Porzellandosen für Waisen und Obdachlose. Aber in ihrem Fall war es keineswegs für Waisen und Obdachlose. Sie steckte Fünfpfundscheine hinein, als Notvorrat. Wenn sie zu voll wurde, kaufte sie eine neue und zerschlug die alte.«
»Und die Fünfpfundscheine gab sie aus?« fragte Tommy.
»Ja, so war es wohl. Meine Kusine Emlyn hat immer gesagt: ›Waisen, Obdachlose und Missionare bestiehlt niemand, nicht wahr? Wenn jemand so eine Sammeldose kaputtschlägt, fällt es sofort auf.«
»Hast du zufällig Bücher mit langweiligen Predigten gefunden, als du oben in den Regalen kramtest?«
»Nein, warum?«
»Mir ist gerade eingefallen, daß es ein gutes Versteck abgeben würde. Weißt du, irgend etwas ungeheuer Wissenschaftliches. Ein schäbiges altes Buch, das man ausgehöhlt hat.«
»Nein, so etwas war nicht da. Es wäre mir bestimmt aufgefallen, Tommy.«
»Würdest du denn drin geblättert haben?«
»Natürlich nicht!«
»Na, bitte«, sagte Tommy. »Du würdest es nicht mal aufgeschlagen, sondern gleich weggeworfen haben, ja?«
»*Die Krone des Erfolgs.* An das Buch erinnere ich mich. Es war sogar doppelt da. Na, hoffen wir, daß der Erfolg unsere Mühen krönt.«

»Darauf verlasse ich mich lieber nicht. *Wer hat Mary Jordan getötet?* Das ist der Titel des Buchs, das wir eines Tages schreiben werden müssen, meinst du nicht auch?«
»Falls wir es je rauskriegen«, antwortete Tuppence düster.

18

»Was tust du heute nachmittag, Tuppence? Hilfst du mir wieder bei den Listen mit den Namen und Ereignissen?«
»Ich glaube, lieber nicht. Davon habe ich genug. Ich finde es reichlich anstrengend, alles aufzuschreiben. Und ich mache so viele Fehler. Hast du's gemerkt?«
»Ja, ein paarmal.«
»Wenn du doch nicht so ordentlich wärst, Tommy! Manchmal ärgert mich das richtig.«
»Und was willst du nun unternehmen?«
»Einen Mittagsschlaf halten. Nein, nein, das kann ich mir nicht leisten. Ich glaube, ich werde Mathilde ausweiden.«
»Es hört sich so gewalttätig an.«
»Weißt du nicht mehr, daß das Schaukelpferd so heißt? Das ein Loch im Bauch hat?«
»Ah, ja. Und du willst nachsehen, was drin ist?«
»Erraten, Tommy. Kommst du mit und hilfst mir?«
»Eigentlich nicht.«
»Wärst du so lieb mitzukommen und mir zu helfen?«
»Wenn du es so sagst«, erklärte Tommy mit einem tiefen Seufzer, »werde ich mich breitschlagen lassen. Im übrigen ist es sicher weniger unangenehm als Listenschreiben. Ist Isaac um die Wege?«
»Nein, heute ist sein freier Nachmittag. Isaac brauchen wir auch nicht. Ich glaube, den habe ich genug ausgequetscht.«
»Er weiß eine Menge«, sagte Tommy gedankenvoll. »Ich habe es neulich festgestellt, als er von früheren Zeiten erzählte, Dinge, die er nicht persönlich erlebt haben kann.«
»Er muß mindestens achtzig sein. Da bin ich sicher, Tommy.«
»Ja, ich weiß, aber seine Geschichten lagen noch weiter zurück.«
»Alle Menschen haben immer soviel gehört. Und man weiß nie,

ob es auch stimmt. Komm, lassen wir das Grübeln und gehen wir Mathilde ausweiden. Ich will mich nur schnell umziehen, weil es im *Ka-Ka* so staubig ist und überall Spinnweben hängen.«
»Du könntest Isaac rufen, falls er da ist. Wenn er es auf den Rükken legt, kommen wir viel leichter an seinen Bauch.«
»Du hörst dich an, als wärst du in einem früheren Leben Chirurg gewesen, Tommy. Aber das Bild paßt tatsächlich. Wir sind dabei, Fremdkörper zu entfernen, die für Mathildes noch verbleibendes Leben sehr gefährlich werden könnten. Vielleicht lassen wir es frisch anmalen, damit Deborahs Kinder beim nächsten Besuch auf ihm reiten können.«
»Ach, unsere Enkel haben schon viel zuviel Spielzeug!«
»Das ist egal«, antwortete Tuppence. »Kinder machen sich gar nicht soviel aus teuren Geschenken. Sie spielen genausogut mit Resten von alten Seilen, einer Lumpenpuppe oder einem Teddybären aus einem Kaminvorlegerstück mit schwarzen Schuhknopfaugen. Kinder haben ihre eigenen Vorstellungen von Spielzeug.«
»Dann komm!« rief Tommy. »Auf zu Mathilde! Auf zur großen Operation!«
Das Umdrehen von Mathilde in eine Lage, die die notwendige Operation ermöglichte, war wegen dem Gewicht nicht einfach. Außerdem war es gespickt mit langen Nägeln, deren Spitze hin und wieder nach außen gekehrt war. Tuppence wischte sich Blut von der Hand, und Tommy fluchte laut, als sich sein Pullover verfing und ein häßliches Loch bekam.
»Dieses verdammte Schaukelpferd!«
»Es hätte schon vor Jahren auf den Scheiterhaufen gehört«, sagte Tuppence.
Gerade in diesem Augenblick tauchte der alte Isaac auf.
»Was soll denn das werden?« fragte er überrascht. »Was wollen Sie mit dem alten Gaul? Kann ich Ihnen helfen? Soll ich es rausbringen?«
»Das ist nicht nötig, glaube ich«, sagte Tuppence. »Wir wollen es nur umdrehen, damit wir besser an das Loch kommen und es ausräumen können.«
»Sie wollen es leer machen? Wie sind Sie denn auf *den* Gedanken gekommen?«
»Ja, genau das wollen wir«, bestätigte Tuppence.

»Und was wollen Sie finden?«
»Vermutlich nichts als altes Zeug!« sagte Tommy. »Aber es wäre nicht schlecht, wenn hier mal Ordnung reinkäme.« Seine Stimme klang nicht sehr überzeugend. »Man könnte dann andere Dinge unterstellen: Gartenspiele vielleicht, Krocketschläger und so was, wissen Sie.«
»Hier hat's mal einen Krocketplatz gegeben. Ist schon lange her. Zu Mrs. Faulkners Zeit. Wo jetzt der Rosengarten ist. Aber er hatte nicht die richtige Größe.«
»Wann war das?« fragte Tommy.
»Sie meinen, der Krocketplatz? Ach, vor meiner Zeit schon. Es gibt immer so viele Leute, die einem erzählen, was mal gewesen ist – daß hier was versteckt war – und warum und wer es getan hat. Es wird soviel verrücktes Zeug erzählt, meistens sind es Lügen, aber manchmal kann auch was Wahres dran sein.«
»Sie sind ein kluger Mann, Isaac«, sagte Tuppence. »Wieso wissen Sie über den Krocketplatz Bescheid?«
»Es gab mal einen Kasten mit Krocketschlägern. Ist schon Ewigkeiten her. Viel wird nicht mehr übrig sein.«
Tuppence ließ von Mathilde ab und ging in eine Ecke, in der ein länglicher Holzkasten stand. Nachdem sie den vom Alter verquollenen Deckel mit Mühe aufgestemmt hatte, entdeckte sie darin eine blaßrote Kugel, eine blaue Kugel und einen verzogenen Schläger. Der restliche Inhalt bestand aus Spinnweben.
»Kann noch aus Mrs. Faulkners Zeiten stammen, ist gut möglich. Sie soll bei Turnieren mitgespielt haben.«
»Was, in Wimbledon?« fragte Tuppence ungläubig.
»Nein, nicht gerade in Wimbledon. Bei Lokalturnieren, wissen Sie. Die wurden damals auch hier abgehalten. Ich habe beim Fotografen Bilder gesehen.«
»Beim Fotografen?«
»Ja. Im Dorf. Bei Durrance. Sie kennen ihn doch?«
»Durrance?« wiederholte Tuppence nachdenklich. »Ah, ja! Er verkauft auch Filme und Fotoartikel.«
»Ja. Natürlich steht jetzt nicht mehr der alte Durrance im Geschäft. Es ist der Enkel oder Urenkel. Verkauft fast nur Postkarten und Weihnachts- und Geburtstagskarten, wissen Sie. Früher hat er Leute fotografiert. Er hat eine Menge aufgehoben. Neulich wollte eine Frau ein Bild ihrer Urgroßmutter haben, es war verlo-

rengegangen, und sie fragte nach dem Negativ. Ich weiß nicht, ob sie's gefunden hat. Er hat einen Berg alter Albums.«
»Albums«, wiederholte Tuppence überlegend.
»Kann ich noch was helfen?« fragte Isaac.
»Ja, fassen Sie mal mit bei Mathilde an!« sagte Tommy.
Sie drehten Mathilde endgültig um.
»Findest du nicht auch, daß es ein glänzendes Versteck ist?« fragte Tuppence und tauchte mit dem Arm in Mathildes Bauch. Sie zog einen verbeulten löchrigen Gummiball heraus, der einmal gelb und rot gewesen war.
»Das waren sicher Kinder. Die machen so was.«
»Ja, wo immer sie auch ein Versteck finden«, bestätigte Isaac. »Hier hat es mal einen jungen Herrn gegeben, der Briefe reingelegt hat. Wenigstens habe ich so was gehört. Wie in einen Postkasten.«
»Briefe? Für wen denn?«
»Für eine junge Dame, glaube ich. Aber das war vor meiner Zeit«, schloß Isaac wie üblich.
»Was doch alles vor Isaacs Zeit passiert ist«, sagte Tuppence, nachdem Isaac Mathilde noch festgezurrt und sie mit der Erklärung allein gelassen hatte, er müßte die Mistbeetfenster schließen.
Tommy zog seine Jacke aus.
»Unglaublich«, stellte Tuppence nach Luft schnappend fest, als sie einen zerkratzten, schmutzigen Arm aus dem gähnenden Loch in Mathildes Bauch zog, »was alles hineingesteckt wurde, ohne daß es jemand jemals wieder ausgeräumt hat.«
»Warum auch?«
»Du hast recht. Aber *wir* tun es jetzt, was?«
»Ja, weil wir nichts Besseres vorhaben. Übrigens glaube ich nicht, daß wir was Interessantes finden werden. Au!«
»Was ist los?«
»Ich habe mich gekratzt.«
Tommy zog den Arm ein wenig zurück und tastete im Loch herum. Ein gestrickter Schal kam zum Vorschein, der schon vielen Motten zum Fraß gedient hatte und dann auf ein noch tieferes Niveau abgesunken war.
»Widerlich!« sagte er.
Tuppence schob ihn ein wenig zur Seite und beugte sich tief über

das Loch.
»Paß auf die Nägel auf«, warnte Tommy.
»Was ist das?«
Tuppence brachte ihren Fund zu Tage. Es war offensichtlich das Rad eines Wagens oder Karrens von einem Kinderspielzeug.
»Ich glaube, wir verschwenden unsere Zeit«, sagte sie.
»Davon bin ich überzeugt.«
»Oh! Jetzt kriechen mir drei Spinnen über den Arm. Gleich kommt sicher noch ein Wurm zum Vorschein. Mich ekelt vor Würmern!«
»Ich glaube nicht, daß hier Würmer sind. Würmer lieben die Erde.«
»Das Pferd scheint auch gleich leer zu sein. Warte mal, was ist das? Ein Nadelbuch! Das hätte ich hier am wenigsten erwartet. Es stecken sogar Nadeln drin, alle verrostet.«
»Sicher stammt es von einem kleinen Mädchen, das nicht gern genäht hat«, sagte Tommy.
»Da kannst du recht haben.«
»Ich habe gerade was gespürt, das sich wie ein Buch anfühlt«, sagte Tommy gleich darauf.
»Das klingt schon besser! In welchem Teil von Mathilde ist es?«
»In der Nähe des Blinddarms oder der Leber«, erklärte Tommy fachmännisch. »Rechts. Ich werde die Operation weiterführen.«
»Sehr wohl, Doktor. Was es auch ist, Sie sollten es entfernen.«
Das sogenannte Buch war ein abgegriffenes dickes Heft mit flekkigen losen Seiten und brüchigem Einband.
»Ein Lehrbuch«, sagte Tommy. *»Pour les enfants. Le Petit Précepteur.«*
»Hm. Jetzt denke ich dasselbe wie du vorhin. Das Kind wollte kein Französisch lernen, darum ging es zu Mathilde und schob es ihm in den Bauch. Brave alte Mathilde.«
»Aber wenn das Schaukelpferd richtig dastand, muß es sehr schwierig gewesen sein, etwas in das Loch hineinzustecken.«
»Nicht für ein Kind«, sagte Tuppence. »Da stimmte die Höhe. Ich meine, ein Kind konnte drunterkriechen. Jetzt kommt was Glattes. Es fühlt sich wie die Haut eines Tieres an.«
»Wie unangenehm! Ein totes Kaninchen?«
»Nein, kein Fell. Ich habe gar kein gutes Gefühl. Br! Da ist schon wieder ein Nagel. Das Ding scheint an einem Nagel zu hängen.

Ich habe ein Stück Bindfaden oder Leine in der Hand. Merkwürdig, daß er so lange gehalten hat, nicht?«
Sie zog ihre Beute vorsichtig hervor.
»Ach, eine Tasche. Und aus echtem Leder.«
»Laß mal sehen, ob was drin ist«, sagte Tommy neugierig.
»Vielleicht sind es lauter Geldscheine«, fügte Tuppence hoffnungsvoll hinzu.
»Na, damit könnten wir wohl nichts mehr anfangen. Papier zerfällt.«
»Nicht unbedingt. Vieles ist dauerhafter, als man denkt. Die Fünfpfundscheine waren früher aus besonders gutem Papier. Sehr dünn und haltbar.«
»Vielleicht ist es sogar ein Zwanziger, ein hübscher Zuschuß zur Haushaltskasse.«
»Wie? Oh, das Geld muß aus der Zeit vor Isaac stammen. Sonst hätte er es wohl längst gefunden, meinst du nicht? Stell dir vor, es wären hundert Pfund! Noch lieber wären mir Goldmünzen – Sovereigns. Zwanzigshillingstücke waren immer im Geldbeutel. Meine Großtante Maria besaß eine Menge, die sie uns Kindern manchmal zeigte. Falls die Franzosen kämen, hat sie gesagt. Ich war begeistert und habe mir immer gedacht, wie schön es sein müßte, wenn man erwachsen wäre und auch so einen Beutel voll Goldstücke hätte.«
»Und wer hätte dir so einen Beutel geben sollen?«
»Ich nahm nicht an, daß ihn mir jemand schenken würde. Ich dachte einfach, er stünde einem zu, wenn man erst mal erwachsen ist. Weißt du, richtig erwachsen mit einem Mantel mit Pelzkragen und Hut. Und eben einem dicken, prallen Beutel voll Goldstücke. Wenn der Lieblingsenkel wieder ins Internat fuhr, erhielt er eins als Abschiedsgeschenk.«
»Und die Mädchen, und die Enkelinnen?«
»Die bekamen, glaube ich, keine Goldstücke. Manchmal schickte mir meine Tante einen halben Fünfpfundschein.«
»Die Hälfte? Warum?«
»Sie hat ihn durchgerissen, mir den einen Teil in einem Brief und den anderen im nächsten geschickt, als Vorsichtsmaßnahme gegen Diebstahl.«
»Du liebe Zeit! Was waren die Leute damals mißtrauisch.«
»Ja, mehr als wir! Oh, da habe ich was!«

Tuppence steckte die Finger in die Tasche.
»Laß uns mal einen Augenblick nach draußen gehen und Luft schnappen«, schlug Tommy vor.
Dann standen sie vor dem Glashaus. Im Tageslicht ließ sich die Beute besser besichtigen. Es war eine Art dicker Brieftasche aus gutem Leder, das vor Alter steif geworden, aber sonst nicht beschädigt war.
»Vermutlich war es in Mathildes Bauch ganz trocken«, sagte Tuppence. »Errätst du, was drin ist?«
»Nein. Auf jeden Fall kein Geld, und Gold schon gar nicht.«
»Ich glaube, es sind Briefe. Ich weiß nicht, ob sie noch leserlich sind. Sie sind sicher sehr alt und verblaßt.«
Vorsichtig nahm Tommy die zerknitterten gelben Blätter heraus und hielt sie fächerförmig auseinander. Die Schrift war ziemlich groß, die Tinte mußte einmal glänzend und schwarzblau gewesen sein.
»Neuer Treffpunkt«, las er. »Ken Gardens beim Peter Pan. Mittwoch, den 25. Um 16.30 Uhr. Joanna.«
»Jetzt glaube ich wirklich, daß wir etwas entdeckt haben, Tommy!«
»Du meinst, daß jemand einen bestimmten Tag angegeben bekam, an dem er in London in Kensington Gardens eine bestimmte Person treffen sollte, um die Papiere oder Pläne oder was es nun war zu übergeben? Wer, glaubst du, hat das wohl rausgeholt oder hineingesteckt?«
»Sicherlich kein Kind. Es muß jemand gewesen sein, der im Haus wohnte und sich darum frei bewegen konnte. Vermutlich hat er das Material des Marinespions übernommen und nach London gebracht.«
Tuppence wickelte die Brieftasche in ihr Halstuch und kehrte mit ihrem Mann ins Haus zurück.
»Vielleicht enthält sie noch andere Papiere«, sagte sie dann. »Die meisten werden wohl so mürbe sein, daß sie zerfallen, sobald man sie anrührt. Ah, was ist denn das?«
Auf dem Tisch in der Diele lag ein dickes Päckchen. Albert tauchte aus dem Eßzimmer auf.
»Es wurde persönlich für Sie abgegeben, Madam. Durch Boten.«
»Na, jetzt bin ich neugierig.« Tuppence nahm es mit ins Wohnzimmer, knotete den Bindfaden auf und wickelte das braune

Packpapier ab.
»Es muß ein Album sein«, sagte sie. »Ach, da ist ein Brief. Von Mrs. Griffin.« Sie las laut vor:

»Liebe Mrs. Beresford,
es war so freundlich von Ihnen, mir das Geburtstagsbuch zu bringen. Ich habe es mit großer Freude durchgeblättert und mich an viele alte Freunde erinnert. Man vergißt so rasch! Manchmal weiß ich nur noch einen Vornamen und komme nicht mehr auf den Nachnamen, manchmal geht es mir umgekehrt. Vor kurzem ist mir dies alte Album in die Hand geraten. Es stammt aus meiner Familie. Auf den Bildern sind auch einige Parkinsons zu sehen. Ich schicke es Ihnen, weil Sie sich so sehr für die Geschichte Ihres Hauses und seine früheren Bewohner interessierten. Sie brauchen es mir nicht zurückzugeben, da es mir nicht so viel bedeutet. In einem alten Haus sammelt sich manches an, was Tanten oder Großmüttern gehörte. Neulich habe ich in einer alten Kommode auf dem Dachboden sechs Nadelbücher gefunden. Vielleicht sind sie hundert Jahre alt und haben meiner Großmutter gehört, die zu Weihnachten solche Dinge an die Hausmädchen verschenkte. Sie kaufte sie schon vorzeitig und legte sie für das nächste Jahr bereit. Was soll man jetzt damit anfangen? Ist es nicht traurig, wenn man bedenkt, wie viele Dinge im Laufe der Zeit vergeudet werden?«

Tuppence schwieg einen Augenblick. »Ein altes Fotoalbum!« sagte sie dann: »Wie hübsch! Sehen wir es uns näher an!«
Sie setzten sich nebeneinander auf das Sofa. Das Album war typisch für die damalige Zeit, die meisten Bilder waren stark verblichen, dennoch erkannte Tuppence gelegentlich im Hintergrund bestimmte Partien aus ihrem Garten.
»Sieh mal, da ist die Araukarie. Ja – oh, und schau, da steht Wahreliebe! Das muß alt sein! Und der komische kleine Junge hier hinter Wahreliebe! Da ist die Glyzinie und da das Pampasgras. Das war sicher ein Gartenfest. Ja, hier sitzen viele Leute um einen runden Tisch. Sogar Namen stehen darunter: Mabel. Na, Mabel ist keine Schönheit. Und wer ist das?«
»Charles«, las Tommy. »Charles und Edmund. Die beiden scheinen Tennis gespielt zu haben. Was für seltsame Schläger sie hat-

ten. Der da ist William, und dann kommt Major Coates.«
»Und das ist – oh, Tommy! –, das ist Mary!«
»Ja, tatsächlich, Mary Jordan. Ihr Name ist ganz ausgeschrieben.«
»Sie war hübsch, sehr hübsch sogar. Das Bild ist blaß und alt, aber – ich finde es so schön, Mary Jordan endlich in voller Größe zu sehen.«
»Wer das Bild wohl aufgenommen hat?«
»Vielleicht der Fotograf, von dem Isaac sprach. Der aus dem Dorf. Vielleicht hat er noch mehr alte Fotos. Ich muß mal hingehen und fragen.«
Tommy hatte das Album zur Seite gelegt und öffnete einen Brief, der mit der Mittagspost gekommen war.
»Ist es was Interessantes?« fragte Tuppence. »Es sind drei Briefe da, zwei sind Rechnungen, das erkenne ich sofort. Der letzte sieht anders aus. Tommy, ich habe gefragt, ob er interessant ist?«
»Möglicherweise schon. Ich muß morgen wieder nach London.«
»Zu den üblichen Vereinssitzungen?«
»Diesmal nicht. Ich werde jemand besuchen. Übrigens nicht direkt in London, sondern außerhalb. In der Nähe von Harrow offenbar.«
»Davon hast du mir gar nichts erzählt.«
»Ich besuche einen gewissen Oberst Pikeaway.«
»Was für ein Name!« sagte Tuppence.
»Ja, komisch, nicht?«
»Kann ich ihn schon mal gehört haben, Tommy?«
»Mag sein, daß ich ihn erwähnte. Der Oberst lebt sozusagen in einer Atmosphäre von dichtem Rauch. Übrigens, hast du Hustenbonbons, Tuppence?«
»Hustenbonbons? Ich glaube, ja. Es muß noch eine angebrochene Dose vom letzten Winter da sein. Aber du hast doch keinen Husten! Wenigstens ist es mir nicht aufgefallen.«
»Nein, aber wenn ich Pikeaway besuche, werde ich ihn garantiert bekommen. Soweit ich mich erinnere, holt man zweimal Luft und erleidet trotzdem Erstickungsanfälle. Man wirft verzweifelte Blicke auf die Fenster, die alle fest geschlossen sind, aber Pikeaway reagiert auf solche Andeutungen nie.«
»Und warum will er dich sehen?«
»Keine Ahnung. Allerdings erwähnt er Robinson.«

»Was? Den dicken Mann mit dem gelben Gesicht, der irgendwas ganz Geheimnisvolles ist?«
»Ja, den«, bestätigte Tommy.
»Hm. Na, vielleicht ist unser Fall auch etwas ganz Geheimes.«
»Kann ich mir nicht vorstellen, wenn man bedenkt, wie endlos lange es her ist, so daß sich nicht mal Isaac richtig daran erinnert.«
»›Neue Sünden haben alte Schatten‹«, sagte Tuppence, »falls das das Sprichwort ist, das ich meine. Oder heißt es: ›Alte Sünden werfen lange Schatten?‹«
»Denk nicht weiter drüber nach«, riet Tommy. »Beide Fassungen klingen falsch.«
»Ich glaube, ich besuche heute nachmittag diesen Fotografen. Kommst du mit?«
»Nein. Ich möchte am liebsten an den Strand gehen und schwimmen.«
»Schwimmen! Das Wasser muß doch sehr kalt sein.«
»Das ist mir egal. Ich habe das Bedürfnis nach einem kalten, erfrischenden Bad, um das Gefühl von diesen Spinnweben loszuwerden. Ich bilde mir ein, daß sie mir über die Ohren und um den Hals hängen und sogar zwischen den Zehen kleben.«
»Ja, eine besonders schmutzige Arbeit haben wir uns da ausgesucht«, sagte Tuppence. »Gut, dann gehe ich zu Mr. Durrance. Übrigens ist da noch ein Brief, Tommy, den du nicht geöffnet hast.«
»Ah, den habe ich übersehen. Na, das könnte eine Überraschung sein.«
»Von wem ist er?«
»Von meiner Detektivin«, sagte Tommy etwas hochtrabend. »Von der Dame, die kreuz und quer durch England eilt und im *Somerset House* ein und ausgeht, um in der Registratur Todesfälle, Heiraten und Geburten zu klären, und Zeitungsarchive und Volkszählungsunterlagen durchforstet. Sie ist sehr tüchtig.«
»Tüchtig und schön?«
»Nein, zumindest fällt ihre Schönheit nicht ins Auge.«
»Das freut mich aber«, sagte Tuppence. »Weißt du Tommy, jetzt, wo du nicht mehr der Jüngste bist, könntest du – die gefährliche Idee entwickeln, eine schöne, junge Helferin zu brauchen.«
»Du erkennst eben einen treuen Ehemann nicht, wenn du ihn

vor der Nase hast.«
»Alle meine Freundinnen sagen, Ehemänner sind unberechenbar.«
»Du hast die falschen Freundinnen, Tuppence.«

19

Tommy fuhr durch den Regent's Park und kam dann durch verschiedene Straßen, in denen er seit Jahren nicht mehr gewesen war. Früher einmal, als er und Tuppence eine Wohnung in der Nähe des Belsize Park gehabt hatten, war er oft mit dem Hund in Hampstead Heath spazierengegangen. Er erinnerte sich noch genau an James, einen Sealyhamterrier, der überaus eigenwillig gewesen war. Immer, wenn sie aus dem Haus traten, wollte er nach links abbiegen, in Richtung Heide. Alle Versuche, ihn nach rechts zu zerren, wo es zu den Geschäften ging, wurden energisch abgewehrt. Er preßte seinen schweren wurstförmigen Körper platt aufs Straßenpflaster, ließ die Zunge heraushängen und spielte den erschöpften, von seinen Besitzern roh überanstrengten Hund. Die Passanten enthielten sich selten eines Kommentars.
»Ach, sieh doch den netten kleinen Hund. Den da, mit dem weißen Fell – eigentlich sieht er wie eine Wurst aus, nicht? Und was der arme Kerl keucht! Die Besitzer lassen ihn sicher nicht in Ruhe. Er sieht ganz erschöpft aus. Er kann nicht mehr.«
Tommy hatte Tuppence die Leine aus der Hand genommen und zog James energisch in die entgegengesetzte Richtung, in die er aber nicht gehen wollte.
»Ach Gott!« rief Tuppence. »Kannst du ihn nicht auf den Arm nehmen, Tommy?«
»James tragen? Der ist viel zu schwer.«
James hatte inzwischen seinen wurstförmigen Körper geschickt gewendet und strebte wieder in Richtung Heide.
»Da, schau mal, der arme, kleine Hund. Der will nur noch nach Hause.«
James zerrte an der Leine.
»Na, schön«, seufzte Tuppence. »Kaufen wir eben später ein.

Jetzt müssen wir James seinen Willen lassen. Er ist so schwer. Man kann ihn einfach nicht hinter sich herziehen.«

James sah auf und wedelte. Da hast du aber recht, schien das Wedeln zu besagen. Endlich hast du begriffen! Komm schon! Fast immer waren sie dann auf die Heide gegangen.

Als Tommy das letzte Mal bei Oberst Pikeaway gewesen war, hatte er in Bloomsburry gewohnt. Es war ein kleines, enges, verrauchtes Zimmer gewesen. Diesmal verbarg sich hinter der angegebenen Adresse ein kleines, unscheinbares Haus am Rand der Heide, nicht weit von Keats' Geburtshaus entfernt. Es sah weder besonders interessant noch geschmackvoll aus.

Tommy klingelte. Eine alte Frau, die seinen Vorstellungen vom Aussehen einer Hexe sehr nahe kam, stand kurz darauf mit feindseligem Blick im Türrahmen. Sie hatte eine spitze, gekrümmte Nase und ein spitzes Kinn, die einander zustrebten.

»Kann ich, bitte, Oberst Pikeaway sprechen?«

»Weiß ich nicht genau. Wer sind Sie denn?«

»Mein Name ist Beresford.«

»Aha! Ja, von Ihnen hat er was gesagt.«

»Kann ich den Wagen auf der Straße stehen lassen.«

»Wenn's nicht zu lange dauert. Hier schnüffeln nur wenig Kontrollen rum. Gelbe Randstreifen gibt es auch nicht. Schließen Sie ab, Sir. Man kann nie wissen!«

Tommy gehorchte und folgte der alten Frau ins Haus.

»Eine Treppe hoch. Nicht höher!«

Schon auf der Treppe traf ihn der Tabakqualm. Die Hexe klopfte an eine Tür, steckte den Kopf hinein und sagte: »Das muß der Herr sein, den Sie sprechen wollten. Er sagt, Sie erwarten ihn.«

Sie trat zur Seite. Tommy ging an ihr vorbei in den dichten Rauch, der ihn sofort keuchen und husten machte. Er bezweifelte, daß er sich an Oberst Pikeaway erinnert hätte, wären nicht der blaue Dunst und der Nikotingestank gewesen. Ein sehr alter Mann saß zurückgelehnt in einem Sessel, einem ziemlich mitgenommenen Stück mit Löchern in den Armlehnen. Als Tommy nähertrat, sah er nachdenklich auf.

»Machen Sie die Tür zu, Mrs. Copes«, sagte er. »Lassen Sie nicht so viel kalte Luft herein!«

Tommy hätte kalte Luft sehr begrüßt und bedauerte, daß er das nicht zum Ausdruck bringen konnte.

»Thomas Beresford«, sagte Oberst Pikeaway überlegend. »So, so! Wie lange ist es her, seit wir uns gesehen haben?«
Tommy hatte noch nicht genau nachgerechnet.
»Es ist lange her. Sie kamen damals mit – ach, was spielen Namen schon für eine Rolle. ›Was uns Rose heißt, wie es auch hieße, würde lieblich duften.‹ Das hat Julia gesagt, nicht wahr? Was für dummes Zeug Shakespeare sie manchmal reden läßt. Na ja, er konnte nichts dafür; er war ein Dichter. Ich habe mir nie viel aus *Romeo und Julia* gemacht. Zu viele Selbstmorde aus Liebe. So was gibt's immer noch, das sollte man nicht vergessen. Es kommt auch heute noch vor. Setzen Sie sich, mein lieber Junge! Setzen Sie sich!«
Tommy gefiel der »liebe Junge« nicht besonders.
»Wenn Sie erlauben, Sir«, sagte er und nahm einen Stapel Bücher vom einzigen verfügbaren Stuhl.
»Aber ja, aber ja! Werfen Sie sie einfach auf den Boden. Ich hatte nur was nachsehen wollen. Ich freue mich sehr, daß Sie gekommen sind. Sie sehen etwas älter aus als bei unserer letzten Begegnung. Aber Sie wirken recht gesund. Sie hatten keinen Herzinfarkt, nicht wahr?«
»Nein«, sagte Tommy.
»Nein? Na, sehr gut. Zu viele Leute haben es mit dem Herzen oder dem Blutdruck oder solchen Sachen. Arbeiten zu viel, das ist es! Sie rennen herum, erzählen allen Leuten, wie viel Arbeit sie haben und daß die Welt nicht ohne sie auskommt und wie wichtig sie sind und solchen Kram. Geht Ihnen das auch so? Na, vermutlich ja.«
»Nein«, antwortete Tommy. »Ich halte mich nicht für wichtig. Ich finde – ja –, ich finde, daß es angenehm ist, jetzt ausruhen zu können.«
»Das ist mal eine gute Idee«, stellte Oberst Pikeaway fest. »Der Ärger ist nur, daß die Leute es einem nicht erlauben wollen, sich auszuruhen. Wieso sind Sie in diesen Ort gezogen, in dem Sie jetzt wohnen? Ich habe den Namen vergessen. Sagen Sie es mir noch mal.«
Tommy sagte es ihm.
»Stimmt! Dann habe ich ja die richtige Adresse auf den Umschlag geschrieben.«
»Ja. Ich habe Ihren Brief bekommen.«

»Ich höre, daß Sie bei Robinson waren. Der hält sich gut. Er ist noch genauso fett wie früher und genauso gelb und reich oder sogar noch reicher. Der kennt sich ja auch mit Geld aus. Warum waren Sie bei ihm, alter Junge?«
»Es ist so: Wir haben ein Haus gekauft, und ein Freund meinte, Mr. Robinson könnte uns bei der Aufklärung eines Geheimnisses helfen, das meine Frau und ich im Zusammenhang mit dem Haus entdeckt haben. Es ist eine Geschichte, die sehr weit zurückliegt.«
»Ich erinnere mich jetzt. Ich glaube nicht, daß ich Ihre Frau je kennengelernt habe, aber sie ist eine sehr kluge Person, nicht wahr? Sie hat damals erstklassige Arbeit geleistet – bei dem Spionagefall mit dem komischen Namen. Hörte sich an wie aus dem Katechismus. Ja! N. und M., das war es doch?«
»Ja«, sagte Tommy.
»Und jetzt sind Sie wieder hinter so einer Sache her? Sie haben einen Verdacht?«
»Nein«, sagte Tommy. »Das stimmt nicht. Wir haben das Haus einfach gekauft, weil wir gemietete Wohnungen leid waren, die immer teurer wurden.«
»Ein übler Trick«, stellte Oberst Pikeaway fest. »So was machen sie heute mit einem, diese Vermieter. Nie sind sie zufrieden. Schön. Sie sind also hingezogen. *Il faut cultiver son jardin.*« Oberst Pikeaway entschuldigte sein plötzliches Überwechseln ins Französische: »Ich muß es wieder aufpolieren. Jetzt, da wir zum Gemeinsamen Markt gehören, nicht wahr? Da gehen übrigens merkwürdige Dinge vor, hinter der Bühne, wissen Sie. Merken tut man natürlich nach außen nichts. So, Sie wohnen jetzt im *Schwalbennest.* Ich würde ja gern wissen, wieso Sie gerade darauf verfallen sind.«
»Als wir es kauften . . .«, begann Tommy. »Es heißt jetzt *Lorbeerhaus.*«
»Idiotischer Name«, murrte Oberst Pikeaway. »War früher mal sehr beliebt. Ich erinnere mich genau. Als ich ein Junge war, hatten alle Leute große, geschwungene viktorianische Auffahrten an den Häusern. Ständig wurden Wagenladungen mit Kies angefahren. An den Seiten standen Lorbeerbüsche. Es gab die glänzenden Grünen oder die Gefleckten. Das galt damals als vornehm. Sicher hat einer von Ihren Vorbesitzern das Haus so ge-

nannt, und dann ist der Name hängengeblieben. Stimmt, was?«
»Ich denke schon«, antwortete Tommy. »Allerdings nicht die letzten Bewohner. Die nannten es *Katmandu* oder so ähnlich, nach einem Ort, wo sie gelebt hatten.«
»Ja, *Schwalbennest* muß viel früher gewesen sein. Aber man muß manchmal in die Vergangenheit zurückkehren. Darüber wollte ich übrigens auch mit Ihnen sprechen. Über die Vergangenheit.«
»Kannten Sie das Haus, Sir?«
»Was? Das *Schwalbennest* oder das *Lorbeerhaus*? Nein, ich bin nie dagewesen. Aber es hat früher mal eine Rolle gespielt. Bestimmte Dinge hatten mit ihm zu tun, zu einer bestimmten Zeit. Es war in einer für unser Land sehr sorgenvollen Zeit.«
»Daraus entnehme ich«, sagte Tommy höflich, »daß Sie über Mary Jordan Bescheid wissen? Von ihr hat nämlich Mr. Robinson gesprochen.«
»Möchten Sie wissen, wie sie ausgesehen hat? Gehen Sie mal zum Kaminsims. Links steht eine Fotografie von ihr.«
Tommy stand auf, trat zum Kamin und nahm das Foto in die Hand. Es war das altmodische Porträt eines Mädchens mit einem großen Hut, das einen Rosenstrauß zum Gesicht hob.
»Wirkt heute ziemlich albern, was?« fragte der Oberst. »Sie war ein sehr hübsches Mädchen. Leider ist sie so jung gestorben, eine Tragödie.«
»Ich weiß gar nichts über sie«, sagte Tommy.
»Nein. Woher auch?« fragte Oberst Pikeaway. »Heute weiß niemand mehr etwas über sie.«
»Im Ort geht das Gerücht um, sie wäre eine deutsche Spionin gewesen. Mr. Robinson hat mir erzählt, daß es nicht stimmt.«
»Ja. Sie gehörte zu uns. Und sie hat hervorragende Arbeit geleistet. Aber jemand hat sie entdeckt.«
»Das geschah, während die Familie namens Parkinson in unserem Haus wohnte«, erklärte Tommy.
»Gut möglich. Sehr gut möglich. Ich kenne die Einzelheiten nicht genau. Keiner kennt sie jetzt mehr. Ich hatte persönlich nichts mit dem Fall zu tun, wissen Sie. Die ganze Sache ist erst jetzt wieder aufgerührt worden. Unruhe gibt es immer, überall auf der Welt, heute so gut wie gestern. Gehen Sie hundert Jahre zurück, zweihundert Jahre, immer stoßen Sie auf Unruhe. Zum Beispiel die Kreuzzüge: Was finden Sie? Leute die aus ihrem Land davon-

laufen, um Jerusalem zu erobern, während im eigenen der Rummel losgeht. Wo Sie sich auch hinwenden, überall Unruhe.«
»Und Sie meinen, daß es jetzt um eine ganz spezielle Sache geht?«
»Aber natürlich. Immer gibt es Schwierigkeiten!«
»Und um was geht es diesmal?«
»Oh, das wissen wir nicht genau. Man fragt sogar einen alten Mann wie mich, ob ich Ihnen etwas erzählen könnte und mich an gewisse Leute noch erinnere. Na, viel ist es nicht mehr, aber über eine, zwei bestimmte Personen weiß ich noch Bescheid. Manchmal muß man die Vergangenheit ausgraben und herausfinden, was früher geschehen ist, welche Geheimnisse die Leute bewahrten, was sie wußten und verschwiegen, was sie versteckten oder über gewisse Vorfälle behaupteten und was in Wirklichkeit geschehen ist. Sie, mein lieber Junge, haben gute Arbeit geleistet. Sie und Ihre Frau waren bei verschiedenen Anlässen sehr erfolgreich. Wollen Sie wieder so einen Auftrag übernehmen?«
»Ich bin mir nicht sicher«, antwortete Tommy. »Wenn ich – glauben Sie, daß ich wirklich von Nutzen sein könnte? Ich – ein alter Mann?«
»Auf mich wirken Sie sehr viel munterer als die meisten Männer Ihres Alters, auch als viele jüngere. Und was Ihre Frau betrifft, na, sie hat schon immer eine exzellente Spürnase gehabt. Wie ein gut abgerichteter Jagdhund, was?«
Tommy konnte sich ein Lächeln nicht verbeißen. »Ja. Aber um was geht es denn überhaupt?« fragte er. »Ich – natürlich bin ich jederzeit bereit, falls Sie meinen, daß ich noch etwas tun könnte. Aber was? Niemand hat mir Näheres gesagt.«
»Ich glaube auch nicht, daß man Sie genau informieren wird. Vermutlich wird man auch nicht wollen, daß ich es tue. Sicherlich hat Ihnen Robinson nicht viel erzählt. Der fette Kerl kann ganz gut den Mund halten. Aber ich will Ihnen ein paar nackte Tatsachen nennen. Sie wissen, wie es auf der Welt ist – es geht immer um dieselben Dinge: Gewalt, Schwindel, Materialismus, Rebellion der Jungen, Liebe zur Gewalt und eine gehörige Portion Sadismus. Fast so schlimm wie in den Zeiten der Faschisten und so weiter. Tja, es ist nicht einfach herauszufinden, was mit unserem Land, ja mit der ganzen Welt nicht stimmt! Der Gemeinsame Markt ist eine gute Sache. Er war notwendig, wir ha-

ben ihn immer gewollt. Aber es muß ein echter Gemeinsamer Markt sein, das ist die Voraussetzung. Wir brauchen ein geeintes Europa. Es muß eine Vereinigung zivilisierter Länder mit zivilisierten Ideen, zivilisierten Vorstellungen und Prinzipien sein. Wenn etwas nicht stimmt, muß man vor allem feststellen, *wo* der Fehler liegt. Und auf *dem* Gebiet ist dieses Walroß von einem Mann nicht zu übertreffen.«
»Sie meinen Mr. Robinson?«
»Ja, den meine ich. Er sollte sogar geadelt werden und hat es abgelehnt. Sie wissen ja wohl, wofür er steht?«
»Ich glaube, ja. Er – steht für – Geld.«
»In der Tat. Nicht als Materialist, sondern weil er über Geld informiert ist. Er weiß, woher es stammt, wohin es fließt, er kennt das Warum und die Leute, die dahinterstehen. Hinter den Banken und Industrieunternehmen. Er weiß, wer für gewisse Dinge verantwortlich ist, für die riesigen Vermögen, die mit Rauschgift und Rauschgifthandel gemacht werden, für die Vergötterung des Geldes. Nicht nur Geld, mit dem man ein großes Haus und zwei Rolls-Royce kauft, sondern Geld, das wieder Geld schafft und dabei alte Ehrbegriffe vernichtet – den Glauben an die Ehrlichkeit, an den ehrlichen Handel. Wir wollen keine Gleichheit auf der Welt; wir wollen, daß die Starken den Schwachen helfen. Die Reichen sollen die Armen unterstützen. Die Ehrlichen und Anständigen sollen geachtet und bewundert werden. Hochfinanz! Heute läuft alles auf die Hochfinanz hinaus. Was sie unternimmt, wen sie unterstützt, und wie sie sich tarnt. Wissen Sie, es hat immer Leute gegeben, die Macht und Verstand besitzen und es dadurch zu Geld und Einfluß bringen. Manche ihrer Unternehmungen waren höchst geheim, und genau darüber müssen wir etwas herausbekommen. Wir müssen herausbekommen, an wen diese Geheimnisse weitergegeben wurden, wer sie übernommen hat und wer heute die Fäden in der Hand hält. Das *Schwalbennest* war eine Art Zentrale. Die Zentrale des Bösen, möchte ich mal sagen. Später ist in Hollowquay noch etwas anderes passiert. Erinnern Sie sich überhaupt noch an Jonathan Kane?«
»Für mich ist es nur ein Name«, sagte Tommy.
»Er soll das gewesen sein, was einmal viele Bewunderer fand und man später mit Faschist bezeichnete. Das war zu der Zeit, als

wir noch nicht genau über Hitler und all die anderen Bescheid wußten. Die Zeit, wo wir noch dachten, daß der Faschismus eine großartige Idee sein könnte, um die Welt zu reformieren. Dieser Jonathan Kane hatte eine Menge Anhänger, junge und alte. Er hatte ein Ziel und Machtmittel, und er kannte die Geheimnisse vieler Menschen, die Art Wissen, die Macht verleiht. Wie immer spielte Erpressung eine große Rolle. Wir wollen nun herausbekommen, was er wußte, was er tat. Ich halte es für möglich, daß er sowohl Einsatzpläne als auch Anhänger zurückgelassen hat, junge Leute, die vielleicht immer noch an seine Ideen glauben. Es gibt immer Geheimnisse, die viel Geld wert sind. Ich kann Ihnen nichts Genaues erzählen, weil ich keine genauen Details kenne. Mein Problem ist, daß niemand richtig Bescheid weiß. Wir glauben immer, wir wissen so viel, weil wir soviel erlebt haben: Kriege, Aufruhr, Frieden, neue Regierungsformen. Wir glauben, wir kennen alles, aber stimmt das? Was wissen wir zum Beispiel über den Krieg mit Bakterien? Was wissen wir über Giftgase und die Auswirkungen der Umweltverschmutzung? Die Chemiker haben ihre Geheimnisse, die Medizin hat sie, auch die Armee, die Marine, die Luftwaffe – alle. Geheimnisse fallen nicht nur in die Gegenwart, manche stammen aus der Vergangenheit. Manche waren gerade im Entstehen und wurden dann nicht weiter verfolgt, aus Zeitmangel vielleicht. Aber sie wurden aufgeschrieben oder gewissen Leuten anvertraut, und die hatten Kinder, und ihre Kinder hatten wieder Kinder. Vielleicht sind diese Informationen bis zu ihnen gelangt, hinterlassen in Testamenten, in Dokumenten, in der Obhut von Anwälten, die sie zu einer bestimmten Zeit bekanntgeben sollen.
Manche Leute wissen vielleicht gar nicht, was sie da Wichtiges haben; andere wieder können es als alten Plunder vernichtet haben. Aber wir müssen mehr herausbekommen, als wir bisher wissen, weil ständig soviel passiert. In anderen Ländern, an anderen Orten, in Kriegen, in Vietnam, in Jordanien, in Israel, sogar in den neutralen Ländern, in Schweden und der Schweiz, überall. Es besteht die Vermutung, daß manche Hinweise in der Vergangenheit zu finden sind. Allerdings kann man nicht einfach in die Vergangenheit zurückkehren, zum Beispiel zu einem Arzt gehen und sagen: ›Hypnotisieren Sie mich mal, und lassen Sie mich sehen, was 1914 geschehen ist oder 1918 oder vielleicht

noch früher.‹ Irgendwann hat jemand etwas geplant, was nie richtig durchgeführt worden ist. Vielleicht waren es nur Ideen. Gehen Sie weit genug zurück! Verstehen Sie? Schon im Mittelalter dachten die Menschen ans Fliegen! Sie machten sich bestimmte Vorstellungen davon. Auch die alten Ägypter haben bestimmte Ideen gehabt, die nie weiterentwickelt wurden. Aber wenn diese Ideen weitergegeben werden, kommt einmal die Zeit, wo sie in die Hände eines Menschen geraten, der die Mittel und die Fähigkeiten hat, damit umzugehen – und dann kann viel passieren – Böses und Gutes. Wir haben neuerdings den Eindruck, daß einige Dinge, die entdeckt wurden – der Kampf mit Bakterien zum Beispiel –, schwer durchzuführen sind, es sei denn, es würde weiter geforscht, was man nicht für wichtig erachtete, aber durchaus wichtig war. Jemand, in dessen Hände die ganze Sache gelangt ist, hat ein wenig herumgespielt, mit äußerst beängstigenden Resultaten: Man kann den Charakter des Menschen verändern, aus einem guten einen bösen machen! Und der Grund? Wegen Geld und allem, was man damit kaufen kann. Wegen der Macht, die Geld bedeutet . . . Nun, mein lieber Junge, was sagen Sie dazu?«

»Daß es furchterregende Zukunftsaussichten sind.«

»Ja, auch. Aber glauben Sie, daß ich Unsinn rede? Halten Sie es für die Phantasien eines alten Mannes?«

»Nein, Sir«, antwortete Tommy. »Ich halte Sie für einen Mann, der Bescheid weiß. Sie waren immer schon sehr gut informiert.«

»Hm. Darum sind sie auch stets zu mir gekommen, nicht? Sie beschwerten sich über den Rauch und sagten, sie erstickten, aber – wissen Sie, es gab mal eine Zeit – damals die Sache in Frankfurt –, na, wir haben es aus der Welt geschafft, weil wir die Drahtzieher erledigten. Und bei dieser Affäre gibt es wieder eine Person im Hintergrund – wahrscheinlich sogar mehrere. Vielleicht können wir erfahren, wer sie sind, oder wenigstens, um was es geht.«

»Ja«, sagte Tommy. »Allmählich verstehe ich Sie.«

»So? Sie halten es also nicht für Unsinn, für Phantasterei?«

»Ich glaube nicht, daß es irgend etwas gibt, das zu phantastisch ist, um wahr zu sein. Die erstaunlichsten Dinge sind wahr, Dinge, die man nicht für möglich halten möchte. Aber verstehen Sie bitte, daß ich nicht der richtige Mann für Sie bin. Ich habe keine wissenschaftliche Ausbildung. Ich habe immer nur mit der Ab-

wehr zu tun gehabt.«
»Aber Sie sind ein Mann«, erwiderte Oberst Pikeaway, »der viele Fälle geklärt hat. Sie und Ihre Frau! Ich sagte schon, sie hat eine exzellente Spürnase, die sie gern in andrer Leute Angelegenheiten steckt. Sie brauchen sie nur mitzunehmen. Frauen sind einmal so. Sie kommen hinter jedes Geheimnis. Wenn sie jung und schön sind, machen sie es wie Delila. Wenn sie alt sind ... Ich kann Ihnen sagen, ich hatte mal eine Großtante, vor der kein noch so kleines Geheimnis sicher war. Sie bekam einfach alles heraus. Übrigens kümmert sich Robinson um die finanzielle Seite. Geld ist schließlich sein Gebiet. *Sie* brauche ich, weil Sie am richtigen Ort sind, rein zufällig und nicht aus dem Grund, den jeder vermutet. Da sind Sie also, ein ganz gewöhnliches Ehepaar, älter, pensioniert, auf der Suche nach einem Haus für Ihren Lebensabend. Sie stöbern darin herum, und Sie reden gern mit den Leuten. Irgendein Satz wird Ihnen eines Tages etwas verraten. Mehr will ich von Ihnen beiden gar nicht. Sehen Sie sich um! Hören Sie sich die Geschichten über die guten alten oder die bösen alten Zeiten an.«
»Ein Skandal bei der Marine, U-Boot-Pläne ...«, sagte Tommy. »Davon wird heute noch geredet. Mehrere Leute haben da was erwähnt, aber niemand scheint Genaues zu wissen.«
»Na, das ist ein guter Startpunkt. Um jene Zeit hat nämlich Jonathan Kane in Ihrer Gegend gewohnt. Er besaß ein kleines Haus am Strand und hat von dort aus seinen Propagandafeldzug geführt. Er dachte nur an Zerstörung und an Methoden der Zerstörung! Er verließ England, war in Italien und tauchte unter. Vieles können Gerüchte sein, aber er war in Rußland. Dann ging er nach Island und von dort nach Amerika. Später verliert sich seine Spur. Wir nehmen an, daß er manches wußte, vielleicht keine großen Dinge. Er war mit seinen Nachbarn befreundet, man lud sich zum Essen ein ... Sehen Sie sich einfach um; stöbern Sie herum, aber seien Sie, um Gottes willen, vorsichtig! Und passen Sie auf Ihre Frau – auf Prudence auf.«
»Niemand nennt sie Prudence«, sagte Tommy. »Alle sagen Tuppence zu ihr.«
»Stimmt. Passen Sie auf sie auf, und sagen Sie ihr, sie soll auch auf Sie aufpassen! Sehen Sie sich vor, was Sie essen und was Sie trinken. Achten Sie auf Leute, die sich an Sie heranmachen.

Überlegen Sie, warum sie das tun! Irgend etwas wird dabei herauskommen. Vielleicht etwas sehr Seltsames oder Verrücktes. Eine alte Geschichte, die bedeutsam ist, irgend etwas!«

»Wir werden uns die größte Mühe geben«, erwiderte Tommy. »Meine Frau und ich. Aber ich glaube nicht, daß wir Erfolg haben. Wir sind alt und wissen zu wenig.«

»Sie können sich etwas einfallen lassen.«

»Ja, Tuppence ist darin ganz groß. Sie glaubt auch, daß in unserem Haus etwas verborgen ist!«

»Warum nicht? Andere haben den Gedanken auch schon gehabt. Bisher hat niemand etwas gefunden, aber hat man auch wirklich zielstrebig genug gesucht? Bei Häusern und Familien ändert sich so viel. Häuser werden verkauft, neue Bewohner ziehen ein, dann wieder andere, so geht es weiter. Sie heißen Lestrange und Mortimer und Parkinson. An den Parkinsons war nicht viel dran, bis auf einen der Söhne.«

»Alexander?«

»Ach, das wissen Sie schon? Wie kommt denn das?«

»Er hat in einem Buch von Stevenson eine Botschaft hinterlassen: ›Mary Jordan ist keines natürlichen Todes gestorben.‹ Wir haben sie gefunden.«

»›Dem Menschen hängt sein Schicksal wie eine Kette um den Hals‹ – ist das nicht irgendein Sprichwort? Machen Sie nur so weiter, Sie beide!«

20

Mr. Durrances Laden lag etwa in der Mitte des Dorfs an einer Straßenecke. Im Schaufenster waren Fotos ausgestellt: mehrere Hochzeiten, ein nacktes Baby auf einem Teppich, zwei bärtige junge Männer mit ihren Freundinnen. Keins der Bilder war besonders gut, einige zeigten erste Spuren des Alters. Es gab eine große Auswahl an Postkarten, Geburtstagskarten und wohlgeordnete Glückwunschkarten für die verschiedensten Gelegenheiten, ein paar Taschenbücher, ziemlich billige Brieftaschen, eine Auswahl von Briefpapier und Umschlägen mit Blumenmustern und Kästen mit Briefkarten und Notizblöcken.

Tuppence schlenderte im Laden umher und nahm den einen oder anderen Gegenstand in die Hand, während sie auf das Ende eines Gesprächs wartete, in dem es um die mangelhaften Leistungen einer bestimmten Kamera ging, über die Rat eingeholt wurde.
Eine ältere Frau mit grauen Haaren und glanzlosen Augen nahm sich der leichter erfüllbaren Käuferwünsche an. Ein ziemlich großer junger Mann mit langem blonden Haar und beginnendem Bart schien der Chefverkäufer zu sein. Er kam hinter der Theke hervor und sah Tuppence fragend an.
»Kann ich Ihnen behilflich sein?«
»Ja«, sagte Tuppence. »Eigentlich wollte ich Sie nach Alben fragen, nach Fotoalben.«
»Wir haben welche, aber die Auswahl ist leider nicht so groß. Sie sind nicht mehr so gefragt. Die meisten Leute machen heute Dias.«
»Ja, ich verstehe«, murmelte Tuppence, »aber ich sammle alte Fotoalben. Solche.«
Wie durch Zauberei hielt sie plötzlich das alte Album in der Hand, das Mrs. Griffin ihr geschenkt hatte.
»Oh, das muß sehr alt sein«, sagte Mr. Durrance. »Ich schätze, mindestens fünfzig Jahre! Damals hatten alle Leute solche Alben.«
»Ja, und auch Geburtstagsbücher.«
»Geburtstagsbücher – daran erinnere ich mich noch! Meine Großmutter hatte eines. Alle ihre Bekannten mußten sich eintragen. Wir führen übrigens Geburtstagskarten, obwohl die gar nicht mehr so viel gekauft werden. Jetzt müssen es Karten zum Valentinstag sein und natürlich in allen Variationen zu Weihnachten.«
»Ich wußte nicht, ob Sie noch alte Fotoalben haben – wie sie heute keiner mehr kauft. Mich interessieren sie, weil ich sie sammle. Ich möchte möglichst viele verschiedene zusammenbekommen.«
»Nun ja, heute sammelt jeder etwas. Es ist kaum zu glauben, was alles gesammelt wird. Ich fürchte nur, daß ich kein so altes Album habe wie das Ihre. Ich will gern nachsehen.«
Mr. Durrance trat hinter die Theke und zog eine große Schublade auf.

»Hier liegt eine Menge altes Zeug«, sagte er, »das ich schon immer mal durchsortieren wollte. Ich bin nicht sicher, was sich davon verkaufen läßt. Hochzeitsfotos in Mengen. Doch Hochzeiten sind leider etwas Aktuelles. Später kommt niemand mehr, um sich Fotos von früheren Hochzeiten anzusehen.«

»Erscheint denn nie jemand bei Ihnen und sagt zum Beispiel: ›Meine Großmutter hat hier geheiratet. Kann es sein, daß Sie noch Bilder von der Hochzeit haben?‹ «

»Das hat mich, glaube ich, noch nie jemand gefragt«, sagte Durrance. »Aber man kann nie wissen. Die Leute haben die merkwürdigsten Wünsche. Manchmal kommt jemand und erkundigt sich, ob wir ein Negativ von einem Babyfoto aufgehoben haben. Sie wissen ja, wie Mütter sind. Sie fragen nach Babybildern ihrer Kinder. Und was sind das oft für schreckliche Fotos! Manchmal ist sogar die Polizei schon bei uns aufgetaucht. Wissen Sie, um jemand zu identifizieren, der hier als Junge gelebt hat; sie wollen wissen, wie er aussieht – oder vielmehr, wie er ausgesehen hat und ob er dem gleicht, den sie erwischt haben oder nach dem sie wegen Mord oder Betrug suchen. Ich muß sagen, daß so was das Geschäft gelegentlich ein bißchen in Schwung bringt.« Mr. Durrance lächelte fröhlich.

»Oh, Sie scheinen sich für Verbrechen ja sehr zu interessieren!«

»Ach, wissen Sie, man liest doch jeden Tag davon! Warum etwa ein bestimmter Mann vor sechs Monaten seine Frau getötet hat. Das ist doch interessant. Da gibt es immer Leute, die beschwören, daß sie noch lebt. Andere wieder behaupten, er hätte sie irgendwo vergraben und sie wäre noch nicht gefunden worden. Stellen Sie sich mal vor, wie wichtig ein Foto dieses Mannes wäre!«

»Ja«, sagte Tuppence.

Obwohl sie sich gut mit Mr. Durrance verstand, hatte sie das Gefühl, daß sie nicht viel Nützliches erreichen würde.

»Sie haben nicht zufällig noch alte Fotos von einer jungen Frau, die – soviel ich weiß – Mary Jordan hieß? Es ist schon sehr lange her, fast sechzig Jahre, glaube ich. Sie ist hier gestorben.«

»Das ist lange vor meiner Zeit«, antwortete Mr. Durrance. »Mein Vater hat sehr viel aufgehoben. Wissen Sie, er war ein richtiger Sammler. Er konnte einfach nichts wegwerfen. Schade, er hätte es bestimmt gewußt oder sich erinnert ... Mary Jordan – irgend-

wie kommt mir der Name bekannt vor. Ging es nicht um die Marine und ein U-Boot? Und dann wurde behauptet, sie wäre eine Spionin, nicht wahr? Sie war eine halbe Ausländerin. Hatte eine russische oder deutsche Mutter – eine japanische wäre auch nicht ausgeschlossen.«
»Ja, das ist sie. Ich dachte nur, daß Sie vielleicht noch Bilder von ihr hätten.«
»Ich glaube kaum. Wenn ich später etwas mehr Zeit habe, werde ich gern nachsehen und Ihnen dann Bescheid geben, ob sich was findet. Sind Sie etwa Schriftstellerin?« fragte er hoffnungsvoll.
»Mein Beruf ist es nicht«, sagte Tuppence, »aber ich wollte einen kleinen Band veröffentlichen. Wissen Sie, ein Rückblick auf die Zeit von vor hundert Jahren bis heute. Sie verstehen sicher: seltsame Ereignisse, die sich abgespielt haben, zusammen mit Verbrechen und Abenteuern. Natürlich mit alten Fotografien. Das interessiert die Leute, und für so ein Buch wären sie hervorragende Illustrationen.«
»Ich werde mir jede Mühe geben, Ihnen zu helfen. Das muß eine interessante Beschäftigung für Sie sein. Eine interessante Arbeit meine ich.«
»Es gab hier eine Familie Parkinson«, fuhr Tuppence fort. »Sie haben früher einmal in unserem Haus gewohnt.«
»Ach, dann gehört Ihnen das Haus oben auf dem Hügel? *Lorbeerhaus* oder *Katmandu* – ich weiß nicht mehr, welches der augenblickliche Name ist. Hat es nicht auch mal *Schwalbennest* geheißen? Keine Ahnung, wieso.«
»Vermutlich, weil so viele Schwalben unter dem Dach ihr Nest gebaut hatten. Sie sind immer noch da.«
»Schon möglich, aber als Name für ein Haus kommt mir das komisch vor.«
Tuppence, die das Gefühl hatte, mit Mr. Durrance sehr zufriedenstellende Beziehungen angeknüpft zu haben – obwohl sie sich keine großen Hoffnungen auf Ergebnisse machte –, kaufte ein paar Postkarten und einen mit Blumen verzierten Notizblock, verabschiedete sich und kehrte nach Hause zurück. Sie ging die Auffahrt hinauf und bog auf den Pfad ab, der um das Haus führte, um sich noch einmal *Ka-Ka* anzusehen. Plötzlich blieb sie abrupt stehen. Es sah aus, als läge ein Bündel Lumpen vor der Glashaustür. Hatte sie sie etwa aus Mathildes Bauch ge-

holt und dann vergessen, fragte sie sich.
Sie beschleunigte ihre Schritte und rannte nun fast. Als sie die Tür erreichte, blieb sie wie versteinert stehen. Es war kein Bündel alter Kleider. Die Kleider waren zwar alt, aber auch der Mann, der sie trug. Tuppence beugte sich zu ihm hinunter, richtete sich wieder auf und hielt sich mit einer Hand an der Tür fest.
»Isaac!« flüsterte sie. »Isaac. Armer, alter Isaac! Ich glaube – oh, ich glaube, er ist tot!«
Jemand kam vom Haus her den Pfad entlang, und Tuppence rief laut:
»Albert, Albert! Es ist etwas Schreckliches passiert! Isaac, der alte Isaac ... er liegt hier, und er ist tot ... und ich glaube – ich glaube, jemand hat ihn ermordet.«

21

Der Arzt hatte sein Gutachten abgegeben, und zwei Männer, die am Gartentor vorübergegangen waren, hatten ebenfalls ausgesagt. Die Familienangehörigen wurden über Isaacs Gesundheitszustand befragt und Leute, die einen möglichen Grund zur Tat gehabt haben konnten, verhört. (Zwei junge Burschen, die mehrmals von Isaac aus einem Garten verjagt worden waren, beteuerten ihre Unschuld.) Einige ehemalige Arbeitgeber, darunter auch Mrs. Prudence Beresford und ihr Mann, Mr. Thomas Beresford, sagten ebenfalls aus. Alles verlief nach Vorschrift. Der Beschluß bei der gerichtlichen Untersuchung lautete auf vorsätzlichen Mord durch einen oder mehrere unbekannte Personen.
»Du hast deine Sache sehr gut gemacht, Tuppence«, sagte Tommy, als sie durch das Gartentor traten und zum Haus hinaufgingen. »Viel besser als die meisten andern. Du hast dich klar ausgedrückt, und man konnte dich gut verstehen. Der Untersuchungsrichter schien sehr mit dir zufrieden zu sein.«
»Ich will nicht, daß jemand mit mir zufrieden ist«, sagte Tuppence. »Ich will nicht, daß der alte Isaac einen Schlag auf den Kopf bekommt und mir nichts, dir nichts ermordet wird!«
»Vermutlich hatte jemand was gegen ihn«, sagte Tommy.

»Aus welchem Grund?«
»Das weiß ich nicht.«
»Ich auch nicht. Ich frage mich, ob es etwa mit uns zusammenhängt.«
»Meinst du – wie meinst du das, Tuppence?«
»Das weißt du ganz genau! Es ist unser Haus, unser schönes neues Haus! Der Garten und alles. Es schien das ideale Haus für uns zu sein, nicht wahr? Wenigstens haben wir es geglaubt.«
»Ich glaube es immer noch.«
»Da bist du optimistischer als ich, Tommy. Ich habe das ungute Gefühl, daß etwas nicht stimmt. Irgend etwas, das weit in frühere Zeiten zurückreicht.«
»Sag ihn nicht!« rief Tommy.
»Was soll ich nicht sagen?«
»Ach, den bewußten Namen.«
Tuppence senkte die Stimme, trat auf Tommy zu und flüsterte nahe an seinem Ohr:
»Mary Jordan?«
»Eben. An *sie* habe ich gedacht.«
»Ich auch. Trotzdem: Was kann das Damals mit unserem Heute zu tun haben? Was kann die Vergangenheit noch für eine Rolle spielen? Sie kann doch nicht mehr bis in die heutige Zeit reichen?«
»Aber ja! Manchmal auf höchst seltsame Art und Weise, wie man es kaum vermuten würde. Ich meine, man glaubt nicht, daß so was geschehen könnte.«
»Du meinst, daß vieles als Folge von Ereignissen geschieht, die weit zurückliegen?«
»Ja. Es ist wie bei einer langen Kette. Wie bei einer der Ketten, die du trägst, immer wieder ein Stück leerer Faden und dann – in Abständen – eine Perle.«
»Wie damals bei Jane Finn, als wir jung waren und das Abenteuer suchten.«
»Und es auch gefunden haben«, sagte Tommy. »Manchmal, wenn ich darüber nachdenke, wundere ich mich, daß wir alles lebend überstanden haben.«
»Ja . . . Danach kamen andere Fälle. Wir wurden Partner und spielten Privatdetektive . . .«
»Ach, das war großartig. Erinnerst du dich . . .«

»Nein«, unterbrach ihn Tuppence. »Ich will mich nicht erinnern. Ich bin gar nicht wild darauf, mich mit der Vergangenheit zu beschäftigen, es sei denn – ja, es sei denn, als eine Art Trittstein. Jedenfalls haben wir damals viele Erfahrungen sammeln können, zum Beispiel bei der Sache mit . . .«

»Die liebe Mrs. Blenkensop, was?«

Tommy lachte.

»Ja, Mrs. Blenkensop! Ich werde nie vergessen, wie ich ins Zimmer trat und dich da sitzen sah! Daß du die Nerven hattest, Tuppence, das durchzustehen! Mich und diesen Mr. Sowieso zu belauschen. Und . . .«

»Und ich war als Mrs. Blenkensop sehr überzeugend.« Tuppence lachte auch. »Der Fall N. und M. und ›Hoppe, hoppe Reiter‹.«

»Aber du glaubst doch nicht«, sagte Tommy zögernd, »daß jene Ereignisse ›Trittsteine‹ sind, die in die Gegenwart führen?«

»In gewisser Weise schon. Mr. Robinson hätte sich dir gegenüber nicht so verhalten, wenn er nicht über dein Leben Bescheid gewußt hätte und zum Beispiel auch über mich.«

»Ganz besonders über dich.«

»Aber nun ist alles anders«, sagte Tuppence. »Durch Isaacs Tod, durch den Mord an ihm. Hier in unserem Garten.«

»Glaubst du etwa, daß das . . .«

»Ich kann gar nichts anderes glauben. Und das ist der springende Punkt. Wir versuchen nicht mehr, einen alten Kriminalfall zu enträtseln. Es hat nichts mehr mit der Vergangenheit zu tun und mit der Frage, warum damals jemand gestorben ist. Jetzt ist etwas Persönliches daraus geworden. Ganz persönlich, Tommy! Unser armer, alter Isaac ist tot!«

»Er war ein sehr alter Mann. Wahrscheinlich hatte sein Alter auch etwas damit zu tun.«

»Nicht mehr, seit wir heute die Aussage des Arztes gehört haben. Jemand wollte ihn ermorden. Warum?«

»Warum hat man *uns* nicht umgebracht, wenn die ganze Sache etwas mit uns zu tun hat?« fragte Tommy.

»Vielleicht versucht man es noch. Vielleicht hätte Isaac uns etwas verraten können. Vielleicht hat er sogar jemand gedroht, daß er uns erzählen würde, was er über das Mädchen oder ein Mitglied der Parkinson-Familie wußte. Oder – oder über jene

Spionagegeschichte aus dem Krieg von 1914. Über den Verkauf von Geheimplänen. Und darum – verstehst du – mußte er getötet werden. Wenn wir nicht hergezogen wären und Fragen gestellt hätten und neugierig gewesen wären, hätte er nicht sterben müssen.«

»Tuppence, bitte, rege dich nicht auf!«

»Ich rege mich aber auf! Und ich werde nie mehr etwas rein aus Spaß tun. Dies ist kein Spaß mehr. Jetzt geht es um etwas anderes, Tommy! Wir jagen einen Mörder! Aber wer ist er? Natürlich wissen wir es noch nicht, aber wir können es herausfinden. Es ist vor – wieviel Tagen – vor sechs Tagen geschehen, und zwar hier! Und es hat mit uns zu tun und mit diesem Haus. Wir müssen es herausbekommen und werden es auch! Ich weiß noch nicht wie, aber wir müssen eben jeden Hinweis verfolgen, jede Spur. Ich komme mir wie ein Hund vor, der mit der Nase auf dem Boden einer Fährte folgt. Ich bleibe hier auf der Fährte, und auch du, Tommy, mußt ein Suchhund sein. Du mußt überall herumschnüffeln! Wie du es bisher gemacht hast. Du mußt deine Nachforschungen weiterbetreiben! Es muß doch Menschen geben, die etwas wissen – nicht aus eigener Erfahrung, sondern weil man es ihnen erzählt hat – Geschichten, Gerüchte, Klatsch!«

»Glaubst du wirklich, daß wir die geringste Chance haben . . .«

»Doch, die haben wir. Ich weiß nicht wie und wo, aber ich glaube, wenn man eine überzeugende Idee hat, wenn man weiß, daß etwas schwarz und böse und schlecht ist – und den alten Isaac zu erschlagen *war* schwarz und böse . . .« Sie hielt plötzlich inne.

»Wir könnten das Haus umbenennen«, sagte Tommy.

»Wie meinst du das? Sollen wir es wieder *Schwalbennest* nennen, statt *Lorbeerhaus*?« Ein Schwarm Vögel flog über sie hinweg. Tuppence wandte sich um und blickte zum Gartentor. »Es hieß einmal *Schwalbennest*. Wie lautete noch der Rest von dem Vers? Den deine Detektivin zitierte: ›Tor des Todes‹ – hieß es so?«

»Nein, ›Tor des Schicksals‹.«

»Schicksal. Das klingt wie ein Kommentar zu Isaacs Tod. ›Tor des Schicksals‹ – das ist unser Gartentor . . .«

»Tuppence, mach dir nicht so viele Gedanken!«

»Ach, ich weiß auch nicht, warum ich daran dachte. Es ist mir plötzlich eingefallen.«

Tommy sah sie erstaunt an und schüttelte den Kopf.

»*Schwalbennest* ist ein sehr netter Name«, sagte Tuppence. »Oder könnte es sein. Vielleicht heißt das Haus eines Tages wieder so.«
»Was du für seltsame Einfälle hast.«
»›Und dennoch etwas wie ein Vogel singt.‹ Damit endet das Gedicht. Vielleicht hört dies alles auch einmal so auf.«
Als sie um die Hausecke bogen, sahen Tommy und Tuppence eine Frau vor der Tür stehen.
»Wer ist das?« fragte Tommy.
»Ich habe sie schon gesehen«, erklärte Tuppence. »Aber mir fällt nicht ein, wer sie ist. Ah! Ich glaube, sie gehört zum alten Isaac. Sie wohnen alle zusammen in einem kleinen Haus, drei oder vier Jungen, diese Frau und ein Mädchen. Aber vielleicht täusche ich mich auch.«
Die Frau auf der Türschwelle hatte sich umgewandt und kam ihnen nun entgegen.
»Sie sind Mrs. Beresford, nicht wahr?« Sie sah Tuppence an.
»Ja.«
»Und – nein, Sie kennen mich nicht. Ich bin Isaacs Schwiegertochter. Ich war mit seinem Sohn Stephen verheiratet. Er ist bei einem Unfall getötet worden, von einem Lastwagen, auf einer der großen Durchgangsstraßen. Es ist so lange her, sechs Jahre. Ich wollte ... ich hätte Sie gerne gesprochen. Sie und – Ihren Mann.« Sie sah Tommy an. »Sie haben Blumen zur Beerdigung geschickt – Isaac hat bei Ihnen im Garten gearbeitet, nicht wahr?«
»Ja«, antwortete Tuppence. »Er hat für uns gearbeitet. Es ist so schrecklich, was mit ihm passiert ist.«
»Ich wollte mich bei Ihnen bedanken. Es waren so schöne Blumen. Und so teure, und so ein großer Strauß.«
»Das haben wir sehr gern getan. Isaac hat uns sehr viel geholfen. Wissen Sie, auch gleich nach dem Einzug. Er hat so viel erzählt. Dabei kannten wir uns kaum. Er wußte, wo alles aufgehoben wurde und lauter solche wichtigen Dinge. Mir hat er sehr viel über den Garten beigebracht, wo man am besten pflanzt und was ...«
»Ja, über Gärten wußte er wirklich gut Bescheid. Schwere Arbeiten konnte er ja nicht mehr machen, weil er schon so alt war. Das Bücken machte ihm Mühe. Er hatte Rheuma, und da ging nicht mehr alles so, wie es sollte.«
»Er war so freundlich und hilfsbereit!« sagte Tuppence entschie-

den. »Er hat so viel über unser Haus und seine früheren Bewohner gewußt.«
»Ja, er hat wirklich viel gewußt. Seine Familie war seit langem hier ansässig, und alle haben in der Gegend gearbeitet. Aber ich will Sie nicht aufhalten, Ma'am. Ich bin nur gekommen, um mich zu bedanken.«
»Das war sehr freundlich von Ihnen«, sagte Tuppence.
»Jetzt werden Sie sich wohl nach jemand anderem umsehen müssen, der sich um den Garten kümmert.«
»Ja, das müssen wir wohl. Wir sind beide keine sehr begabten Gärtner. Wissen Sie – vielleicht . . .« Tuppence zögerte aus Angst, im falschen Augenblick das Falsche zu sagen. ». . . wissen Sie jemand, der bei uns arbeiten möchte?«
»Also, im Augenblick nicht, aber ich werde daran denken. Vielleicht höre ich was. Ich schicke Ihnen dann Henry – das ist mein zweitältester Sohn, wissen Sie. Ich schicke ihn her, falls ich was höre. Ja, also – auf Wiedersehen!«
Während sie ins Haus gingen, fragte Tommy: »Wie hieß Isaac mit Nachnamen? Ich komme einfach nicht darauf!«
»Bodlicott.«
»Dann ist sie eine Mrs. Bodlicott?«
»Ja. Es muß eine große Familie sein; sie hat mehrere Söhne und eine Tochter. Sie wohnen in dem kleinen Haus auf halber Höhe der Marshton Road. Glaubst du, daß sie den Täter kennt, Tommy?«
»Kommt mir unwahrscheinlich vor. Sie sah nicht so aus.«
»Ich weiß nicht, wie man in so einem Fall aussehen würde«, sagte Tuppence. »Das ist wohl schwer zu beurteilen.«
»Ich glaube, sie wollte sich wirklich nur für die Blumen bedanken. Ich fand nicht, daß sie wie ein Mensch wirkte, der – ach, sagen wir –, der rachsüchtig ist. Sonst hätte sie bestimmt etwas gesagt.«
»Kann sein, kann aber auch nicht sein«, antwortete Tuppence.

22

Am nächsten Morgen wurde Tuppence bei ihrer Unterhaltung mit einem Elektriker unterbrochen, der gewisse Reparaturen, mit denen sie nicht zufrieden war, noch einmal überprüfen sollte.

»Ein Junge ist an der Tür«, meldete Albert. »Er möchte Sie sprechen, Madam.«

»Ach? Wie heißt er?«

»Ich habe ihn nicht gefragt. Er wartet draußen.«

Tuppence nahm ihren Gartenhut, stülpte ihn sich auf den Kopf und lief die Treppe hinunter.

Draußen stand ein Junge von vielleicht zwölf oder dreizehn Jahren. Er war ziemlich verlegen und trat von einem Fuß auf den anderen.

»Hoffentlich ist es Ihnen recht, daß ich gekommen bin.«

»Warte mal«, sagte Tuppence, »du bist Henry Bodlicott, stimmt's?«

»Stimmt. Es war mein – ja, er war mein Großvater, um den es bei der Untersuchung gestern ging. Ich war vorher noch nie bei so was.«

Beinahe hätte Tuppence gefragt, ob es ihm Spaß gemacht hatte? Henry sah wie jemand aus, der darauf brannte, ein spannendes Erlebnis zu schildern.

»Ist es nicht eine tragische Geschichte?« sagte sie. »Es hat uns so leid getan.«

»Ach, er war ja schon sehr alt«, meinte Henry. »Viel länger hätte er es bestimmt nicht mehr gemacht. Glaube ich wenigstens. Im Herbst hat er immer so gehustet, daß kein Mensch schlafen konnte. Ich bin bloß gekommen, um zu fragen, ob ich Ihnen helfen kann. Ich habe gehört – Mama hat mir erzählt –, daß bei Ihnen der Salat versetzt werden muß, und ich dachte, daß ich das für Sie tun könnte. Ich weiß, wo die Beete sind, weil ich manchmal den alten Isaac besucht habe, wenn er hier gearbeitet hat. Ich könnte das jetzt machen, wenn's Ihnen recht ist.«

»Das ist aber nett von dir«, sagte Tuppence. »Komm und zeig es mir.«

Sie gingen zusammen durch den Garten zu den Salatbeeten.

»Sehen Sie, die Pflanzen stehen zu dicht, die muß man pikieren

und den Rest da drüben pflanzen, wo mehr Platz ist.«
»Von Salat verstehe ich nicht viel«, gab Tuppence zu. »Über Blumen weiß ich ein bißchen Bescheid, aber von Erbsen, Rosenkohl, Salat und überhaupt von Gemüse verstehe ich nichts. Du suchst wohl nicht zufällig einen Job als Gärtner?«
»Nein, ich gehe nämlich noch zur Schule. Ich trage Zeitungen aus, und im Sommer arbeite ich bei der Obsternte, wissen Sie.«
»Aha. Aber wenn du von jemand hörst, gibst du mir Bescheid, ja? Ich wäre dir sehr dankbar.«
»Klar, mache ich. Also dann, Wiedersehen!«
»Halt, zeig mir noch, was du mit den Salatpflanzen machst. Ich möchte es lernen.«
Sie wartete und beobachtete, wie Henry Bodlicott die zarten Pflanzen pikierte.
»So, sehen Sie? Schöne kleine Pflanzen, was? Ist das nicht Webbs Salatwunder? Die Sorte hält sich lange.«
»Tom Thumbs haben wir auch.«
»Ah, ja, das ist die kleine frühe Sorte, nicht? Knackig und gut.«
»Nochmals vielen Dank, Henry.«
Tuppence wandte sich ab und schlenderte auf das Haus zu. Kurz darauf merkte sie, daß sie ihren Schal verloren hatte, und kehrte um. Henry, der sich gerade auf den Heimweg machen wollte, sah sie und kam auf sie zu.
»Ich suche meinen Schal. Oh, da ist er ja, dort an dem Busch.«
Er reichte ihn ihr, stand wieder stumm da und scharrte verlegen mit den Füßen. Er wirkte so linkisch und schüchtern, daß Tuppence sich fragte, was er wohl auf dem Herzen haben könnte.
»Hast du was?«
Henry trat von einem Fuß auf den anderen und rieb sich die Nase.
»Ach – ich dachte, ob Sie – ob ich ...«
»Ja?« Tuppence sah ihn fragend an.
Henry wurde rot und konnte die Füße nicht stillhalten.
»Ich wollte nicht – ich möchte Sie was fragen, aber ich dachte – ja, weil die Leute – sie haben gesagt ...«
»Ja, was denn?« Tuppence überlegte, warum Henry so aufgeregt war und was er über die neuen Besitzer des *Lorbeerhauses* gehört haben konnte. »Also – raus mit der Sprache!«
»Ach, nur daß – daß Sie die Dame sind, die im Zweiten Weltkrieg

Spione gefangen hat. Sie und Ihr Mann auch. Sie sollen einen deutschen Spion gefunden haben, der sich als was anderes ausgegeben hat. Sie sollen lauter aufregende Abenteuer erlebt haben – und am Ende wurde alles aufgeklärt. Ich meine, Sie waren – ich weiß nicht, wie man das nennt –, ich meine, Sie haben zum Geheimdienst gehört und so was wirklich gemacht, und man behauptet, Sie wären großartig gewesen. Das ist jetzt schon lange her, aber Sie hatten damit zu tun – und es war dabei auch von Märchen die Rede.«

»Das ist ganz richtig. Es ging um Rotkäppchen und den bösen Wolf.«

»Das kenne ich natürlich. Aber es ist schon lange her, daß ich es gelesen habe.«

»Und es ging um Kinderreime. ›Hopp, hopp, hopp, Pferdchen lauf Galopp.‹ Das war einer davon, aber es gab auch noch andere.«

»Nicht zu fassen!« sagte Henry. »Klasse, daß Sie jetzt hier wohnen, als wären Sie ganz gewöhnliche Leute! Aber ich begreife die Geschichte mit den Kinderreimen nicht ganz.«

»Ach, das war ein Code, eine Art Geheimschrift, weißt du.«

»Meinen Sie, man mußte sie auf eine bestimmte Art entziffern?«

»Ja, so was Ähnliches. Es ist alles geklärt worden.«

»Das ist ganz große Klasse«, sagte Henry. »Sie haben doch nichts dagegen, wenn ich es meinem Freund erzähle? Er heißt Clarence, ein blöder Name, ich weiß, wir lachen ihn deswegen immer aus. Aber er ist ein prima Kerl und wird begeistert sein, daß Sie hier bei uns wohnen.«

Er betrachtete Tuppence mit dem bewundernden Blick eines zutraulichen Spaniels.

»Ganz große Klasse«, widerholte er.

»Ach, es ist schon so lange her! Es war um 1940«, wehrte Tuppence ab.

»Hat es Ihnen Spaß gemacht, oder haben Sie schreckliche Angst ausgestanden?«

»Beides, aber eigentlich habe ich wohl mehr Angst gehabt.«

»Kann ich mir vorstellen, wär' mir sicher auch so gegangen. Merkwürdig, daß Sie hier wieder in so eine Geschichte verwikkelt sind. Es war einer von der Marine, nicht wahr? Er behauptete, Offizier zu sein, und hat sich als Engländer ausgegeben, aber er war es gar nicht. Er war Deutscher. Sagt Clarence.«

»Ja, so ungefähr.« Tuppence nickte.

»Dann sind Sie vielleicht deswegen hergekommen? Wissen Sie, weil wir hier auch mal so einen Fall gehabt haben – vor langer Zeit schon –, aber es war ganz ähnlich. Er war U-Boot-Offizier. Er hat Pläne von U-Booten verkauft. Natürlich sind das nur Geschichten, die ich gehört habe.«

»Ach so. Nein, deswegen sind wir nicht hergekommen. Wir sind hergezogen, weil uns das Haus gefiel. Ich habe diese Geschichte übrigens auch schon gehört, aber ich weiß trotzdem nicht genau, was eigentlich los war.«

»Na, gelegentlich werde ich es Ihnen mal erzählen, obwohl ich auch nicht weiß, ob es wirklich stimmt.«

»Und wie kommt es, daß dein Freund Clarence so informiert ist?«

»Er hat es von Mick gehört, der bei der alten Schmiede gewohnt hat und schon lange tot ist. Er hat es von den verschiedensten Leuten erzählt bekommen. Und unser Großvater, der alte Isaac, der wußte es auch. Er hat manchmal darüber geredet.«

»Tatsächlich?«

»Ja. Deshalb habe ich auch überlegt, ob das der Grund sein könnte, warum er umgebracht wurde. Daß er vielleicht zuviel wußte – und es Ihnen erzählte. Darum ist er erledigt worden! Heute macht man das so, wissen Sie. Wenn jemand etwas weiß, das sie bei der Polizei belasten könnte, wird er einfach erledigt.«

»Du glaubst, daß Isaac – du glaubst, er hätte sehr viel darüber gewußt?«

»Ich meine nur, daß ihm viel erzählt worden sein muß. Überall hat er was aufgeschnappt. Oft hat er nicht davon geredet, aber manchmal doch. Abends, wissen Sie, wenn er seine Pfeife geraucht hat oder wenn er sich mit mir und Clarence und meinem andern Freund, Tom Gillingham, unterhalten hat. Der war auch immer neugierig. Großvater hat uns alles Mögliche erzählt. Wir haben natürlich nie gewußt, ob es reine Erfindung war oder nicht. Aber ich glaube, er hat was entdeckt. Er hat gesagt, wenn manche Leute wüßten, wo die Sachen wären, würden sie sich schwer dafür interessieren.«

»Ach, wirklich!« sagte Tuppence. »Das scheint auch mir sehr interessant zu sein. Versuch doch mal, dich zu erinnern, was er erzählt hat. Vielleicht führt es dazu, daß wir den Mörder finden.

Denn er ist doch ermordet worden, es war kein Unfall, nicht wahr?«
»Erst haben wir gedacht, es wäre ein Unfall. Er hatte es nämlich mit dem Herzen und ist manchmal umgefallen, oder ihm ist schwindlig geworden. Aber es sieht so aus – ich war ja auch bei der Untersuchung –, als wäre er mit Absicht getötet worden.«
»Ja«, sagte Tuppence, »das glaube ich auch!«
»Aber Sie wissen nicht, warum?« fragte Henry.
Tuppence sah Henry an. Einen kurzen Augenblick schien es ihr, als wären sie Polizeihunde auf derselben Fährte.
»Ich glaube, daß es Mord war, und ich glaube, daß du, als sein Enkel, und ich, weil ich ihn gern hatte – daß wir beide herausfinden möchten, wer so etwas Grausames und Gemeines getan hat. Vielleicht weißt du was oder hast eine Idee, Henry?«
»Nein, leider nicht. Ich habe nur allerhand von Großvater über Leute gehört, die was gegen ihn hatten, weil er zuviel von ihnen wußte. Aber es ging dabei immer wieder um Personen, die schon so lange tot sind, daß man nichts mehr darüber erfahren kann.«
»Du wirst uns helfen müssen, Henry«, sagte Tuppence.
»Meinen Sie, ich darf bei Ihnen mitmachen? Ich soll rumschnüffeln und was rausbekommen und so?«
»Ja«, antwortete Tuppence. »Falls du den Mund halten kannst. Ich meine, sag es mir, aber geh nicht bei all deinen Freunden damit hausieren, denn auf die Art bleibt nichts geheim.«
»Klar, das verstehe ich. Weil sie es sonst den Gangstern weitersagen und die dann auf Sie und Mr. Beresford Jagd machen, was?«
»Vielleicht. Mir wäre es lieber, wenn sie es nicht täten.«
»Natürlich! Also, passen Sie auf: Wenn ich was entdecke oder erfahre, komme ich her und sage, ich würde gern was arbeiten. Wie finden Sie das? Dann kann ich Ihnen im Garten alles erzählen, ohne daß uns jemand hört. Nur – im Augenblick weiß ich gar nichts. Aber ich habe Freunde!« Henry straffte sich und nahm eine energische Haltung ein, die er vermutlich im Fernsehen gesehen hatte. »Ich weiß eine Menge. Die Leute glauben, ich hätte nicht zugehört oder würde es vergessen, aber manchmal . . . Wissen Sie, sie sagen etwas und erzählen, wer die Geschichte außer ihnen noch kennt, und so geht das weiter. Wenn man sich unauffällig benimmt, bekommt man viel zu hören. Und wahrscheinlich ist alles wichtig, oder nicht?«

»Doch«, sagte Tuppence. »Aber wir müssen sehr vorsichtig sein. Ist dir das klar, Henry?«
»Na, sicher. Natürlich bin ich vorsichtig. Haben Sie gewußt, daß er über das Haus sehr genau Bescheid wußte? Mein Großvater, meine ich jetzt.«
»Über das Haus oder über den Garten?«
»Ach, über das Haus. Er kannte alle alten Geschichten. Welche Leute sich getroffen haben, wo sie ihre Verstecke hatten – davon hat er manchmal geredet. Natürlich hat meine Mutter nie darauf geachtet. Sie hat es für dummes Zeug gehalten. Johnny, mein älterer Bruder, fand es auch dumm und hat nicht zugehört. Ich schon, und Clarence interessiert sich auch für so was. Wissen Sie, er geht gern in Spionagefilme. Er hat mal gesagt: ›Chuck, das ist wie in einem Film.‹ Deshalb haben wir auch darüber gesprochen.«
»Hast du schon mal von einer Frau namens Mary Jordan gehört?«
»Klar. Die war eine Deutsche, eine Spionin. Sie hat sich an Marineoffiziere rangemacht, um sie auszuhorchen.«
»Ja, so was Ähnliches soll es gewesen sein.« Tuppence fand es klüger, sich an diese Version zu halten, und leistete dafür Mary Jordan in Gedanken Abbitte.
»Sie war bestimmt sehr hübsch?«
»Das weiß ich nicht«, sagte Tuppence. »Sie ist gestorben, als ich ungefähr drei Jahre alt war.«

»Du bist ja ganz aufgeregt und außer Atem, Tuppence«, sagte Tommy, als seine Frau durch die Seitentür ins Haus kam.
»Ja, das bin ich auch.«
»Hast du dich etwa im Garten übernommen?«
»Nein. Im Grund habe ich überhaupt nichts getan. Ich stand beim Salatbeet und habe mich unterhalten. Ich könnte auch sagen, man hat sich mit mir unterhalten.«
»Wer denn?«
»Ein Junge.«
»Wollte er im Garten arbeiten?«
»Eigentlich nicht. Das wäre zwar sehr erfreulich, aber leider nein. Wenn du's genau nimmst, äußerte er Bewunderung.«
»Über den Garten?«

»Nein. Über mich.«
»Über dich?«
»Sieh nicht so erstaunt aus, Tommy! Wenn ich auch zugeben muß, daß solche Lobesworte zu Zeiten kommen, wo man sie am wenigsten erwartet.«
»Und worauf bezog sich die Bewunderung? Auf deine Schönheit oder deinen Gartenkittel?«
»Auf meine Vergangenheit«, sagte Tuppence.
»Auf deine Vergangenheit?«
»Jawohl. Er war ganz aufgeregt bei dem Gedanken, daß ich die Dame war, die im Zweiten Weltkrieg einen deutschen Spion entlarvte.«
»Ach du liebe Zeit. Schon wieder der Fall N. und M. Werden wir denn den nie los?«
»Ich weiß gar nicht, ob ich ihn so gern loswerden möchte«, sagte Tuppence. »Warum eigentlich? Wären wir berühmte Schauspieler gewesen, hätten wir es gern, wenn man sich an uns erinnerte.«
»Kein schlechtes Argument.«
»Außerdem glaube ich auch, daß es uns bei unserem Vorhaben nützen kann.«
»Wie alt ist der Junge?«
»So zwischen zehn und zwölf. Er sieht wie zehn aus, wird aber wohl zwölf sein. Und er hat einen Freund namens Clarence.«
»Was hat der denn damit zu tun?«
»Im Augenblick nichts. Henry und Clarence sind Verbündete und möchten, soweit ich das übersehen kann, uns ihre Dienste anbieten. Sie wollen herumhorchen und uns erzählen, was sie wissen.«
»Wenn sie erst zehn oder zwölf sind, wie können sie uns etwas erzählen oder sich an etwas erinnern?« fragte Tommy. »Was hat er denn gesagt?«
»Er hat versucht, mir Dinge zu erklären, die er gehört hatte.«
»Von wem?«
»Er hatte sie nicht aus erster Hand, wie du sagen würdest, und auch nicht aus zweiter Hand, sondern aus dritter, vierter, fünfter bis sechster Hand. Es bestand auch aus dem, was Clarence und Clarences Freund . . .«
»Halt!« rief Tommy. »Es reicht. Was wußte er denn wirklich?«

»Das ist schon schwieriger. Sie hatten von bestimmten Orten reden gehört und Geschichten aufgeschnappt und sind ganz wild darauf, an der spannenden Jagd teilzunehmen, wegen der wir hergezogen sind.«
»Und die wäre?«
»Ach, Tommy, in Wirklichkeit wollte ich dir doch nur sagen, daß wir weitermachen müssen, und zwar jetzt gerade. Hast du nicht auch das Gefühl?«
»Ja.«
»Das hatte ich mir gedacht. Wir müssen wirklich weitermachen, und ich will dir auch sagen, warum: Isaac muß etwas gewußt haben. Er hat etwas gewußt, das jemand anders gefährlich werden konnte. Und wir müssen jetzt herausfinden, wer der Betreffende ist.«
»Meinst du nicht«, warf Tommy ein, »daß es ganz anders gewesen sein könnte – Rowdytum, oder wie man es heute nennt? Kerle, die losziehen, um jemand fertigzumachen, egal wen, nur daß sie ältere Leute bevorzugen, weil sie sich nicht so wehren können?«
»Nicht in diesem Fall, Tommy, nein. Ich glaube, Isaac wußte etwas, und man muß Angst gehabt haben, er würde es uns erzählen, denn inzwischen wird offenbar über uns gesprochen. Daß wir berühmte Abwehrleute sind und so weiter ... Wir müssen einfach herausfinden, wer ihn getötet hat!«
»Sei vorsichtig, Tuppence, nimm dich in acht! Wenn Isaac ermordet wurde, weil er zuviel wußte, kann der Mörder eines Nachts in einer dunklen Ecke lauern und mit dir dasselbe machen. Diese Leute rechnen nicht damit, daß so was viel Aufsehen erregt. Sie nehmen an, daß man sagen wird: ›Ach, schon wieder so eine arme Alte.‹«
»Ja, das ist eben der Nachteil, wenn man graue Haare hat und ein bißchen humpelt. Natürlich ist man dann Freiwild für solche Leute. Ich verspreche dir, daß ich vorsichtig bin. Meinst du, ich sollte mir eine kleine Pistole besorgen?«
»Nein, auf keinen Fall!«
»Wieso? Denkst du, ich könnte was damit anstellen?«
»Ich habe Angst, daß du über eine Baumwurzel stolperst. Du fällst doch andauernd. Und da könntest du dich erschießen.«
»Traust du mir so was Dummes wirklich zu?«

»Ja, das tue ich«, sagte Tommy. »Ich traue es dir glatt zu.«
»Ich könnte ein Schnappmesser nehmen.«
»An deiner Stelle würde ich keine Waffe mit mir herumtragen. Ich würde unschuldig herumlaufen und über den Garten reden. Vielleicht könntest du auch einfließen lassen, daß wir nicht sicher sind, ob unsere Wahl richtig war, und daran denken auszuziehen. Das würde ich vorschlagen.«
»Und wem soll ich es erzählen?«
»Ach, einfach allen Leuten. Es spricht sich sowieso herum.«
»Ja«, sagte Tuppence. »Es ist ein richtiges Klatschnest. Wirst du dasselbe sagen, Tommy?«
»Ungefähr. Vielleicht behaupte ich, wir wären von unserem Haus enttäuscht und hätten uns mehr versprochen.«
»Aber du wirst weitermachen?«
»Ja. Wir stecken so tief in der Sache drin, daß wir gar nicht mehr zurückkommen.«
»Hast du darüber nachgedacht, wie du vorgehen willst?«
»Ich werde da weitermachen, wo ich aufgehört habe. Und du, Tuppence?«
»Ich habe ein paar Ideen. Ich denke, daß ich noch ein bißchen mehr aus meinem kleinen Freund herausholen kann. Wie heißt er noch?«
»Henry oder Clarence.«

23

Nachdem Tuppence sich von Tommy verabschiedet hatte, der nach London fahren wollte, wanderte sie ziellos im Haus umher und dachte über eine sinnvolle Tätigkeit nach, die Erfolg verheißen könnte. An diesem Morgen schien sie nicht allzuviele kluge Einfälle zu haben.
Mit dem Gefühl, wieder zum Anfang zurückzukehren, stieg sie ins Bücherzimmer hinauf, ging dort auf und ab und las die Buchtitel. Kinderbücher, so viele Kinderbücher, aber was konnte man noch mehr tun, als sie bereits getan hatte? Sie war fast sicher, jedes einzelne Buch in diesem Zimmer in der Hand gehabt zu haben; Alexander Parkinson hatte keine weiteren Geheimnisse

preisgegeben.
Da erschien Albert und meldete: »Sie werden unten verlangt, Madam.«
»Was heißt das?« fragte Tuppence. »Von wem? Jemand, den ich kenne?«
»Ich glaube nicht. Es ist ein Haufen Jungen, höchstens ein oder zwei Mädchen dabei, eine ganze Bande. Vielleicht haben sie eine Sammelliste für irgendwas.«
»Ach? Haben sie keine Namen genannt?«
»Doch, einer – Clarence. Sie wüßten schon . . .«
»Hm. Clarence.« Tuppence überlegte einen Augenblick. War das schon das Ergebnis der gestrigen Unterhaltung? Was konnte es schaden, wenn sie sich gleich darum kümmerte?
»Ist der andere Junge auch dabei? Mit dem ich gestern im Garten war?«
»Das kann ich nicht sagen. Sie sehen alle gleich aus. Schmutzig, wissen Sie, und so – na, wie sie eben aussehen.«
»Schön«, sagte Tuppence. »Ich komme.«
Am Fuß der Treppe blieb sie stehen und sah ihren Butler fragend an.
»Oh, ich habe sie nicht hereingelassen«, erklärte Albert. »Ich traue ihnen nicht. Man kann nie wissen, ob plötzlich was aus dem Haus verschwindet. Sie sind im Garten. Ich soll Ihnen sagen, sie wären bei der Goldmine.«
»Wo?«
»Bei der Goldmine.«
»Hm«, machte Tuppence gedehnt.
»Wo kann das wohl sein, Madam?«
Tuppence zeigte vage in eine Richtung. »Hinter dem Rosengarten, wo die Dahlienbeete sind. Ich glaube, ich weiß, was sie meinen. Da ist ein Wasserbecken. Es muß einmal ein Bach oder ein Kanal oder ein Goldfischteich gewesen sein. Geben Sie mir lieber meine Gummistiefel, Albert. Und den Regenmantel, falls sie mich reinstoßen.«
»An Ihrer Stelle würde ich ihn sofort anziehen, Madam. Es kann jeden Augenblick regnen.«
»Schrecklich!« sagte Tuppence. »Regen, Regen, immerzu Regen.«
Kurz darauf verließ sie das Haus und traf sehr rasch auf eine

recht beachtliche Delegation, die sie erwartete. Es waren etwa zehn bis zwölf Jungen in verschiedenem Alter und zwei langhaarige Mädchen. Alle sahen sehr aufgeregt aus.
»Da kommt sie!« rief eine schrille Stimme, als Tuppence sich näherte. »Da ist sie. Wer ist der Sprecher? Los, George, mach du's! Du redest sowieso am meisten.«
»Nein, diesmal nicht. Diesmal rede ich«, sagte Clarence.
»Halt den Mund, Clarence! Du mit deiner Piepsstimme. Wenn du redest, mußt du immer husten!«
»Na, hör mal! Das ist meine Schau und . . .«
»Guten Morgen, alle zusammen«, sagte Tuppence und trat zu ihnen. »Ihr wollt mich sprechen, nicht wahr? Um was geht es denn?«
»Wir haben was für Sie«, sagte Clarence. »Eine Information. Dahinter sind Sie doch her, oder?«
»Das hängt davon ab, um was es sich handelt.«
»Oh, es ist nichts von heute. Es war viel früher.«
»Historische Auskünfte«, erklärte das eine Mädchen, offenbar die intellektuelle Spitze der Gruppe. »Sehr interessant, alte Zeiten zu erforschen!«
»Ich verstehe«, sagte Tuppence und ließ sich nicht anmerken, daß sie überhaupt nichts begriff. »Was ist das hier für ein Wasser?«
»Die Goldmine.«
»Aha. Gibt's hier Gold?« Tuppence sah sich um.
»Ach, es ist nur der Goldfischteich«, sagte ein Junge. »Früher waren mal Goldfische drin. Ganz besondere, mit langen Schwanzflossen, angeblich aus Japan. Das war mal sehr schön. Muß zur Zeit der alten Mrs. Forrester gewesen sein. Das ist, na, mindestens zehn Jahre her.«
»Vierundzwanzig Jahre«, verbesserte das eine Mädchen.
»Nein, sechzig Jahre«, sagte eine leise Stimme. »Ganz bestimmt sechzig Jahre! Es waren viele Goldfische da. Eine Menge! Sie sollen sehr wertvoll gewesen sein. Sie haben sich gegenseitig gefressen. Manchmal sind welche gestorben und trieben einfach auf dem Wasser.«
»Und was wollt ihr mir nun über die Goldfische erzählen?« fragte Tuppence. »Jetzt sind doch keine mehr da.«
»Nein. Darum handelt es sich nicht. Wir haben eine Informa-

tion«, sagte das intellektuelle Mädchen.
Es erhob sich lautes Stimmengewirr. Tuppence winkte mit der Hand.
»Nicht alle auf einmal«, sagte sie. »Laßt einen oder zwei sprechen. Was ist los?«
»Wir wissen etwas über ein Versteck. Es soll was sehr Wichtiges versteckt gewesen sein.«
»Und von wem habt ihr es erfahren?« fragte Tuppence.
Ein Chor von Antworten ertönte. Es war nicht einfach, sich den Lärm gelassen anzuhören.
»Von Janie.«
»Von Janies Onkel Ben«, rief jemand.
»Nein, es war Harry . . . Ja, Harry! Harrys Vetter Tom . . . Nein, der ist viel zu jung! Seine Großmutter hat es ihm erzählt, und seine Großmutter wußte es von Josh. Jawohl! Ich weiß nicht, wer Josh war. Ich glaube, Josh war ihr Mann . . . Nein, nicht ihr Mann, er war ihr Onkel.«
»Ach, du meine Güte!« sagte Tuppence.
Sie blickte über die wild gestikulierenden Kinder hin und faßte einen Entschluß.
»Clarence?« fragte sie. »Du bist doch Clarence, nicht wahr? Dein Freund hat mir von dir erzählt. Also, was weißt du und um was handelt es sich?«
»Wenn Sie Genaueres erfahren wollen, müssen Sie zum *PPC* gehen.«
»Wohin?«
»Zum *PPC*.«
»Und was ist das?«
»Wissen Sie das nicht? Der *Pensionärspalastclub*.«
»Was für ein großartiger Name!« sagte Tuppence.
»Ist es gar nicht«, erklärte ein Neunjähriger. »Kein bißchen großartig! Bloß alte Leute, die sich dort treffen und reden. Sie erzählen sich angeblich nichts als Lügen, was sie erlebt haben, wissen Sie, was im Zweiten Weltkrieg passiert ist und danach. Ach, die reden einfach über alles.«
»Und wo ist der *PPC*?« fragte Tuppence.
»Ganz am Ende vom Dorf, schon halb in Morton Cross. Wenn Sie pensioniert sind, bekommen Sie eine Mitgliedskarte und können hingehen und Bingo und so was spielen. Es soll richtig

lustig sein, sagt man. Manche sind allerdings schon sehr alt und taub und halbblind. Sie gehen alle hin – sie treffen sich eben gern.«
»Hm, ich würde sie, glaube ich, gern mal besuchen. Gibt es bestimmte Öffnungszeiten?«
»Ach, wann Sie wollen. Am Nachmittag ist es wohl am besten. Dann können sie nämlich sagen, daß sie einen Gast erwarten. Wissen Sie, wenn Besuch kommt, kriegen sie was Gutes zum Tee, Plätzchen oder Kuchen. Was hast du gesagt, Fred?«
Fred trat einen Schritt vor. Er verbeugte sich gravitätisch vor Tuppence.
»Ich würde mich sehr freuen, Sie begleiten zu dürfen. Sollen wir sagen, heute nachmittag um halb vier?«
»Wie kommst du mir vor, Mann?« rief Clarence. »Stell das Gerede ab!«
»Ich nehme dankbar an«, sagte Tuppence. Sie blickte auf den Teich. »Eigentlich tut es mir richtig leid, daß keine Goldfische mehr drin herumschwimmen.«
»Ach, Sie hätten die Fische mit den fünf Schwänzen sehen sollen! Die waren schön! Einmal ist ein Hund reingefallen, der von Mrs. Faggett.«
Widerspruch wurde laut. »Nein, die war's nicht! Sie hieß anders, Ffollyo, nicht Fagot . . .«
»Sie hieß Foliatt, mit einem F, und das wurde groß geschrieben.«
»Ach, du bist ja blöd. Es war jemand anders. Es war Miss French, jawohl . . .«
»Ist der Hund ertrunken?« fragte Tuppence.
»Nein, er ist nicht ertrunken. Er war noch ganz klein, wissen Sie, und seine Mutter hat sich aufgeregt und an Miss Frenchs Kleid gezerrt. Sie war im Obstgarten und hat Äpfel eingesammelt. Die Hundemutter hat an ihrem Rock gezerrt, und sie ist mitgegangen und hat den kleinen Hund im Teich gesehen. Sie ist einfach ins Wasser gesprungen und hat ihn rausgeholt. Sie war klatschnaß, und das Kleid hat sie nie wieder tragen können.«
»Was hier alles schon passiert ist«, sagte Tuppence. »Also gut, dann bis heute nachmittag. Vielleicht könnten mich zwei oder drei von euch abholen und zum *Pensionärspalastclub* begleiten?«
»Welche drei? Wer?«
Ein Aufruhr brach los.

»Ich komme ... Nein, ich nicht ... Nein, Betty kommt ... Nein, Betty nicht! Die war im Kino dabei. Sie ist nicht schon wieder dran!«
»Macht das unter euch ab«, sagte Tuppence, »und seid um halb vier hier.«
»Hoffentlich finden Sie es interessant«, sagte Clarence.
»Von historischem Interesse ist es bestimmt«, erklärte die junge Intellektuelle entschieden.
»Ach, halt doch den Mund, Janet!« Clarence wandte sich wieder an Tuppence. »Janet ist immer so, immer! Sie geht ins Gymnasium und prahlt damit, wissen Sie. Eine normale Schule war für sie nicht gut genug, ihre Eltern haben viel Getue gemacht, und jetzt ist sie auf dem Gymnasium. Darum führt sie sich immer so auf!«

Beim Mittagessen überlegte Tuppence, ob das Zusammentreffen vom Vormittag etwas ergeben würde. Würde wirklich jemand kommen, um sie zum *PPC* zu begleiten? Hieß er tatsächlich so, oder hatten die Kinder den Namen erfunden? Jedenfalls konnte es nichts schaden, dachte Tuppence, einfach dazusitzen und abzuwarten, ob jemand kam.
Die Deputation war pünktlich auf die Minute. Um halb vier läutete es. Tuppence stand vom Sessel vor dem Kamin auf, setzte sich einen Hut auf – einen wasserfesten Hut, da sie mit Regen rechnete –, und Albert erschien, um sie zur Haustür zu begleiten.
»Ich lasse Sie nicht einfach mit jedem weg«, zischelte er ihr ins Ohr.
»Albert?« flüsterte Tuppence. »Gibt es hier wirklich ein Haus, das *PPC* heißt?«
»Ich dachte immer, so was steht nur auf Visitenkarten«, antwortete Albert, der keine Gelegenheit ausließ, seine Kenntnisse über gesellschaftliche Gepflogenheiten zu demonstrieren. »Wissen Sie, die man bei den Leuten abgibt, wenn man geht. Kann auch sein, wenn man kommt. Ich weiß es nicht mehr so genau.«
»Es hat etwas mit Rentnern zu tun.«
»Ja, so ein Klub existiert angeblich. Er wurde erst vor zwei oder drei Jahren gebaut. Wenn Sie am Pfarrhaus vorbeigehen und nach rechts abbiegen, sehen Sie das Haus schon. Eigentlich ist es ziemlich häßlich, aber den alten Leuten gefällt es. Sie können

dort spielen und so weiter. Viele Damen helfen da. Sie veranstalten Konzerte, na, so was Ähnliches eben, Sie wissen schon. Fast wie der Frauenverein, nur eben für alte Leute. Sie sind alle schon sehr alt, und die meisten sind taub.«
»Ja.« Tuppence nickte. »Ja, so hat es sich angehört.«
Die Haustür öffnete sich. Janet, wegen ihrer intellektuellen Überlegenheit dazu berechtigt, stand an der Spitze. Hinter ihr kam Clarence, dann ein hochaufgeschossener Junge, der schielte und anscheinend Bert hieß.
»Guten Tag, Mrs. Beresford«, sagte Janet. »Alle freuen sich schon, daß Sie kommen. Aber Sie sollten einen Schirm mitnehmen; es wurde Regen vorausgesagt.«
»Ich muß auch in die Richtung«, erklärte Albert, »ich kann Sie ein Stück begleiten.«
Albert, dachte Tuppence, war immer so fürsorglich. Aber warum auch nicht? Allerdings glaubte sie nicht, daß ihr Janet, Bert oder Clarence gefährlich werden konnten. Der Weg dauerte etwa zwanzig Minuten. Dann standen sie vor einem roten Gebäude. Sie traten durch das Gartentor und wurden an der Haustür von einer dicken, etwa siebzigjährigen Frau empfangen.
»Oh, da ist ja unser Besuch! Ich freue mich sehr, daß Sie kommen konnten, meine Liebe.« Sie klopfte Tuppence auf die Schulter. »Vielen Dank auch, Janet! Hier entlang, bitte. Ach, ihr braucht übrigens nicht zu warten, wenn ihr nicht wollt.«
»Ich glaube, die Jungen wären sehr enttäuscht, wenn sie nicht erfahren, um was es geht«, sagte Janet.
»Heute sind gar nicht so viele Leute da, wißt ihr. Vielleicht ist es für Mrs. Beresford einfacher und nicht so anstrengend, wenn wir nicht so viele sind. Übrigens, Janet, würdest du in die Küche gehen und Mollie sagen, daß sie den Tee servieren kann?«
Eigentlich war Tuppence nicht zum Tee gekommen, aber sie konnte schlecht ablehnen. Er stand im Nu auf dem Tisch und war sehr dünn. Dazu gab es ein paar Plätzchen und Brote mit einem ziemlich scheußlichen, stark nach Fisch schmeckenden Aufstrich. Danach saßen sie herum und wußten nicht recht weiter.
Ein alter bärtiger Mann, der auf Tuppence wirkte, als wäre er hundert Jahre alt, kam und setzte sich neben sie.
»Ich rede wohl besser als erster mit Ihnen, Mylady«, sagte er und erhob Tuppence mit seiner Anrede in den Adelsstand. »Da ich

der älteste bin und viel mehr alte Geschichten kenne als alle andern. Das ist hier ein historischer Ort, verstehen Sie. Oh, und was hier alles passiert ist! Soviel, daß wir es gar nicht auf einmal erzählen können. Wir alle – ja, alle von uns haben von den früheren Ereignissen gehört.«

»Das denke ich mir«, sagte Tuppence hastig, ehe er zu Themen kommen konnte, für die sie nicht das geringste Interesse hatte. »Man hat mir schon berichtet, daß hier viele merkwürdige Dinge geschehen sind, nicht so sehr im Zweiten Weltkrieg als in dem davor oder sogar noch früher. So weit werden Ihre Erinnerungen kaum zurückreichen, aber es könnte ja sein, daß Sie etwas gehört haben, vielleicht von Verwandten.«

»Da haben Sie recht«, antwortete der alte Mann. »Ganz recht. Ich habe viel von meinem Onkel Len erzählt bekommen. Das war ein feiner Mann, mein Onkel Len. Er hat viel gewußt. Zum Beispiel, was in dem Haus unten am Quai passierte, vor dem letzten Krieg – eine üble Sache. Wissen Sie, einer von diesen Fa . . .«

»Faschisten«, ergänzte eine ältere, streng aussehende Dame mit grauem Haar und einem Spitzentuch, an dem der Zahn der Zeit genagt hatte.

»Also, er war einer von denen. Jawohl. Genau wie der Kerl in Italien. Mussolini, nicht wahr? Er hatte auch so einen komischen Namen, Mussels oder Cockles, und hat hier wahrhaftig Unheil gestiftet. Er hat Versammlungen abgehalten, wissen Sie. Na, lauter solche Sachen. Ein gewisser Mosley hat als erster damit angefangen.«

»Im Ersten Weltkrieg wohnte hier ein Mädchen, die Mary Jordan hieß, stimmt das?« fragte Tuppence und wußte nicht, ob es klug war, danach zu fragen.

»Ach, die! Sie soll sehr hübsch gewesen sein. Ja. Sie hat die Soldaten und Matrosen ausgehorcht.«

Eine sehr alte Dame begann mit dünner Stimme zu singen:

»›Mein Schatz muß kein Matrose sein
und auch kein Infanterist.
Für mich muß er der richtige sein,
und der ist Artillerist.‹«

Als sie soweit gekommen war, stimmte der alte Mann sein eigenes Lied an: »›Es ist ein weiter Weg bis Tipperary‹«, sang er. Als er die erste Strophe beendet hatte, sagte eine Frau, die seine Frau oder seine Tochter hätte sein können, ziemlich streng: »Das reicht jetzt, Benny, es ist wirklich genug!«
Aber da fing schon wieder eine alte Dame mit zittriger Stimme zu singen an:

»›Alle Mädchen lieben nur Matrosen.
Ein Seemann muß es sein, mein Kind!
Alle Mädchen lieben nur Matrosen.
Und du weißt, wie Seebären sind.‹«

»Halt den Mund, Maudie, das Lied sind wir nun wirklich leid! Jetzt erzählt der Dame mal was!« sagte Onkel Ben. »Erzählt der Dame was! Sie ist gekommen, um Genaueres zu erfahren. Sie möchte wissen, wo das Ding, um das es so viel Gerede gegeben hat, versteckt worden ist.«
»Es klingt sehr interessant«, sagte Tuppence und faßte wieder Mut. »Es wurde also etwas Wichtiges versteckt?«
»Ja, es ist schon sehr lange her, aber ich habe trotzdem davon gehört! Ja, vor 1914. Es ist von einem auf den anderen gekommen, verstehen Sie? Aber niemand wußte, was es war und warum so ein Theater gemacht wurde.«
»Es hatte was mit der Ruderregatta zu tun«, erklärte eine alte Dame. »Wissen Sie, zwischen Oxford und Cambridge. Ich habe sie mal gesehen. Meine Eltern haben mich nach London mitgenommen. Sie ruderten unter den Brücken durch. Ach, das war ein herrlicher Tag! Oxford hat mit einer Länge gewonnen.«
»Was ihr alles für einen Unsinn redet«, sagte eine streng aussehende Frau mit stahlgrauem Haar. »Nichts wißt ihr von der Sache, gar nichts! Ich weiß mehr darüber als ihr alle zusammen, obwohl ich damals noch ganz klein war. Großtante Mathilda und Tante Lou haben es mir erzählt. Es ist furchtbar viel darüber geredet worden, und alle Leute haben danach gesucht. Ja, nach einem Goldschatz, den jemand aus Australien mitgebracht hatte.«
»So ein Unsinn!« sagte ein alter Mann, der Pfeife rauchte und die andern nicht leiden zu können schien. »Sie haben es mit den Goldfischen verwechselt. So blöd waren sie alle.«

»Es muß eine Menge Geld wert gewesen sein, sonst wäre es nie versteckt worden«, erklärte jemand aus dem Hintergrund. »Ja, es sind viele Leute von der Regierung hergekommen, und auch von der Polizei. Sie haben überall gesucht, aber nichts gefunden.«
»Eben! Sie hatten nicht die richtigen Hinweise. Die gibt es nämlich, wissen Sie, wenn man weiß, wo man suchen muß.« Dies war wieder eine alte Frau, die nun bedeutungsvoll mit dem Kopf nickte. »Es gibt immer Spuren.«
»Wie interessant«, sagte Tuppence. »Wo? Ich meine, wo sind diese Hinweise? Im Dorf oder außerhalb?«
Die Frage erwies sich als nicht sehr glücklich, denn sie ergab mindestens sechs verschiedene, gleichzeitig geäußerte Antworten.
»Im Moor, hinter Tower West«, sagte jemand.
»Nein, es war ganz bestimmt bei Little Kenny. Ganz in der Nähe von Little Kenny.«
»Nein! In der Höhle. In der Höhle an der Küste. Drüben, bei Baldy's Head, bei den roten Felsen. Ja, dort. Da ist ein alter Stollen von den Schmugglern. Es soll fabelhaft sein. Manche Leute behaupten, es wäre noch da.«
»Ich habe mal einen Film über eine spanische Galeone gesehen. Es hatte was mit der Armada zu tun. Das Schiff ist da untergegangen. Es war voll Dublonen.«

24

»Du meine Güte!« sagte Tommy, als er am Abend nach Hause kam. »Wie siehst du müde aus, Tuppence! Was hast du gemacht? Du bist ja ganz erschöpft.«
»Ich bin erschöpft«, stöhnte Tuppence. »Ich glaube nicht, daß ich mich je wieder erholen werde. O Gott!«
»Was war los? Bist du etwa wieder auf die Leiter geklettert und hast neue Bücher entdeckt?«
»Nein, nein! Ich kann kein Buch mehr sehen! Mit Büchern bin ich fertig.«
»Was dann? Was hast du gemacht?«
»Weißt du, was *PPC* ist?«

»Nein«, sagte Tommy, »oder doch. Es ist was . . .« Er verstummte.
»Albert weiß es«, sagte Tuppence, »aber das meine ich nicht. Ich werde es dir gleich erzählen, doch vorher solltest du dir was zu trinken einschenken, einen Bristol Cream oder einen Whisky. Und mir auch.«
So gut sie konnte, klärte sie dann Tommy über die Ereignisse des Nachmittags auf. Tommy sagte mehrmals: »Du meine Güte!« und bemerkte am Schluß: »In was du dich auch immer wieder einläßt, Tuppence! Ist wenigstens etwas Interessantes dabei herausgekommen?«
»Ich weiß es nicht. Wenn sechs Leute gleichzeitig reden, die meisten von ihnen sich nicht richtig ausdrücken können und jeder etwas anderes sagt – ach, ich weiß gar nicht mehr genau, was sie gesagt haben. Trotzdem: Ich glaube, ich habe zumindest eine Ahnung, wie ich es angehen soll.«
»Was meinst du damit?«
»Ach, es existieren fabelhafte Geschichten über eine Sache, die hier versteckt war und mit einem Geheimnis aus dem Ersten Weltkrieg oder aus der Zeit davor zusammenhängt.«
»Das wissen wir doch längst, Tuppence! Ich meine, es gehört zu unseren offiziellen Informationen.«
»Ja, aber im Dorf gehen immer noch alte Geschichten um. Jeder hat seine eigene Version, von einer Tante Maria oder einem Onkel Ben, die sie wiederum von ihrem Onkel Ben, ihrer Tante Ruth oder Großmutter haben. Sie wurden Jahre und Jahre weitererzählt. Und eine dieser Geschichten könnte die richtige sein.«
»Eine aus dem ganzen Durcheinander?«
»Ja. Wie die Nadel im Heuhaufen!«
»Und wie willst du diese Nadel finden?«
»Ich werde ein paar Geschichten auswählen, die wahrscheinlich klingen. Es muß noch Leute geben, die wirklich etwas gehört haben! Ich werde sie mir einzeln vornehmen, damit sie mir ganz genau berichten, was Tante Agatha, Tante Betty oder der alte Onkel James gesagt hat. Es muß doch irgendwo etwas zu finden sein!«
»Ja«, sagte Tommy. »Das glaube ich auch. Aber was?«
»Das werden wir noch herausbekommen, nicht wahr?«
»Schon, aber man muß eine Idee haben, nach was man suchen soll, ehe man mit der Suche beginnt.«

»Ich glaube weder an einen Goldschatz noch an ein Schiff der spanischen Armada«, sagte Tuppence. »Und ich glaube auch nicht, daß es in der Schmugglerhöhle verborgen ist.«
»Na, vielleicht ist es ein hervorragender französischer Kognak«, sagte Tommy hoffnungsvoll.
»Vielleicht. Obwohl wir nicht gerade nach so was suchen.«
»Ich weiß nicht recht. Ich habe das Gefühl, daß es bei mir früher oder später darauf hinausläuft. Jedenfalls würde ich ihn gern finden. Natürlich könnte es auch ein Brief oder etwas Ähnliches sein. Ein saftiger, erotischer Brief, mit dem man vor sechzig Jahren jemand hätte erpressen können. Aber wen sollte das heutzutage noch vom Stuhl reißen?«
»Da hast du bestimmt recht. Es wird Zeit, daß wir uns etwas einfallen lassen. Glaubst du, daß wir jemals was herausbekommen, Tommy?«
»Schwer zu sagen. Jedenfalls habe ich heute ein bißchen was entdeckt.«
»Oh! Was denn?«
»Etwas über den Zensus.«
»Worüber?«
»Über die Volkszählung. Sie hat in einem ganz bestimmten Jahr stattgefunden – ich hab's mir gleich notiert.«
»Wie, in aller Welt, hast du das entdeckt?«
»Ach, durch die vielseitigen Forschungsmethoden meiner Miss Collodon.«
»Ich werde noch eifersüchtig auf Miss Collodon.«
»Das ist überflüssig. Sie ist sehr schroff und macht mich nervös, und eine Schönheit ist sie auch nicht.«
»Na, das beruhigt mich. Und was hat nun die Volkszählung mit unserer Sache zu tun?«
»Als Alexander sagte, ›es war einer von uns‹, kann er jemand ge meint haben, der zu der Zeit im Hause war und darum seinen Namen in die Liste eintragen mußte wie jeder, der damals die Nacht hier verbrachte. Wahrscheinlich existieren die statistischen Unterlagen noch. Wenn man die richtigen Leute kennt – nicht, daß ich sie schon kenne, aber ich kann sie durch Bekannte kennenlernen –, werde ich möglicherweise eine Aufstellung der Namen bekommen.«
»Ich gebe zu, Tommy, daß es dir nicht an Ideen fehlt. Und nun laß

uns, um Himmels willen, etwas essen. Vielleicht fühle ich mich dann besser und mir wird nicht mehr flau, wenn ich an die sechs krächzenden Stimmen denke, die mir alle gleichzeitig etwas erzählen wollten.«

Albert servierte ein ziemlich ordentliches Essen. Seine Kochkünste waren nicht ohne Überraschungseffekte. Es gab Glanzpunkte wie den heutigen Käseauflauf, den Tuppence und Tommy lieber Käsesoufflé nannten. Albert war damit nicht ganz einverstanden.

»Käsesoufflé ist etwas anderes«, sagte er. »Es ist mehr geschlagenes Eiweiß darin.«

»Das macht nichts, Albert«, sagte Tuppence. »Es schmeckt sehr gut, egal ob es Käseauflauf oder -soufflé ist.«

Sie widmeten sich ganz dem Essen und vergaßen darüber, weiter Methoden und Ergebnisse zu vergleichen. Als sie dann jeder zwei Tassen starken Kaffee getrunken hatten, lehnte sich Tuppence im Sessel zurück, stieß einen tiefen Seufzer aus und sagte:

»Jetzt bin ich fast wieder ein Mensch. Sag mal, Tommy, wo waren wir stehengeblieben?«

»Meinst du, wir oder du?«

»Eigentlich meine ich mehr mich. Schließlich ist es das einzige, was ich genau weiß, nicht? Würdest du mir bitte meine Tasche geben, oder habe ich sie im Eßzimmer gelassen?«

»Das tust du zwar meistens, aber diesmal nicht. Sie steht neben deinem Sessel.«

Tuppence stellte die Tasche auf ihren Schoß.

»Ein so schönes Geschenk, echtes Krokodilleder! Manchmal ist es nur schwierig, alles hineinzupacken.«

»Oder wieder herauszuholen«, stellte Tommy fest, als Tuppence verzweifelt nach etwas zu suchen begann.

»Teure Taschen haben meistens den Nachteil, daß man nichts mehr herausbekommt. Am praktischsten sind die Strohdinger, die sich nach allen Seiten ausbeulen. Man kann drin herumrühren wie in einem Kochtopf. Ah! Da ist es ja!«

»Was? Sieht wie eine Wäscherechnung aus.«

»Nein, es ist ein kleines Notizbuch. Allerdings habe ich auch was für die Wäscherei notiert, eine Reklamation über zerrissene Kissenbezüge. Aber bis auf ein paar Seiten war es leer, und da dachte ich, ich könnte es weiterverwenden. Ich habe aufgeschrieben, was wir erfahren haben, siehst du? Vieles kommt mir sinnlos vor, aber ich habe alles zusammen. Die Volkszählung steht auch drin. Ich habe es notiert, obwohl mir zuerst nicht klar war, was es bedeutete und was du damit wolltest. Aber notiert ist es.«

»Fein«, sagte Tommy.

»Und dann steht hier Mrs. Henderson und jemand namens Henley.«

»Wer ist Mrs. Henderson?«

»Ach, ich glaube nicht, daß du dich daran erinnerst, und es ist jetzt auch unwichtig. Es sind zwei von den Namen, die diese ... diese uralte ... ja, Mrs. Griffin erwähnt hat. Dann war da eine Bemerkung über Oxford und Cambridge. In einem der alten Bücher habe ich auch was Passendes gefunden.«

»Zu was paßt es? Zu Oxford und Cambridge? Meinst du vielleicht einen Studenten?«

»Ich weiß nicht, ob es sich um einen Studenten handelte oder nicht. Ich glaube eher, es hatte mit einer Wette bei der Ruderregatta zu tun.«

»Kommt mir schon wahrscheinlicher vor, wird uns aber kaum weiterhelfen.«

»Man kann nie wissen! Hier haben wir also Mrs. Henderson und dann noch jemand, der in einem Haus wohnt, das *Zum Apfelbaum* heißt, und das hier stand auf einem schmutzigen Zettel, der in einem der Bücher steckte. Es hieß *Catriona* oder auch *Schatten des Throns.*«

»Es handelt von der Französischen Revolution«, sagte Tommy, »ich habe es als Junge gelesen.«

»Wie das passen soll, weiß ich wirklich nicht. Aber ich habe es auf alle Fälle notiert.«

»Und was ist es?«

»Drei mit Bleistift geschriebene Worte. Grin, g-r-i-n, dann kommt hen, h-e-n, und Lo, mit einem großen L.«

»Laß mich raten«, sagte Tommy. »Grinsen wie die Cheshire-Katze, das wäre grin. Dann haben wir hen, vielleicht ein Märchen, *Henny-Penny*? Und nun Lo ...«

»Ha! Bei Lo gibst du auf!«

»Ja«, gestand Tommy, »mit Lo kann ich nichts anfangen.«

Tuppence war plötzlich bei einem anderen Thema. »Mrs. Henley habe ich mir noch nicht vorgenommen. Sie wohnt im Haus *Zum Apfelbaum.*« Tuppence überflog ihre Liste. »Also, was haben wir? Mrs. Griffin, Oxford und Cambridge, Wette auf das Bootsrennen, Volkszählung, Cheshire-Katze, dann *Henny-Penny* das Märchen, und Lo. Und damit komme ich nicht weiter. Ja, ich glaube, mehr ist nicht drin. Es bleibt bei der Regatta zwischen Oxford und Cambridge und der Wette.«

»Ich fürchte, wir führen uns ganz schön albern auf«, sagte Tommy. »Aber wenn wir lange genug in alten Dingen herumkramen, gewinnen wir vielleicht noch den ersten Preis. Nach dieser Methode haben wir auch Alexanders Buch gefunden.«

»Oxford und Cambridge«, murmelte Tuppence versonnen. »Das erinnert mich an was, aber ich komme nicht darauf. An was nur?«

»An Mathilde?«

»Nein, nicht an Mathilde . . .«

»Wahreliebe«, schlug Tommy vor. Er grinste von einem Ohr zum anderen. »›Wahre Liebe, wo bist du geblieben?‹ «

»Hör auf zu grinsen, du Affe«, sagte Tuppence. »Du denkst immer noch an diese rätselhaften Wortteile: grin-hen-Lo. Es ergibt keinen Sinn. Und trotzdem, ich hab das Gefühl . . . Oh!«

»Was heißt ›Oh‹?«

»Ich habe eine Idee. Natürlich! Grin hat mich darauf gebracht. Weil du wie die Cheshire-Katze gegrinst hast. Hen, und dann Lo. Klar, das muß es sein.«

»Kannst du mir mal verraten, wovon du redest?«

»Von der Ruderregatta zwischen Oxford und Cambridge.«

»Wieso denkst du bei grin-hen-Lo an das Bootrennen?«

»Dreimal darfst du raten!«

»Ich gebe schon beim erstenmal auf, weil ich doch nicht dahinterkomme.«

»Aber es ist ganz einfach.«

»Wieso?«

»Die Farbe. Die Farben der beiden Mannschaften, meine ich.«

»Ich verstehe dich nicht, Tuppence!«

»Grin-hen-Lo. Wir haben es in der falschen Reihenfolge gelesen. Es muß genau andersherum sein.«

»Wie denn? Ol, dann n-e-h – das ist doch idiotisch!«

»Nein, laß die Wortstücke, wie sie sind. Es ist ganz einfach, weißt du, wie Alexander es in dem Buch gemacht hat. Lies die drei

Worte in umgekehrter Reihenfolge: Lo-hen-grin.«
Tommy runzelte die Stirn.
»Begreifst du nicht? *Lohengrin* natürlich, der Schwan, die Oper! Du weißt doch. Du kennst doch *Lohengrin* von Wagner.«
»Und wo, bitte, haben *wir* einen Schwan?«
»Doch, wir haben einen! Die beiden Gartenstühle aus Porzellan, die wir gefunden haben! Erinnerst du dich? Einer ist dunkelblau, einer hellblau. Der alte Isaac hat gesagt – ich meine wenigstens, daß es Isaac war –, er hat gesagt: ›Das sind Oxford und Cambridge.‹ «
»Ja, und Oxford haben wir zerbrochen, nicht wahr?«
»Ja. Aber Cambridge ist noch ganz. Das ist der hellblaue. Verstehst du nicht? In den Schwänen der Stühle muß etwas versteckt sein! Tommy, wir müssen uns Cambridge ansehen, er steht immer noch im *Ka-Ka.* Am besten sofort!«
»Was? Um elf Uhr in der Nacht? Nein.«
»Dann morgen früh! Du mußt doch nicht nach London?«
»Nein.«
»Na also, dann gleich morgen früh!«

»Ich weiß nicht, was aus dem Garten werden soll«, sagte Albert. »Ich hab' mal kurze Zeit einen betreut, aber von Gemüse verstehe ich nicht viel. Übrigens, Madam, da ist ein Junge draußen, der Sie sprechen möchte.«
»Ein Junge? Meinen Sie den mit den roten Haaren, Albert?«
»Nein. Es ist der andere, mit dem unordentlichen blonden Haar, das ihm halb den Rücken hinunterhängt. Er hat einen komischen Namen, wie ein Hotel: *Royal Clarence.* Genauso heißt er, Clarence.«
»Clarence schon, aber ›königlich‹ nicht.«
»Würde kaum zu ihm passen«, sagte Albert spitz. »Er wartet an der Haustür. Er behauptet, Madam, er könnte Ihnen nützlich sein.«
»Aha! Wenn ich mich nicht irre, hat er gelegentlich dem alten Isaac geholfen.«
Sie fand Clarence in einem verwitterten Korbstuhl auf der Veranda oder Loggia, ganz wie man sie nennen wollte. Er war in ein verspätetes Frühstück aus Kartoffelchips und einer Tafel Schokolade vertieft.

»Morgen, Madam«, sagte er. »Wollte mal sehen, ob ich was helfen kann.«
»Wie schön«, rief Tuppence. »Natürlich können wir Hilfe im Garten brauchen. Hast du nicht manchmal auch bei Isaac gearbeitet?«
»Ja, schon. Viel verstehe ich nicht davon. Aber soviel hat Isaac auch nicht gewußt. Er hat bloß viel geredet und erzählt, wie gut er es gehabt hat und wie gut es den Leuten gegangen ist, bei denen er gearbeitet hat. Ja, er hat geprahlt, er wäre Mr. Bolingos Chefgärtner gewesen. Wissen Sie, der unten am Fluß wohnte. Das große Haus. Jetzt ist es eine Schule. Chefgärtner wäre er bei ihm gewesen, hat er behauptet. Meine Großmutter sagt, kein Wort ist wahr.«
›Das ist doch nicht so wichtig«, antwortete Tuppence. »Eigentlich wollte ich nur ein paar Sachen aus dem kleinen Glashaus holen.«
»Meinen Sie den kleinen Schuppen mit den Glasfenstern, der *Ka-Ka* heißt?«
»Ja, den meine ich. Wie kommt es, daß du den Namen kennst?«
»Ach, der ist schon immer so genannt worden, von allen. Es soll japanisch sein. Ob es stimmt, weiß ich nicht.«
»Na, dann komm gleich mit«, sagte Tuppence.
Es bildete sich eine kleine Prozession, die sich aus Tommy, Clarence, Tuppence, dem Hund Hannibal und Albert als Schlußmann zusammensetzte, der es vorgezogen hatte, das Spülen des Frühstücksgeschirrs aufzuschieben und sich Spannenderem zu widmen. Hannibal, der alle interessanten Gerüche prüfte, sprang fröhlich umher. An der Tür zum *Ka-Ka* stieß er wieder zu ihnen und schnupperte sehr aufmerksam.
»Na, Hannibal«, sagte Tuppence, »willst du helfen? Vielleicht kannst du uns was erzählen.«
»Was ist das für eine Rasse?« fragte Clarence. »Jemand hat behauptet, die Sorte hätte man sich früher zum Rattenfangen gehalten. Stimmt das?«
»Ja, das stimmt«, bestätigte Tommy. »Er ist ein Manchester-Terrier, schwarz mit hellbraunen Flecken.«
Hannibal, der wußte, daß über ihn gesprochen wurde, wandte den Kopf, wackelte mit dem Körper und wedelte heftig mit dem kurzen Schwanz. Dann setzte er sich und sah sehr stolz aus.

»Der beißt, nicht?« fragte Clarence.
»Er ist ein sehr guter Wachhund. Er paßt auf mich auf.«
»Das soll er auch. Wenn ich fort bin, bewacht er dich«, sagte Tommy.
»Der Postbote behauptet, vor vier Tagen hätte er ihn beinahe gebissen!« warf Albert ein.
»Ich weiß nicht warum«, sagte Tuppence, »aber alle Hunde sind hinter Postboten her. Hast du eine Ahnung, wo der Schlüssel zum *Ka-Ka* ist, Clarence?«
»Ja. Er hängt im Schuppen. Wissen Sie, im Gartenschuppen, wo die Blumentöpfe stehen.«
Er lief davon und kehrte gleich darauf mit dem rostigen, aber nun gut geölten Schlüssel zurück.
»Den muß Isaac noch vor kurzem geölt haben«, sagte er.
»Ja, ich weiß. Er ließ sich so schlecht drehen.«
Die Tür wurde aufgeschlossen.
Der Cambridge-Stuhl mit dem Schwan sah sehr hübsch aus. Offensichtlich hatte Isaac ihn gewaschen und blankgerieben, um ihn auf die Veranda zu stellen, sobald das Wetter wärmer wurde.
»Da müßte auch noch ein dunkelblauer sein«, sagte Clarence.
»Isaac hat sie Oxford und Cambridge genannt.«
»Wirklich?«
»Ja. Dunkelblau für Oxford und hellblau für Cambridge. Und Oxford ist erledigt, wie ich sehe.«
»Ja. Genau wie bei der Ruderregatta.«
»Übrigens, was ist denn mit dem Schaukelpferd passiert? Hier liegt wirklich viel Zeug herum!«
»Ja.«
»Mathilde ist ein komischer Name für ein Schaukelpferd, nicht wahr?«
»Es ist operiert worden«, erklärte Tuppence.
Clarence fand das sehr komisch. Er lachte herzlich.
»Meine Großtante Edith ist auch operiert worden. Man hat auch viel rausgeholt, aber sie ist wieder gesund geworden.«
Es hörte sich ein wenig enttäuscht an.
»In den Stuhl wird man kaum hineinkommen«, sagte Tuppence zögernd.
»Ach, man kann ihn zerschlagen. Der dunkelblaue ist ja auch kaputt«, meinte Tommy.

»Schon, aber gibt's nicht noch eine andere Methode?« sagte Clarence. »Merkwürdig, die S-förmigen Schlitze da. Man könnte ganz leicht was reinstecken, wie in einen Briefkasten.«
»Ja, in der Tat, das könnte man«, sagte Tommy. »Keine schlechte Idee. Sehr interessant, Clarence.«
Clarence machte ein erfreutes Gesicht.
»Sie lassen sich aufschrauben«, sagte er plötzlich.
»Was, aufschrauben?« rief Tuppence. »Woher weißt du das?«
»Von Isaac. Ich habe ihn mal dabei beobachtet. Man stellt ihn auf den Kopf und dreht dann das Fußteil ab. Manchmal geht es schlecht, dann muß man Öl in diese Löcher hier gießen, und wenn es eingesickert ist, funktioniert es.«
»Ach?«
»Am leichtesten geht es, wenn er auf dem Kopf steht.«
»Anscheinend muß man hier alles auf den Kopf stellen. Mit Mathilde war es auch so.«
Einige Augenblicke widerstand Cambridge allen Bemühungen, aber auf einmal begann sich die eine Hälfte zu bewegen, und gleich darauf konnten sie sie abnehmen.
»Da ist sicher nur alter Dreck drin«, sagte Clarence.
Hannibal kam neugierig näher. Er war ein Hund, der überall dabei sein wollte. Nichts, schien er zu denken, durfte passieren, ohne daß er Hand oder Pfote anlegte, nur daß es in diesem Fall seine Nase war, die sich mit der Untersuchung beschäftigte. Er schnupperte, knurrte leise, wich ein Stück zurück und setzte sich.
»Na, das gefällt ihm wohl nicht?« sagte Tuppence und blickte auf den unerfreulich wirkenden Stuhlinhalt.
»Au!« sagte Clarence, als er hineinlangte.
»Was hast du?«
»Ich habe mich gekratzt. Hier hängt etwas an einem Nagel. Ich bin nicht sicher, ob es ein Nagel ist.«
»Wuff, wuff«, bellte Hannibal.
»Doch, es ist ein Nagel, und es hängt etwas dran! Direkt an der Seite. Ja – ja, jetzt hab' ich es!«
Clarence zog ein dunkles Segeltuchpäckchen heraus.
Hannibal setzte sich vor Tuppence hin und knurrte.
»Was hast du, Hannibal?«
Hannibal hörte nicht auf zu knurren. Tuppence beugte sich zu

ihm nieder und streichelte ihm über Stirn und Ohren.
»Was ist los, Hannibal? Hätte Oxford gewinnen sollen? Nun ist eben Cambridge der Sieger, das läßt sich nicht ändern ... Erinnerst du dich, Tommy! Er hat einmal eine Fernsehübertragung der Regatta anschauen dürfen.«
»Ja. Gegen Ende wurde er so wütend und bellte so laut, daß wir nichts mehr verstehen konnten.«
»Sehen konnten wir aber noch«, sagte Tuppence. »Wenigstens etwas. Erinnerst du dich? Es paßte ihm nicht, daß Cambridge gewann.«
»Vermutlich hat er an der Hundeuniversität von Oxford studiert.«
Hannibal lief von Tuppence zu Tommy und wedelte verständnisvoll.
»Das hat ihm gefallen, Tommy. Ich persönlich glaube eher«, fügte Tuppence hinzu, »daß er auf der allgemeinen Universität für Hunde war.«
»Und welches Hauptfach hat er studiert?« fragte Tommy.
»Knochenkunde.«
»Du kennst ihn aber gut.«
»Und ob ich ihn kenne! Albert hat ihm mal den Knochen einer ganzen Hammelkeule gegeben – was er nicht hätte tun sollen. Zuerst erwischte ich Hannibal im Wohnzimmer, wo er ihn unter einem Kissen verstecken wollte. Dann habe ich ihn in den Garten gescheucht und vom Fenster aus beobachtet. Er lief zielstrebig zum Gladiolenbeet und hat ihn da vergraben. Mit seinen Knochen nimmt er es sehr genau. Er frißt sie nie sofort auf, sondern legt sich immer einen Vorrat für schlechte Zeiten an.«
»Gräbt er sie denn auch wieder aus?« fragte Clarence.
»Manchmal schon«, antwortete Tuppence, »wenn sie alt und verfault sind und besser drinblieben.«
»Unser Hund mag keinen Hundekuchen«, erklärte Clarence.
»Er läßt sie im Napf liegen und frißt erst das Fleisch«, sagte Tuppence.
»Aber Löffelbiskuit mag er«, sagte Clarence.
Hannibal, der an dem Fund aus Segeltuch schnupperte, fuhr plötzlich herum und bellte wütend.
»Sieh mal nach, ob jemand draußen ist, Tommy«, bat Tuppence. »Es kann der neue Gärtner sein. Mrs. Herring hat mir neulich

von einem älteren Mann erzählt, der früher mal Gärtner war und noch stundenweise aushilft.«

Tommy öffnete die Tür und ging hinaus. Hannibal begleitete ihn.

»Keiner da«, rief Tommy.

Hannibal bellte. Dann knurrte er und bellte immer wütender.

»Er glaubt, daß mit dem hohen Pampasgras drüben was nicht stimmt«, sagte Tommy zu Tuppence, die ihm mit Clarence und Albert gefolgt war. »Vielleicht hat sich die Konkurrenz an seinen Knochen herangemacht, oder es ist ein Kaninchen. Bei Kaninchen benimmt er sich besonders blöde«, erklärte er Clarence. »Man muß ihm lange gut zureden, bis er mal eins jagt. Er scheint sie zu schätzen. Tauben und große Vögel jagt er ja, erwischt sie aber glücklicherweise nie.«

Hannibal schnüffelte an dem Pampasgrasdickicht. Wieder knurrte er, dann drang lautes Bellen herüber. Immer wieder sah er zu Tommy hin.

»Vermutlich ist es eine Katze«, sagte Tommy. »Du weißt ja, wie er sich aufführt, wenn eine in der Nähe ist. Hier spaziert doch so eine große schwarze Katze herum, mit einer Kleineren. Die wir Kitty-Cat getauft haben.«

»Ja, sie erscheint ständig im Haus«, sagte Tuppence. »Sie zwängt sich durch jeden Fensterspalt. Hör auf, Hannibal! Komm her, Hannibal!«

Hannibal schüttelte sich, sah Tommy an, dann Tuppence, und machte einen wütenden Scheinangriff auf das Pampasgras. Er bellte laut.

Plötzlich hörten sie ein seltsames Geräusch, zwei scharfe Explosionen.

»Du meine Güte, jemand jagt Kaninchen!« sagte Tuppence.

»Verschwindet! Zurück ins Glashaus, Tuppence!« rief Tommy.

Etwas flog an seinem Ohr vorbei. Hannibal, der nun völlig verrückt war, raste um das Pampasgras herum. Tommy eilte ein Stück hinter ihm her.

»Er hetzt jemand«, rief er, als er zurückkam. »Er verfolgt jemand den Hügel hinunter. Er rennt wie der Teufel.«

»Wer war es?« fragte Tuppence.

»Ist dir was passiert, Tuppence?«

»Doch, ja«, sagte Tuppence. »Etwas – etwas hat mich hier getrof-

fen. An der Schulter. Was war denn los?«
»Jemand hat auf uns geschossen. Jemand, der sich im Pampasgras versteckt hatte.«
»Man hat uns beobachtet – was wir hier machen«, sagte Tuppence. »Hältst du das für möglich?«
»Na, bestimmt waren es wieder diese Iren«, bemerkte Clarence hoffnungsvoll. »Die Rebellen. Wissen Sie was? Sie wollten das Haus in die Luft sprengen.«
»Ach, ich kann mir nicht denken, daß es was mit Politik zu tun hat«, sagte Tuppence.
»Komm ins Haus«, drängte Tommy. »Komm schnell! Du auch, Clarence, los! Los!«
»Sind Sie sicher, daß Ihr Hund mich nicht beißt?« fragte Clarence argwöhnisch.
»Nein. Der ist im Augenblick beschäftigt.«
Sie bogen gerade um die Hausecke, als Hannibal plötzlich auftauchte. Er kam mit hängender Zunge den Hügel heraufgerast, rannte auf Tommy zu, schüttelte sich, legte eine Pfote auf Tommys Knie, packte ihn am Hosenbein und versuchte, ihn in die Richtung zu zerren, aus der er gekommen war.
»Er will, daß ich den Mann verfolge.«
»Auf keinen Fall!« rief Tuppence. »Wenn dort einer mit einem Gewehr oder einer Pistole oder irgendeiner andern Schußwaffe lauert, will ich nicht, daß er auf dich schießt. Nicht in deinem Alter! Wer kümmert sich um mich, wenn dir was passiert? Komm, laß uns ins Haus gehen!«
Sie liefen alle ins Haus. Tommy ging sofort in die Diele und telefonierte.
»Was hast du vor?« fragte Tuppence.
»Ich rufe die Polizei an«, antwortete Tommy. »Das kann man nicht einfach in Ruhe mit ansehen. Wenn wir es sofort melden, könnten sie ihn noch schnappen.«
»Ich glaube«, sagte Tuppence plötzlich, »ich sollte mich um meine Schulter kümmern. Das Blut ruiniert mir den Pullover noch ganz.«
»Als ob der Pullover so wichtig wäre!«
In diesem Augenblick erschien Albert mit einer kompletten Erste-Hilfe-Ausrüstung.
»Um Gottes willen«, sagte er. »Irgendein gemeiner Verbrecher

hat auf Madam geschossen! Was soll aus diesem Land noch werden?«
»Wollen Sie nicht lieber ins Krankenhaus fahren?« fragte Clarence.
»Nein, das will ich nicht«, sagte Tuppence. »Es ist gar nicht so schlimm. Kleben Sie mir ein großes Pflaster drauf. Aber behandeln Sie es erst mit Wundbalsam.«
»Ich habe Jod.«
»Nein, kein Jod! Das brennt zu sehr. Im Krankenhaus verwendet man es angeblich nicht mehr.«
»Ich hab' immer gedacht, dieses Mittel nimmt man nur zum Inhalieren«, sagte Albert und wies auf die Flasche mit Wundbalsam.
»Das ist auch eine Anwendungsmethode. Außerdem ist es sehr gut für kleine Wunden und Kratzer. Oder wenn Kinder sich geschnitten haben. Hast du das Päckchen, Tommy?«
»Was für ein Päckchen?« fragte Tommy.
»Das wir eben aus dem Stuhl rausgeholt haben. Vielleicht ist es sehr wichtig. Man hat uns dabei beobachtet. Und wenn sie uns töten wollten – um es an sich zu bringen –, das wäre doch wirklich eine unerhörte Sache!«

25

Tommy saß im Büro von Polizeiinspektor Norris.
»Ich hoffe, daß wir Glück haben und etwas herausbekommen, Mr. Beresford«, sagte Norris. »Dr. Crossfield kümmert sich um Ihre Frau?«
»Ja. Seinem Urteil nach ist es harmlos. Die Kugel hat sie nur knapp gestreift. Die Wunde blutete stark, aber es geht ihr nicht schlecht. Dr. Crossfield meint, es bestünde keine Gefahr.«
»Sie ist nicht mehr so jung, nicht wahr?« fragte Inspektor Norris.
»Über siebzig. Wir sind beide nicht mehr die jüngsten.«
»Ja, ja, natürlich! Ich habe hier im Dorf viel über sie gehört. Die Leute sind ganz begeistert von ihr. Und von ihren verschiedenen Unternehmungen haben wir natürlich auch erfahren. Auch von den Ihren, Mr. Beresford.«

»Ach, du liebe Zeit!« sagte Tommy.
»Gegen seinen Ruf kommt keiner an, ob er nun gut oder schlecht ist«, sagte Inspektor Norris freundlich. »Sie können nicht verleugnen, ob Sie ein Verbrecher oder ein Held sind. Aber etwas kann ich Ihnen versichern: Wir werden alles tun, um diesen Überfall aufzuklären. Vermutlich können Sie den Täter nicht beschreiben?«
»Nein«, sagte Tommy. »Als ich ihn entdeckte, rannte er davon, und unser Hund hinterher. Ich vermute, daß er nicht sehr alt war. Er rannte so leichtfüßig, wissen Sie.«
»Schwierig zu beurteilen. Vierzehn, fünfzehn oder älter.«
»Nein, er muß wesentlich älter sein!« sagte Tommy.
»Haben Sie anonyme Anrufe oder Briefe erhalten, Geldforderungen oder so etwas?« fragte der Inspektor. »Hat Sie vielleicht jemand aufgefordert, das Haus zu räumen?«
»Nein, nichts.«
»Und Sie sind jetzt – wie lange? – hier am Ort?«
Tommy sagte es ihm.
»Hm. Das ist nicht sehr lange. Und, soviel ich weiß, fahren Sie fast täglich nach London?«
»Ja. Wenn Sie Genaueres . . .«
»Nein«, antwortete der Inspektor, »nein, das ist nicht nötig. Ich möchte Ihnen nur den Vorschlag machen, nicht zu oft, na ja, nicht ganz so oft hinzufahren. Wenn Sie es einrichten könnten, zu Hause zu bleiben und sich um Ihre Frau zu kümmern . . .«
»Das habe ich mir fest vorgenommen, Inspektor. Ich glaube, das ist ein guter Grund, nicht bei jeder Besprechung in London aufzukreuzen, die auf meinem Plan steht.«
»Wir werden hier natürlich auch alles tun, was in unserer Macht steht, um die Dinge im Auge zu behalten. Und wenn wir den Täter schnappen . . .«
»Haben Sie das Gefühl – vielleicht dürfte ich Sie das nicht fragen –, haben Sie das Gefühl zu wissen, wer es ist? Kennen Sie seinen Namen oder sein Motiv?«
»Ach, wir wissen über einige Leute hier sehr gut Bescheid. Sehr viel genauer, als sie ahnen! Manchmal lassen wir uns nicht anmerken, wie genau wir informiert sind, weil das die beste Methode ist, sie am Ende festzunehmen. Auf die Art erfährt man, mit wem sie liiert sind, wer sie bezahlt oder ob sie Einzelgänger sind.

Ich glaube – ja, es scheint mir, als wäre dies nicht das Werk eines hiesigen Typs.«

»Und warum vermuten Sie das?« fragte Tommy.

»Ach, man hört dies und jenes, wissen Sie. Und man bekommt Informationen von anderen wichtigen Abteilungen.«

Tommy und der Inspektor musterten sich stumm. Lange sagte keiner ein Wort.

»Ja, ich verstehe«, meinte Tommy schließlich. »Ja, ich glaube, ich verstehe.«

»Wenn ich noch etwas bemerken darf . . .«

»Bitte!« sagte Tommy und sah ziemlich zweifelnd aus.

»Es ist wegen Ihres Gartens. Sie brauchen doch eine Hilfskraft?«

»Unser Gärtner wurde ermordet. Das wissen Sie sicherlich.«

»Ja, selbstverständlich. Der alte Isaac Bodlicott, nicht wahr? Ein sehr netter alter Mann. Manchmal hat er ziemlich aufgeschnitten, wenn es um die großartigen Taten seiner Jugend ging. Hier kannte ihn jeder. Er war ein Mann, dem man absolut vertrauen konnte.«

»Ich begreife nicht, warum er getötet wurde. Niemand hat eine Ahnung, niemand scheint etwas entdeckt zu haben.«

»Damit meinen Sie wohl die Polizei. Ja, das braucht seine Zeit, wissen Sie. So was kommt nicht bei der gerichtlichen Untersuchung heraus, und darum sagt der Richter auch nur: ›Mord durch einen Unbekannten.‹ Das ist oft erst der Anfang. Aber was ich sagen wollte: Es könnte sein, daß jemand bei Ihnen auftaucht und fragt, ob Sie eine Hilfskraft für den Garten brauchen. Er wird sagen, er könnte an zwei oder drei Tagen in der Woche kommen. Als Referenz wird er angeben, daß er einige Jahre für Mr. Solomon gearbeitet hat. Bitte, merken Sie sich diesen Namen!«

»Mr. Solomon«, wiederholte Tommy.

Einen Augenblick kam es ihm vor, als zwinkerte Inspektor Norris ihm zu.

»Mr. Solomon ist tot. Aber er hat hier gewohnt und mehrere Gärtner beschäftigt. Ich bin nicht sicher, unter welchem Namen sich der Mann bei Ihnen vorstellt, möglicherweise heißt er Crispin. Zwischen dreißig und fünfzig Jahren. Er hat für Mr. Solomon gearbeitet. Wenn sich jemand meldet, ohne Mr. Solomon zu erwähnen, würde ich ihn an Ihrer Stelle nicht einstellen. Das nur als Warnung!«

»Ich verstehe«, sagte Tommy. »Ja. Ich hoffe wenigstens, daß ich begriffen habe.«
»Na, schön. Gibt es sonst noch etwas, das Sie wissen möchten!«
»Ich glaube nicht.«
»Wir werden Ermittlungen anstellen, allerdings nicht unbedingt hier, vielleicht in London oder auch anderswo. Wir helfen, wo wir können. Aber das wissen Sie ja, nicht wahr?«
»Ich werde versuchen, Tuppence – meine Frau –, davon abzuhalten, sich zu sehr einzumischen. Das ist sehr schwierig.«
»Frauen sind immer schwierig«, erklärte Inspektor Norris.
Tommy wiederholte diese Bemerkung kurze Zeit darauf, als er an Tuppences Bett saß und zusah, wie sie Weintrauben aß.
»Ißt du alle Kerne mit?«
»Meistens. Es dauert so lange, sie auszuspucken, findest du nicht? Ich glaube nicht, daß es schadet.«
»Wenn du sie dein ganzes Leben lang schon geschluckt hast, offenbar nicht«, antwortete Tommy.
»Was hat die Polizei gesagt?«
»Genau das, was wir erwarteten.«
»Wissen sie, wer der Täter sein könnte?«
»Sie glauben nicht, daß es jemand von hier ist.«
»Wen hast du gesprochen? Heißt er Inspektor Watson?«
»Nein, Inspektor Norris.«
»Den kenne ich nicht. Was hat er sonst noch gesagt?«
»Er behauptete, es wäre schwierig, Frauen an der Kandare zu halten.«
»Na, hör mal!« rief Tuppence. »Wußte er, daß du es mir sofort erzählen würdest?«
»Das halte ich für unwahrscheinlich.« Tommy stand auf. »Ich muß zwei Gespräche mit London führen. Ich möchte die nächsten Tage hierbleiben.«
»Du kannst ruhig fahren. Ich bin hier in Sicherheit. Albert bewacht mich. Dr. Crossfield ist sehr nett und benimmt sich fürsorglich wie eine Bruthenne.«
»Ich muß noch mal weg und für Albert Verschiedenes einkaufen. Soll ich dir was mitbringen?«
»Ja«, sagte Tuppence, »wenn du mir eine Melone kaufen könntest? Ich hab einen Heißhunger auf Obst. Außer Obst mag ich nichts.«

Tommy wählte eine Nummer in London. »Oberst Pikeaway?«
»Ja. Hallo? Ach, Sie sind es, Beresford?«
»Sie haben meine Stimme erkannt? Ich wollte sagen, daß –«
»Etwas mit Tuppence los ist. Ich weiß es schon«, sagte Pikeaway. »Wir brauchen nicht darüber zu sprechen. Bleiben Sie die nächsten Tage zu Hause, vielleicht die ganze Woche. Kommen Sie nicht nach London, aber berichten Sie über alles, was geschieht.«
»Es könnte etwas auftauchen, das wir Ihnen bringen müßten.«
»Behalten Sie's fürs erste. Sagen Sie Tuppence, sie soll sich ein Versteck ausdenken.«
»Ja, dafür hat sie Talent. Ebenso wie unser Hund, der seine Knochen ständig im Garten vergräbt.«
»Ich habe gehört, er hätte den Täter verfolgt.«
»Sie sind wirklich gut informiert.«
»Wir wissen hier immer alles«, sagte Pikeaway.
»Unser Hund hat ihn am Hosenbein erwischt und kam mit einem Stoffetzen im Maul zurück.«

26

»Ich bin Ihnen sehr verpflichtet.« Oberst Pikeaway stieß eine Rauchwolke aus. »Tut mir leid, daß ich Sie so bald habe rufen lassen, aber ich hielt es doch für besser, Sie persönlich zu sehen.«
»Ich glaube, daß Sie längst wissen«, sagte Tommy, »wie viele seltsame Dinge in letzter Zeit bei uns geschehen sind.«
»Aha. Und wieso nehmen Sie das an?«
»Weil Sie immer alles wissen.«
Oberst Pikeaway lachte.
»So, so! Jetzt zitieren Sie mich, was? Ja, das pflege ich zu sagen. Wir wissen alles. Dafür sind wir da. Ist sie in sehr großer Gefahr gewesen? Ich meine jetzt natürlich Ihre Frau.«
»Es ging nicht gerade um Haaresbreite, aber es hätte ernstere Folgen haben können. Ich vermute, Sie kennen die Einzelheiten, oder soll ich sie Ihnen erzählen?«
»Berichten Sie noch einmal in Stichworten, wenn Sie so freundlich sein wollen. Ich habe nicht alles gehört. Die Sache mit *Lohengrin* kenne ich noch nicht. Grin-hen-lo! Ein Kompliment an Ihre

Frau! Sie hat schnell geschaltet.«
»Ich hab Ihnen unseren Fund mitgebracht«, sagte Tommy. »Wir hatten ihn in der Mehldose versteckt. Ich wollte ihn nicht mit der Post schicken.«
»Da hatten Sie recht.«
»Das Päckchen hing im hellblauen Cambridge, einem viktorianischen Porzellanstuhl.«
»An die kann ich mich noch aus meiner Jugendzeit erinnern. Ich hatte eine Tante auf dem Land, die ein Paar besaß.«
»Es war sehr gut erhalten, in Segeltuch eingenäht. Es handelt sich um Briefe, etwas brüchig, aber wenn man sie richtig behandelt ...«
»Für so was sind wir eingerichtet.«
»Hier sind sie«, sagte Tommy. »Und dann habe ich noch eine Liste, die Tuppence und ich aufgestellt haben, über Dinge, die erwähnt wurden oder die man uns mitgeteilt hat.«
»Sind es Namen?«
»Ja, drei oder vier. Dann der Hinweis auf Oxford und Cambridge, und die Erwähnung von Studenten aus Oxford und Cambridge, die dort gewohnt haben sollen. Ich glaube nicht, daß da was dran ist, denn es bezog sich vermutlich nur auf die Stühle mit den Schwänen.«
»Ja – ja, aber hier sind noch andere Punkte, die ich sehr interessant finde.«
»Nachdem auf uns geschossen worden war«, fuhr Tommy fort, »habe ich es natürlich der Polizei gemeldet.«
»Das war völlig korrekt.«
»Ich wurde gebeten, am nächsten Tag auf dem Revier zu erscheinen. Ich habe mit Inspektor Norris gesprochen, den ich nicht kannte. Ich nehme an, er ist noch nicht lange da.«
»Ja. Wahrscheinlich handelt es sich um einen Sonderauftrag.« Oberst Pikeaway paffte Rauch in die Gegend.
Tommy hustete. »Vermutlich wissen Sie über ihn Bescheid.«
»Wir haben alles in den Akten. Er ist in Ordnung. Der Fall untersteht ihm. Die Leute dort können vielleicht feststellen, wer Sie verfolgt und beobachtet hat, um mehr über Sie zu erfahren. Wie ist das, Beresford, was halten Sie davon, mal eine Zeit lang zu verreisen und Ihre Frau mitzunehmen?«
»Ich glaube nicht, daß sich das machen läßt.«

»Sie meinen, sie käme nicht mit?«
»Sie scheinen wieder – wenn ich mir die Bemerkung erlauben darf – alles zu wissen«, sagte Tommy. »Ich glaube nicht, daß man Tuppence jetzt wegbekommt. Verstehen Sie, sie ist ja nicht schwer verletzt; sie ist nicht krank – und jetzt hat sie auch noch das Gefühl –, daß wir auf einer Fährte sind. Wir wissen nicht, was es ist, und wir wissen auch nicht, was wir entdecken werden oder tun können.«
»Schnüffeln Sie herum! In einem derartigen Fall ist das das einzige, was Sie tun können.« Er tippte auf das Päckchen. »Das hier wird uns einiges erzählen können, was wir schon sehr lange wissen wollten: Wer vor vielen Jahren die Dinge ins Rollen gebracht und hinter den Kulissen sehr schmutzige Drähte gezogen hat.«
»Aber sicherlich . . .«
»Ich weiß, was Sie jetzt sagen wollen. Sie wollen sagen, daß der Mann, wer er auch war, schon lange tot ist. Das stimmt. Aber wir werden erfahren, um was es sich handelte, wie es organisiert wurde, wer geholfen und wer es inszeniert und wer es seither weitergeführt hat. Es wird um Leute gehen, die keine große Rolle zu spielen scheinen, deren Rolle aber in Wirklichkeit viel bedeutender ist, als wir glauben – Leute, die in Kontakt mit der Gruppe geblieben sind – heute nennt man ja alles eine Gruppe –, mit der Gruppe von damals, die jetzt aus anderen Menschen besteht, deren Ideen, deren Liebe zur Gewalt und zum Bösen aber noch die gleichen sind. Es gibt harmlose Gruppen und gefährliche, eben weil sie eine Gruppe sind. Es hat Methode, verstehen Sie? Wir haben in den letzten fünfzig oder auch hundert Jahren gelernt, daß Menschen, die zusammenhalten und sich zu einer Gemeinschaft zusammenschließen, Erstaunliches vollbringen und andere dazu inspirieren können, Erstaunliches für sie zu leisten.«
»Darf ich Sie etwas fragen?«
»Nur los!« antwortete Pikeaway. »Wir wissen hier zwar alles aber ich muß Sie warnen: Wir verraten nicht immer alles.«
»Sagt Ihnen der Name Mr. Solomon etwas?«
»Ach, Mr. Solomon! Wie sind Sie denn auf den gestoßen?«
»Er wurde von Inspektor Norris erwähnt.«
»Aha. Wenn Sie sich an das halten, was Norris Ihnen gesagt hat, sind Sie wohlberaten. Glauben Sie es mir. Sie werden Solomon nicht persönlich kennenlernen, auch das kann ich Ihnen sagen.

Er ist tot.«
»Hm«, sagte Tommy. »Ich verstehe.«
»So ganz verstehen Sie es nicht«, erklärte Oberst Pikeaway. »Wir verwenden seinen Namen manchmal. Wissen Sie, es ist oft praktisch, den Namen eines Mannes zu haben, der zwar nicht mehr lebt, aber, obwohl er tot ist, immer noch sehr angesehen ist. Es war purer Zufall, daß Sie ausgerechnet in das *Lorbeerhaus* gezogen sind, aber wir hoffen, daß es auch uns Glück bringen wird. Ich möchte auf keinen Fall der Anlaß dafür sein, daß Sie oder Ihre Frau unglücklich werden. Beresford, verdächtigen Sie alles und jeden! Das ist immer noch der beste Weg.«
»Es gibt nur zwei Wesen, denen ich dort blindlings traue«, sagte Tommy. »Der eine ist Albert, der seit Jahren bei uns . . .«
»Ja, an Albert erinnere ich mich. Ein rothaariger Junge, nicht wahr?«
»Ein Junge ist er nicht mehr.«
»Und der andere?«
»Mein Hund Hannibal.«
»Hm. Ja, da kann was dran sein. Wer war das nur . . . Ja, Dr. Watts, der eine Hymne geschrieben hat, die damit beginnt: ›Hunde bellen und beißen frohgemut . . .‹ Was ist es für ein Hund? Ein Schäferhund?«
»Nein, ein Manchester-Terrier.«
»Ach, schwarz, mit hellbraunen Flecken? Nicht so groß wie ein Dobermann, aber ein sehr scharfer, wachsamer Hund.«

27

Tuppence ging den Gartenweg entlang, als Albert mit raschen Schritten aus dem Haus kam.
»Eine Dame möchte Sie sprechen.«
»Eine Dame? Wer ist es?«
»Sie hat sich als Miss Mullins vorgestellt. Eine der Damen aus dem Dorf hat sie an Sie empfohlen.«
»Ach, natürlich«, rief Tuppence. »Es geht um den Garten, nicht?«
»Ja, sie hat ihn erwähnt.«
»Vielleicht holen Sie sie am besten her.«

»Jawohl, Madam«, sagte Albert, nun wieder ganz der allwissende Butler.
Er kehrte ins Haus zurück und erschien gleich darauf mit einer großen, männlich wirkenden Frau in Tweedhosen und einem grobgestrickten Fischerpullover.
»Ein kalter Wind heute morgen«, sagte sie.
Die Stimme war tief und ein wenig heiser.
»Ich bin Iris Mullins. Mrs. Griffin hat vorgeschlagen, mich mal bei Ihnen zu melden. Sie brauchen jemand für den Garten. Stimmt das?«
»Guten Morgen«, sagte Tuppence und reichte ihr die Hand. »Ich freue mich, Sie kennenzulernen. Ja, wir suchen jemand, der uns hilft.«
»Sind Sie gerade erst eingezogen?«
»Mir kommt es schon wie Jahre vor. Es sind nämlich erst jetzt alle Handwerker aus dem Haus.«
»Ach ja!« Miss Mullins lachte tief und rauh. »Ich kenne das! Es war klug von Ihnen, sofort einzuziehen und ihnen nicht das Feld zu überlassen. Es wird nie etwas fertig, wenn der Besitzer nicht im Haus wohnt. Selbst dann muß man sie meistens noch einmal holen, damit sie etwas reparieren, das sie vergessen haben. Übrigens haben Sie einen schönen Garten, nur etwas verwildert, nicht wahr?«
»Ja, die letzten Bewohner haben sich anscheinend wenig aus ihm gemacht.«
»Hießen sie nicht Jones? Ich glaube nicht, daß ich sie gekannt habe. Wissen Sie, ich bin die meiste Zeit auf der anderen Seite vom Dorf, auf der Moorseite. Ich habe dort zwei Kunden, beim einen arbeite ich zwei Tage, beim anderen einen Tag in der Woche. Im Grund reicht ein Tag nicht aus, alles in Ordnung zu halten. War bei Ihnen nicht der alte Isaac? So ein netter alter Mann! Ein Jammer, daß er von diesen jungen Rowdys erschlagen wurde, die jetzt überall Unruhe stiften. Die Untersuchung war schon vor einer Woche, nicht wahr? Die Täter sollen noch nicht gefunden worden sein. Sie sind immer zu mehreren, wenn sie die Leute überfallen. Ein unangenehmer Haufen! Je jünger, um so brutaler! Was für eine hübsche Magnolie Sie haben. Eine Soulangeana, nicht wahr? Das ist die schönste Sorte. Die Leute lieben mehr die exotischeren Arten, aber wenn es um Magnolien geht,

sollte man sich meiner Meinung nach an die alten Freunde halten.«
»Eigentlich brauchen wir jemand fürs Gemüse.«
»Ja, Sie wollen einen schönen Küchengarten haben, nicht wahr? Da scheint bisher nicht viel geschehen zu sein. Häufig verlieren die Leute den Mut und kaufen das Gemüse lieber, statt es selber zu ziehen.«
»Ich wollte immer schon Kartoffeln und Erbsen anbauen«, sagte Tuppence. »Und grüne Bohnen auch, dann hätten wir endlich mal junges Gemüse!«
»Da haben Sie Recht. Die meisten Gärtner sind so stolz auf ihre Bohnen, daß sie sie viel zu lange dranlassen. Sie meinen, eine Bohne muß einen Fuß groß sein, wenn sie bei der Gartenbauausstellung einen Preis erhalten soll. Wirklich gut schmeckt nur ganz junges Gemüse.«
In diesem Augenblick tauchte Albert aus dem Haus auf.
»Mrs. Redcliffe ist am Telefon, Madam«, sagte er. »Sie möchte wissen, ob Sie morgen Mittag zusammen essen?«
»Ach, bestellen Sie ihr, daß es mir sehr leid tut. Wahrscheinlich müssen wir nach London fahren. Oh – Albert, warten Sie einen Augenblick. Ich schreibe Ihnen ein paar Worte auf.«
Tuppence holte einen kleinen Block aus der Tasche, schrieb etwas darauf und reichte ihn Albert.
»Sagen Sie meinem Mann, daß Miss Mullins hier ist und wir im Garten sind. Ich habe vergessen, daß er mich um diese Adresse gebeten hatte, die er für den Brief braucht, den er gerade schreibt. Geben Sie sie ihm, bitte.«
»Gewiß, Madam«, sagte Albert und zog sich zurück.
Tuppence widmete sich wieder ihrer Besucherin.
»Sie sind sicher sehr eingespannt«, sagte sie fragend, »da Sie schon drei Tage in der Woche arbeiten.«
»Ja. Und wie ich schon sagte, ist es auf der anderen Seite des Orts. Ich wohne da auch, in einem kleinen alten Haus.«
In diesem Moment trat Tommy aus der Haustür. Hannibal begleitete ihn. Er rannte in großen Kreisen um ihn herum und erreichte Tuppence als erster. Er verharrte einen Augenblick und stürzte sich wütend bellend auf Miss Mullins. Sie trat erschrokken ein paar Schritte zurück.
»Das ist unser überall gefürchteter Hund«, stellte Tuppence

Hannibal vor. »Er beißt aber nicht, oder nur sehr selten. Im allgemeinen nur den Postboten.«
»Alle Hunde beißen die Postboten oder versuchen es wenigstens«, sagte Miss Mullins.
»Er ist ein ausgezeichneter Wachhund. Ein Manchester-Terrier, die sind besonders wachsam. Er beschützt unser Haus großartig. Er läßt niemand näher herankommen und paßt sehr genau auf mich auf. Offenbar betrachtet er sich als meinen Leibwächter.«
»Heutzutage scheint mir das sehr wichtig zu sein.«
»Ja, nicht wahr? Wo so viele Einbrüche geschehen. Bei einigen Freunden von uns ist schon eingebrochen worden. Manche Diebe sind sogar am hellen Tag eingedrungen. Sie stellen Leitern auf und heben Fensterrahmen aus, oder sie spielen den Fensterputzer – lauter solche Tricks. Darum finde ich es gut, wenn man weiß, daß ein bissiger Hund im Haus ist.«
»Ja, das leuchtet mir sehr ein.«
»Und dies ist mein Mann«, sagte Tuppence. »Darf ich dich mit Miss Mullins bekannt machen, Tommy? Mrs. Griffin hat ihr freundlicherweise gesagt, daß wir jemand für den Garten suchen.«
»Wird Ihnen die Arbeit nicht zu schwer sein, Miss Mullins?«
»Aber nein!« rief Miss Mullins mit ihrer tiefen Stimme. »Ich nehme es beim Umgraben mit jedem auf! Und richtiges Umgraben ist sehr wichtig. Man kann zum Beispiel die Erbsen nicht einfach nur anhäufeln, alles muß gut umgestochen und gedüngt sein. Der Boden braucht die richtige Vorbereitung. Sie ahnen gar nicht, was das für eine Rolle spielt!«
Hannibal hörte nicht auf zu bellen.
»Ich glaube, Tommy«, sagte Tuppence, »du solltest Hannibal lieber ins Haus bringen. Heute vormittag scheint er in einer etwas zu beschützerischen Laune zu sein.«
»Ja. Los, Hannibal!«
»Wollen Sie nicht hereinkommen?« sagte Tuppence zu Miss Mullins. »Möchten Sie was trinken? Es tut uns sicher gut, und wir können dabei besser planen.«
Hannibal wurde in die Küche gesperrt, und Miss Mullins nahm dankbar ein Glas Bristol Cream an. Nach einigen Vorschlägen und Gegenvorschlägen sah sie auf die Uhr und erklärte, sie müßte leider aufbrechen.

»Ich habe eine Verabredung, zu der ich nicht zu spät kommen darf«, sagte sie. Sie verabschiedete sich etwas überstürzt und eilte davon.
»Sie scheint in Ordnung zu sein«, meinte Tuppence.
»Offenbar!« antwortete Tommy. »Aber völlig sicher ist man nie.«
»Wir könnten uns über sie näher erkundigen«, schlug Tuppence zweifelnd vor.
»Du mußt nach dieser Tour durch den Garten müde sein. Wir verschieben unseren Ausflug von heute nachmittag besser auf ein andermal – der Arzt hat dir Ruhe verordnet.«

28

»Es ist also alles klar, Albert«, sagte Tommy.
Sie standen im Geschirraum; Albert spülte das Teegeschirr, das er gerade aus Tuppences Schlafzimmer heruntergeholt hatte.
»Ja, Sir«, sagte Albert. »Es ist alles klar.«
»Wissen Sie, ich glaube, Sie werden vorgewarnt werden – von Hannibal.«
»In mancher Hinsicht ist er ein braver Hund«, stellte Albert fest. »Er läßt sich nicht von jedem einwickeln.«
»Nein, das soll er auch nicht. Er gehört nicht zu der Sorte, die Einbrecher freundlich empfängt und die falschen Leute anwedelt. Hannibal kennt seine Pflichten. Habe ich Ihnen alles genau genug erklärt, oder haben Sie noch Fragen?«
»Nein. Nur weiß ich nicht, was ich machen soll, wenn Madam ... Soll ich auf ihre Wünsche eingehen oder sagen, was Sie mir erklärt haben, oder ...«
»Ich glaube, Sie müssen ziemlich diplomatisch sein. Ich sorge dafür, daß sie heute im Bett bleibt. Und damit überlasse ich sie mehr oder weniger Ihrer Obhut.«
Da klingelte es, und Albert ging öffnen. Ein jüngerer Mann in einem Tweedanzug stand vor der Tür.
Albert warf Tommy, der ihm gefolgt war, einen zweifelnden Blick zu. Der Besucher trat ein und lächelte freundlich.
»Mr. Beresford? Ich habe gehört, daß Sie einen Gärtner suchen. Sie sind erst kürzlich eingezogen, nicht wahr? Als ich die Auf-

fahrt heraufkam, fiel mir auf, daß sie ziemlich zugewachsen ist. Vor ein paar Jahren habe ich hier im Ort gearbeitet. Für Mr. Solomon – vielleicht haben Sie den Namen schon gehört.«
»Mr. Solomon? Ja, den hat neulich jemand erwähnt.«
»Mein Name ist Crispin, Angus Crispin. Wenn es Ihnen recht ist, könnten wir uns den Garten vielleicht mal ansehen?«

»Wird Zeit, daß was geschieht«, sagte Mr. Crispin, als Tommy mit ihm die Blumenbeete und den Gemüsegarten besichtigte. »Hier, beim Weg, wurde früher Spinat angepflanzt. Dahinter kamen Mistbeete. Übrigens hatten sie auch Melonen.«
»Sie scheinen sich gut auszukennen.«
»Ach, wissen Sie, es wird immer viel darüber geredet, was früher mal war. Alte Damen erzählen einem von schönen Blumenbeeten; und Alexander Parkinson hat sich mit seinen Freunden über Fingerhutblätter unterhalten.«
»Er muß ein ungewöhnlicher Junge gewesen sein.«
»Na ja, er besaß viel Phantasie und interessierte sich sehr für Verbrechen. Er schrieb eine Art Botschaft in ein Buch von Stevenson, in den *Schwarzen Pfeil*.«
»Eine sehr spannende Geschichte, nicht wahr? Ich habe sie erst vor fünf Jahren gelesen. Bis dahin war ich nie über *Entführt* hinausgelangt. Als ich damals hier arbeitete, bei ...« Er zögerte.
»Bei Mr. Solomon?« fragte Tommy.
»Ja, bei Mr. Solomon. Damals habe ich viel erzählt bekommen. Zum Beispiel vom alten Isaac. Wenn ich nicht falsch informiert bin, steuerte er auf die Hundert zu. Er hat auch bei Ihnen gearbeitet?«
»Ja«, bestätigte Tommy. »Für sein Alter war er sehr tüchtig. Er wußte wirklich viel und hat uns manches erzählt. Übrigens auch Dinge, die er nicht persönlich erlebt haben konnte.«
»Er hat gern von alten Zeiten geredet. Wissen Sie, daß noch Verwandte im Ort wohnen, die seine Erzählungen gehört und sogar auf ihre Echtheit geprüft haben? Wahrscheinlich haben Sie auch allerhand mitbekommen.«
»Bisher«, antwortete Tommy, »hat sich daraus lediglich eine Liste mit Namen ergeben. Namen aus der Vergangenheit, die mir natürlich nichts sagen. Wie sollten sie auch?«
»Sind es denn nur Gerüchte?«

»Meistens. Meine Frau hat sich fast alle Geschichten angehört und eine Liste darüber zusammengestellt. Ich weiß nicht, ob sich daraus etwas ergibt. Ich selber habe auch eine Liste. Um genau zu sein: erst seit gestern.«

»Ach? Und worum geht es?«

»Um die Volkszählung«, sagte Tommy. »Sie wissen, es hat damals eine Volkszählung stattgefunden. Ich habe mir das Datum notiert und gebe es Ihnen noch. Die Liste umfaßt die Namen der Leute, die am Stichtag in unserem Haus die Nacht verbrachten. Am Abend war eine große Gesellschaft.«

»Dann wissen Sie, wer an einem bestimmten Tag – vielleicht ein sehr interessantes Datum – hier war?«

»Ja.«

»Das könnte sehr wertvoll sein, sehr bedeutungsvoll. Sie sind erst vor kurzem hergezogen?«

»Ja.« Tommy nickte. »Es ist möglich, daß wir bald wieder gehen.«

»Gefällt es Ihnen nicht? Es ist ein schönes Haus, und der Garten – doch, der Garten könnte sehr hübsch aussehen. Was für herrliche Bäume! Sie müßten nur ausgelichtet werden, ein paar müßten verschwinden. Und einige Büsche auch, die lange nicht geblüht haben und ihrem Aussehen nach auch nicht mehr blühen werden. Wirklich, ich begreife nicht, warum Sie fortziehen sollten.«

»Die Verbindungen zur Vergangenheit wirken sich nicht sehr erfreulich aus«, sagte Tommy.

»Die Vergangenheit? Wieso?«

»Ach, man denkt immer, das ginge einen nichts an, es läge so weit zurück. Aber es bleibt immer jemand übrig. Ich meine jetzt nicht, daß er hier herumwandert, aber es gibt immer irgend jemand, der sozusagen lebendig wird, wenn die Leute von ihm oder ihr erzählen. Sagen Sie, haben Sie wirklich vor, bei uns . . .?«

»Im Garten zu arbeiten? Aber ja! Es macht mir großen Spaß. Es ist ein Hobby von mir. Ich gärtnere sehr gern.«

»Gestern hat sich eine gewisse Miss Mullins bei uns gemeldet.«

»Mullins? Mullins? Eine Gärtnerin?«

»So was Ähnliches. Eine Mrs. – ja, eine Mrs. Griffin hat sie meiner Frau empfohlen und hergeschickt.«

»Haben Sie mit ihr etwas Festes vereinbart?«

»Nein, nichts Endgültiges«, sagte Tommy. »Ein Hinderungsgrund war unser übereifriger Hund, ein Manchester-Terrier.«
»Ah, ja, die nehmen ihre Aufgabe oft sehr ernst. Vermutlich glaubt er, Ihre Frau ist sein Eigentum, und läßt sie praktisch nie allein. Er begleitet sie auf Schritt und Tritt.«
»Da haben Sie recht«, erwiderte Tommy. »Und er versucht, jeden zu zerfleischen, der sie nur anrührt.«
»Sehr gute Hunde. Anhänglich, treu, eigenwillig – und sehr scharfe Zähne. Ich werde mich wohl besser vor ihm in acht nehmen.«
»Im Moment ist keine Gefahr. Er ist im Haus.«
»Miss Mullins«, murmelte Crispin nachdenklich. »Ja, das ist interessant.«
»Warum?«
»Ach, ich glaube, weil sie – na, unter dem Namen kenne ich sie natürlich nicht. Ist sie zwischen fünfzig und sechzig?«
»Ja. Tweed und gesundes Landleben.«
»Das paßt. Sie hat Familie auf dem Land. Isaac hätte Ihnen vermutlich Näheres über sie erzählen können. Ich habe gehört, sie wohnt jetzt wieder hier. Aber sehr lange kann das noch nicht her sein. Hm. Die Dinge entwickeln sich, Mr. Beresford.«
»Ich vermute, daß Sie mehr über mein Haus wissen als ich.«
»Das glaube ich nicht. Isaac hätte Ihnen viel mehr erzählen können. Sicher, wie Sie sagen: alte Geschichten. Aber sein Gedächtnis war gut. Und die alten Leute reden viel; auch in diesen Rentnerklubs wird viel geredet. Sie schneiden gewaltig auf. Manche Geschichten sind erfunden, manche beruhen auf Tatsachen. Und Isaac, vermute ich, wußte zuviel.«
»Es ist ein Jammer um ihn«, sagte Tommy. »Ich würde es dem Täter gern heimzahlen. Er war ein netter alter Mann und hat uns auf jede Weise geholfen. Aber nun lassen Sie uns den Garten weiterbesichtigen.«

29

Albert klopfte an die Schlafzimmertür, als Tuppence »Herein« rief, öffnete er sie und streckte den Kopf ins Zimmer.
»Die Dame, die schon mal da war«, sagte er. »Miss Mullins. Sie möchte Sie gern einen Augenblick sprechen. Soviel ich verstanden habe, handelt es sich um den Garten. Ich habe gesagt, Sie wären im Bett und ich wüßte nicht, ob Sie heute empfangen.«
»Wie gewählt Sie sich ausdrücken, Albert«, sagte Tuppence. »Na gut: Ich empfange.«
»Ich wollte Ihnen gerade den Kaffee bringen.«
»Bringen Sie ihn ruhig, und eine zweite Tasse. Das ist alles. Er reicht doch für zwei?«
»O ja, Madam!«
»Fein. Bringen Sie ihn rauf, und stellen Sie ihn dort auf den Tisch. Dann holen Sie Miss Mullins.«
»Und Hannibal?« fragte Albert. »Soll ich ihn mitnehmen und in die Küche sperren?«
»Er mag nicht in die Küche gesperrt werden. Nein! Führen Sie ihn ins Badezimmer, und schließen Sie hinter ihm die Tür!«
Hannibal, der diese Behandlung als beleidigend empfand, ließ sich nur unwillig von Albert ins Bad schieben. Als sich die Tür hinter ihm schloß, bellte er ein paarmal laut und wütend.
»Sei still!« rief Tuppence. »Sei still!«
Hannibal fand sich bereit, das laute Bellen einzustellen. Er legte sich hin, streckte die Vorderpfoten aus und gab langgezogene Grolltöne von sich.
»Ach, Mrs. Beresford«, rief Miss Mullins beim Eintreten, »es tut mir so leid, wenn ich störe, aber ich dachte, Sie würden sich vielleicht gern mal dieses Gartenbuch ansehen. Es enthält viele Vorschläge, was man jetzt pflanzen soll. Auch ein paar sehr seltene und ausgefalllene Sträucher werden erwähnt. Übrigens wachsen sie in diesem Boden sehr gut, obwohl manche Leute behaupten . . . Oh, wie reizend! Ja, ich trinke gern eine Tasse Kaffee. Bitte, darf ich Ihnen einschenken? Wenn man im Bett liegt, ist das immer so umständlich. Ich dachte, vielleicht –« Miss Mullins sah zu Albert auf, der ihr zuvorkommend einen Stuhl heranrückte.
»Ist es Ihnen so recht?« fragte er.

»Ja, danke, sehr schön. Du meine Güte! Hat es eben nicht geklingelt?«
»Wird wohl der Milchmann sein«, sagte Albert. »Oder der Bote vom Laden. Es ist sein Vormittag. Wenn Sie mich bitte entschuldigen.«
Er verließ das Schlafzimmer und schloß die Tür hinter sich. Hannibal knurrte wieder.
»Das ist mein Hund«, erklärte Tuppence. »Er nimmt es übel, daß er uns nicht Gesellschaft leisten darf, aber er macht zuviel Lärm.«
»Nehmen Sie Zucker, Mrs. Beresford?«
»Ein Stück, bitte.«
Miss Mullins goß Kaffee ein. Tuppence sagte: »Keine Milch.«
Miss Mullins stellte die Tasse neben Tuppence ab und schenkte sich dann selbst ein.
Plötzlich verlor sie das Gleichgewicht, versuchte, sich an einem Tisch festzuhalten, und landete mit einem Schreckensruf auf den Knien.
»Haben Sie sich weh getan?« fragte Tuppence.
»Nein, nein, aber ich habe eine Vase zerbrochen. Ich bin mit dem Fuß hängen geblieben. Wie ungeschickt von mir! Und Ihre schöne Vase ist kaputt! Ach, meine liebe Mrs. Beresford, was müssen Sie von mir denken! Oh, glauben Sie mir, es war ein reines Versehen!«
»Aber natürlich«, sagte Tuppence freundlich. »Zeigen Sie mal her! Das ist nicht so schlimm. Es sind nur zwei Stücke. Die können wir wieder kitten. Den Sprung wird man kaum merken.«
»Es ist mir trotzdem schrecklich peinlich«, sagte Miss Mullins. »Sicher fühlen Sie sich nicht sehr wohl, und ich hätte nicht kommen sollen, aber ich wollte Ihnen unbedingt erzählen . . .«
Hannibal begann wieder zu bellen.
»Der arme kleine Hund«, sagte Miss Mullins. »Soll ich ihn rauslassen?«
»Lieber nicht. Manchmal ist kein Verlaß auf ihn.«
»Oh! Hat es schon wieder geklingelt?«
»Nein«, sagte Tuppence, »das ist das Telefon.«
»Soll ich vielleicht abnehmen?«
»Nein, das macht Albert. Wenn er mich braucht, gibt er Bescheid.«
In diesem Fall nahm Tommy unten den Hörer ab.

»Hallo?« sagte er. »Ja? Aha, ich verstehe. Wer? Hm – ja. So, einer von der Gegenseite? Ist das sicher? Ja. Wir sind auf alles vorbereitet. Vielen Dank.«
Er legte den Hörer auf und sah Mr. Crispin an.
»Eine Warnung?« fragte der.
»Ja.«
Tommy sah ihn immer noch unverwandt an.
»Manchmal ist es schwer zu wissen, wer der Freund und wer der Feind ist, nicht wahr?«
»Manchmal erfährt man es auch zu spät. ›Tor des Schicksals, Höhle des Unglücks‹ «, sagte Tommy.
Mr. Crispin betrachtete ihn überrascht.
»Entschuldigen Sie«, sagte Tommy, »aus irgendeinem Grund haben wir uns angewöhnt, andauernd Gedichte zu zitieren.«
»Das ist doch Flecker? Aus *Die Tore von Bagdad*, oder ist es *Die Tore von Damaskus*?«
»Ach, kommen Sie doch mit nach oben«, sagte Tommy. »Tuppence ruht sich nur aus. Sie ist weder krank noch sonst was. Nicht mal einen Schnupfen hat sie!«
»Ich habe Kaffee raufgebracht«, meldete Albert, der plötzlich auftauchte. »Und noch eine zweite Tasse für diese Miss Mullins, die mit einem Gartenbuch oder einem Katalog bei ihr ist.«
»Hm, ja«, sagte Tommy. »Es läuft wie am Schnürchen. Wo ist Hannibal?«
»Den habe ich ins Bad gesperrt.«
»Haben Sie die Tür sehr fest zugemacht? Sie wissen ja, daß er es nicht mag.«
»Nein, Sir. Ich habe es genau nach Ihren Anweisungen erledigt.«
Tommy ging die Treppe hinauf, gefolgt von Mr. Crispin, klopfte leise und trat ein. Im Bad bellte Hannibal noch einmal wütend los, dann sprang er gegen die Tür, das Schloß schnappte zurück, und er schoß ins Zimmer. Er warf einen Blick auf Mr. Crispin und stürzte sich mit voller Wucht und wütendem Knurren auf Miss Mullins.
»O je!« rief Tuppence. »O je!«
»Braver Hund, Hannibal«, lobte Tommy. »Braver Hund! Finden Sie nicht auch?«
Er sah Mr. Crispin an.
»Er kennt seine Feinde, nicht wahr? Und *Ihre* Feinde.«

»O je!« rief Tuppence noch einmal. »Hat Hannibal Sie gebissen?«
»Ziemlich unangenehm«, antwortete Miss Mullins, stand auf und warf einen wütenden Blick auf Hannibal.
»Es ist schon das zweite Mal, nicht wahr?« fragte Tommy. »Er hat Sie bereits aus dem Pampasgras gejagt.«
»Ja, er kennt seine Leute«, meinte Mr. Crispin. »Das mußt du doch zugeben, liebe Dodo? Wie lange wir uns nicht mehr gesehen haben, was, Dodo?«
Miss Mullins blickte von Tuppence zu Tommy und dann zu Mr. Crispin.
»Oder heißt du jetzt Mullins«, fragte Crispin. »Tut mir leid, ich bin nicht ganz auf dem Laufenden. Bist du verheiratet, oder nennst du dich nur so?«
»Ich bin Iris Mullins. Das war ich immer schon.«
»Ach, ich dachte, du wärst Dodo. Ich kenne dich nur als Dodo. Tja, meine Liebe, ich glaube . . . So nett es ist, dich wiederzusehen, so sollten wir jetzt rasch gehen. Trink deinen Kaffee aus! Es ist Ihnen sicher recht, Mrs. Beresford? Es war mir eine Freude, Sie kennenzulernen. Nur, wenn ich Ihnen einen Rat geben darf, trinken Sie *Ihre* Tasse lieber nicht aus.«
»Ach, lassen Sie mich Ihnen die Tasse abnehmen.«
Miss Mullins drängte sich vor. Im selben Augenblick stand Crispin zwischen ihr und Tuppence.
»Nein, liebe Dodo«, sagte er, »das würde ich lassen. Die Tasse möchte ich gern haben. Sie gehört ins Haus, weißt du, und natürlich wäre es reizvoll, den Inhalt genau analysieren zu lassen. Vielleicht hast du etwas mitgebracht, wie? Es ist so leicht, ein Pülverchen hineinzutun, wenn du die Tasse einer Kranken – oder sagen wir –, der nicht so kranken Mrs. Beresford reichst.«
»Ich habe nichts getan, bestimmt nicht! Oh, bitte, rufen Sie den Hund zurück!«
Hannibal gab zu erkennen, daß er sie gern die Treppe hinuntergejagt hätte.
»Er möchte Sie hinausbegleiten«, sagte Tommy. »Das ist eine Eigenart von ihm. Am liebsten beißt er die Leute, wenn sie durch die Haustür treten. Ah, Albert, da sind Sie! Ich hatte gehofft, daß Sie vor der anderen Tür stehen würden. Haben Sie zufällig bemerkt, was passiert ist?«
Albert blickte durch die Tür zum Ankleidezimmer herein.

»Ich habe es genau gesehen. Ich habe sie durch den Spalt bei der Türangel beobachtet. Ja. Sie hat was in die Tasse getan. Sehr geschickt. Fast wie ein Zauberkünstler, aber ich habe es bemerkt!«
»Ich begreife nicht, was Sie wollen«, sagte Miss Mullins. »Oh, jetzt muß ich aber gehen, wirklich! Ich habe eine Verabredung. Es ist sehr wichtig.«
Sie schoß aus dem Schlafzimmer und rannte die Treppe hinunter. Hannibal blickte auf und raste hinterher. Mr. Crispin sah keineswegs feindselig aus, machte sich aber ebenfalls eilig an die Verfolgung.
»Hoffentlich ist sie eine gute Läuferin«, meinte Tuppence, »sonst holt Hannibal sie ein. Na, haben wir nun einen guten Wachhund oder nicht?«
»Tuppence, das eben war Mr. Crispin, den uns Mr. Solomon geschickt hat. Er kam gerade im richtigen Augenblick, nicht wahr? Ich glaube, er hat sich im Hintergrund gehalten, um abzuwarten, was geschehen würde. Übrigens, paß auf die Tasse auf und schütte den Kaffee nicht weg! Wir müssen eine Flasche suchen und ihn abfüllen. Er soll untersucht werden, damit wir erfahren, was Miss Mullins hineingetan hat. So, und dann zieh deinen schönsten Morgenrock an, Tuppence, und komm ins Wohnzimmer hinunter. Heute gibt's vor dem Mittagessen einen Cocktail.«

»Und nun«, sagte Tuppence, »werden wir wohl nie erfahren, was das Ganze bedeutet und worum es eigentlich geht.«
Sie schüttelte in tiefer Mutlosigkeit den Kopf, stand auf und trat zum Kamin.
»Willst du Holz nachlegen?« fragte Tommy. »Laß mich das tun. Du sollst dich noch schonen.«
»Mein Arm ist wieder ganz intakt«, antwortete Tuppence. »Man könnte ja glauben, ich hätte ihn mir gebrochen. Es war nur eine größere Schramme.«
»Untertreibe nicht! Schließlich war es eine Schußwunde. In der Schlacht verwundet.«
» ›Schlacht‹ ist gar kein so schlechter Vergleich. Wirklich.«
»Immerhin finde ich, daß wir mit der Mullins glänzend fertig geworden sind«, stellte Tommy fest.
»Hannibal hat sich hervorragend geschlagen, nicht?«
»Ja.« Tommy nickte. »Er hat es uns verraten, ganz eindeutig! Als

er sich auf das Pampasgras stürzte. Er ist nur seiner Nase gefolgt. Sie ist einfach ausgezeichnet!«

»Mich hat meine Nase leider nicht gewarnt«, sagte Tuppence. »Ich habe Miss Mullins Erscheinen als ein Geschenk des Himmels begrüßt und hatte tatsächlich völlig vergessen, daß wir nur eine Hilfe einstellen sollten, die bei Mr. Solomon gearbeitet hatte. Hat dir Mr. Crispin noch mehr erzählt? Vermutlich heißt er gar nicht Crispin.«

»Wahrscheinlich nicht.«

»Sollte er hier auch herumschnüffeln? Ich finde, es ist beinahe des Guten ein bißchen zuviel.«

»Nein, schnüffeln sollte er wohl nicht«, sagte Tommy. »Ich glaube, er war nur aus Sicherheitsgründen hier, um auf dich aufzupassen.«

»Und auf dich bestimmt auch! Wo ist er jetzt?«

»Ich vermute, er kümmert sich um Miss Mullins.«

»Ja. Übrigens ist es verblüffend, wie hungrig einen solche Aufregungen machen. Ich werde geradezu verfressen. Weißt du, daß ich mir im Augenblick nichts Schöneres vorstellen kann als heiße Krebse mit einer zarten Currysahnesauce?«

»Dann bist du wieder gesund, Tuppence. Es erfreut mich sehr, dich in diesem Ton vom Essen reden zu hören.«

»Ich war nie krank«, erwiderte Tuppence. »Ich war verwundet. Das ist was ganz anderes.«

»Dir muß doch – genau wie mir – klargeworden sein, daß Hannibal mit dem Feind im Pampasgras nur Miss Mullins gemeint haben konnte, die sich als Mann verkleidet dort versteckt hatte und auf uns schoß.«

»Aber wir erwarteten ja auch, daß sie es noch mal versuchen würde«, sagte Tuppence. »Ich lag wegen der Verletzung im Bett, und wir trafen entsprechende Vorbereitungen. Oder etwa nicht, Tommy?«

»Stimmt genau. Schließlich mußte sie ja bald dahinterkommen, daß eine ihrer Kugeln getroffen hatte und du im Bett lagst.«

»Und dann eilte sie voll schwesterlichem Mitgefühl an mein Krankenlager.«

»Und unsere Vorbereitungen ließen wirklich nichts zu wünschen übrig«, stellte Tommy fest. »Albert hat sie genau bewacht; er beobachtete jeden Schritt von ihr, die kleinste Regung . . .«

»Und er brachte mir das Tablett mit dem Kaffee und der zweiten Tasse für sie.«
»Hast du gesehen, ob die Mullins – oder Dodo, wie Crispin sie nannte – etwas in deine Tasse tat?«
»Nein. Ich muß zugeben, ich habe es nicht bemerkt. Weißt du, sie schien zu stolpern und warf dabei den kleinen Tisch mit unserer schönen Vase um; dann entschuldigte sie sich umständlich, und natürlich habe ich nur die Vase angesehen und überlegt, ob sie sich kitten läßt. Sie selbst habe ich nicht beobachtet.«
»Das tat Albert dafür um so genauer. Er hatte den Spalt an der Türangel ein wenig vergrößert.«
»Es war auch eine glänzende Idee, Hannibal im Bad einzusperren und die Tür nicht ganz zu schließen. Wir wissen ja, wie geschickt er sie öffnen kann. Natürlich nicht, wenn das Schloß ordentlich eingeklinkt ist, aber wenn auch nur ein kleiner Spielraum da ist, macht er einen großen Satz und stürzt wie ein – wie ein Tiger – ins Zimmer.«
»Ja, das ist ein guter Vergleich«, sagte Tommy.
»Und nun hat unser sogenannter Mr. Crispin seine Untersuchungen vermutlich abgeschlossen. Wobei mir nicht klar ist, wie er Miss Mullins mit Mary Jordan oder mit einem so gefährlichen Mann wie Jonathan Kane in Verbindung bringen will, der längst der Vergangenheit angehört.«
»Ich glaube nicht, daß er nur in der Vergangenheit existiert. Es könnte sehr gut eine Neuauflage von ihm geben, eine Wiedergeburt, wenn du so willst. Es gibt viele Nachfolger, Freunde der Gewalt, der Gewalt um jeden Preis, und dann die Superfaschisten, die sich nach den großartigen Zeiten von Hitler und seinen feinen Freunden zurücksehnen.«
»Ich habe gerade *Graf Hannibal* von Stanley Weyman gelesen«, sagte Tuppence. »Es ist eine seiner besten Geschichten. Es stand oben bei Alexanders Büchern.«
»Und weiter?«
»Ach, ich dachte, daß sich seither gar nicht viel geändert hat. Es bleibt sich alles gleich. Die vielen armen Kinder, die so begeistert zum Kinderkreuzzug aufgebrochen sind. Die glaubten, von Gott zur Befreiung Jerusalems ausersehen zu sein und daß das Meer sich vor ihnen teilen würde – wie weiland bei Moses in der Bibel – und sie hindurchschreiten könnten. Heute sind es die vielen

hübschen Mädchen und jungen Männer, die vor Gericht stehen, weil sie einen armseligen alten Mann oder eine alte Frau niedergeschlagen haben, die ein bißchen Geld hatten. Es gab ja auch mal das Massaker einer Bartholomäusnacht. Verstehst du, es wiederholt sich alles! Sogar diese Neofaschisten sind neulich im Zusammenhang mit einer hochgeachteten Universität genannt worden. Ach, ja, vermutlich wird uns nie jemand etwas Genaues erzählen können. Glaubst du wirklich, daß Mr. Crispin mehr über dieses geheimnisvolle Versteck herausfindet? Wie wär's mit einem Brunnen? Bankräuber verstecken ihre Beute oft in Brunnen. Obwohl ich finde, daß es ein viel zu feuchter Ort ist. Was glaubst du, wird er wiederkommen, wenn er seine Ermittlungen beendet hat, und weiter auf uns aufpassen?«

»Ich brauche keinen Aufpasser!« sagte Tommy.

»Sei nicht so arrogant!«

»Ich nehme an, er wird herkommen, um sich zu verabschieden.«

»Ja. Er hat gute Manieren, findest du nicht auch?«

»Er wird sich vergewissern wollen, daß es dir wieder gutgeht.«

»Ich bin nur ›verwundet‹, und darum kümmert sich der Doktor.«

»Nebenbei ist mir aufgegangen, daß es ihm mit seiner Leidenschaft für den Garten ernst ist«, meinte Tommy. »Er hat tatsächlich bei einem Freund gearbeitet, der zufällig der seit einigen Jahren verstorbene Mr. Solomon war. Natürlich ist das eine glänzende Tarnung. Er kann es immer gefahrlos erwähnen, weil die Leute hier wissen, daß es stimmt. So fällt weniger Verdacht auf ihn.«

»Ja, in seinem Beruf muß man an alles denken«, sagte Tuppence.

Es klingelte an der Haustür, und Hannibal stürzte aus dem Zimmer, um jeden Eindringling zu töten, der das Heiligtum zu betreten wagte, dessen Schutz ihm übertragen worden war. Tommy kam mit einem Brief zurück.

»Er ist an uns beide adressiert, soll ich ihn aufmachen?«

»Ja, natürlich.«

Er riß den Umschlag auf.

»Na«, sagte er dann, »das sind gute Zukunftsaussichten.«

»Was ist es?«

»Eine Einladung von Mr. Robinson. Wir sollen übernächste Woche zum Abendessen kommen. Er hofft, daß du bis dahin wieder ganz gesund und dein altes, strahlendes Selbst bist. In sein Land-

haus, in Sussex.«
»Ob er uns dann was erzählt, Tommy?«
»Das halte ich für möglich.«
»Soll ich meine Liste mitnehmen? Inzwischen weiß ich sie auswendig.«
Sie begann sie aufzuzählen:
»*Schwarzer Pfeil*, Alexander Parkinson, Oxford und Cambridge, viktorianische Porzellanstühle, Grin-hen-lo, *Ka-Ka*, Mathildes Bauch, Kane, Wahreliebe . . .«
»Hör auf!« rief Tommy. »Es klingt völlig verrückt!«
»Ist es auch. Glaubst du, daß noch jemand eingeladen ist?«
»Vielleicht Oberst Pikeaway.«
»In diesem Fall«, sagte Tuppence, »stecke ich lieber Hustenbonbons ein. Auf Mr. Robinson bin ich wirklich neugierig. Ich glaube einfach nicht, daß er so fett und gelb ist, wie du behauptest. Oh! Tommy, ist das nicht die Woche, in der Deborah uns die Kinder bringen will?«
»Nein«, antwortete Tommy, »das ist schon am nächsten Wochenende.«
»Na, Gott sei Dank, dann ist ja alles in Ordnung.«

30

»War das nicht ein Wagen?«
Tuppence lief zur Haustür und spähte freudig erregt die Auffahrt hinunter. Sie erwartete ihre Tochter Deborah mit den drei Kindern.
Albert tauchte an der Küchentür auf.
»Sie können noch nicht hier sein. Nein, das war der Lieferwagen vom Lebensmittelhändler, Madam. Sie werden es nicht glauben – die Eier sind schon wieder teurer geworden. *Die* Regierung wähle ich nicht noch mal, bestimmt nicht! Diesmal setze ich auf die Liberalen.«
»Soll ich kommen und mich um die Rhabarber- und Erdbeergrütze kümmern, Albert?«
»Sie ist schon fertig, Madam. Ich habe Ihnen so oft zugesehen, daß ich genau weiß, wie es geht.«

»Sie werden es noch zum Chefkoch bringen, Albert. Es ist Janets Lieblingsnachtisch.«
»Ja, und einen Sirupkuchen habe ich auch gemacht. Der ist besonders für Andrew.«
»Sind die Zimmer fertig?«
»Ja. Mrs. Shacklebury ist heute sehr zeitig gekommen. Ich habe die Sandelholzseife von Guerlain in Miss Deborahs Bad gelegt. Es ist ihre Lieblingsseife.«
Tuppence atmete erleichtert auf und war nun ganz sicher, daß alles für die Ankunft ihrer Familie bereit war.
In der Ferne hörte sie ein Hupsignal, und ein paar Minuten später bog der Wagen um die Kurve der Auffahrt. Tommy saß am Steuer. Gleich darauf standen die Gäste auf der Schwelle – Tochter Deborah, eine schöne Frau von fast vierzig Jahren, dann Andrew, fünfzehn, Janet, elf, und Rosalie, sieben.
»Hallo, Oma!« rief Andrew.
»Wo ist Hannibal?« fragte Janet.
»Ich möchte Tee trinken!« sagte Rosalie und sah aus, als bräche sie gleich in Tränen aus.
Es gab die übliche große Begrüßungsszene. Albert kümmerte sich um das Ausladen der Familienschätze, zu denen ein Wellensittich, ein Glas mit Goldfischen und ein Hamster in einem Häuschen gehörten.
»Das ist also euer neues Haus«, sagte Deborah und umarmte ihre Mutter. »Es gefällt mir! Es gefällt mir sehr.«
»Können wir in den Garten gehen?« fragte Janet.
»Nach dem Tee«, sagte Tommy.
»Ich möchte Tee trinken«, wiederholte Rosalie. Auf ihrem Gesicht stand deutlich zu lesen: Alles der Reihe nach.
Sie gingen ins Eßzimmer, wo der Tisch gedeckt war mit allem, was das Herz begehrte.
»Schöne Geschichten, die man über dich zu hören bekommt, Mutter«, sagte Deborah, als sie später wieder im Freien waren. Die Kinder rannten umher und erforschten den Garten, in Gesellschaft von Tommy und Hannibal, der sich ein solches Vergnügen nicht entgehen ließ.
Deborah, die mit ihrer Mutter immer sehr streng war, weil sie glaubte, man müßte auf sie besonders gut aufpassen, fragte: »Was hast du gemacht?«

»Ach, wir haben uns schon ganz gut eingerichtet.«
Deborah wirkte wenig überzeugt.
»Du hast doch irgend etwas angestellt. Habe ich nicht recht, Vater?«
Tommy kam mit Rosalie auf dem Rücken angetrabt. Janet warf begeisterte Blicke über ihren neuen Spielplatz, und Andrew betrachtete den Garten mit dem Gehabe eines unbeeindruckten Erwachsenen.
»Du hast wieder was angestellt«, wiederholte Deborah angriffslustig. »Du hast Mrs. Blenkensop gespielt. Wirklich, du bist unverbesserlich! N. und M. feiern Auferstehung. Derek hat es auch schon gehört und mir deshalb geschrieben.« Sie nickte energisch, als sie den Namen ihres Bruders erwähnte.
»Derek – was kann der schon wissen?« fragte Tuppence.
»Derek erfährt immer alles!« erklärte Tommy.
»Und du?« Jetzt ging Deborah auf ihren Vater los. »Du hast dich auch wieder in so was eingelassen! Ich hatte geglaubt, ihr wärt hergezogen, um euch friedlich zur Ruhe zu setzen und das Leben zu genießen.«
»Das hatten wir auch vor«, erwiderte Tommy, »aber das Schicksal hat es anders gewollt.«
»›Tor des Schicksals‹«, begann Tuppence, »›Höhle des Unglücks, Festung der Angst . . .‹«
»Flecker«, sagte Andrew und genoß es, sein Wissen zur Schau stellen zu können. Er schwärmte für Lyrik und wollte einmal ein Dichter werden. Er sagte die ganze Strophe her:

»›Vier große Tore hat die Stadt Damaskus.
Tor des Schicksals, Wüstentor, Höhle des Unglücks,
Festung der Angst.
Ziehe nicht darunter durch, Karawane,
nicht singend . . . hörst du die Stille,
die toten Vögel schweigen, und dennoch etwas
wie ein Vogel singt?‹«

In merkwürdiger Übereinstimmung flog plötzlich ein Schwarm Vögel vom Dach auf.
»Was sind das für Vögel, Oma?« fragte Janet.
»Schwalben, die sich auf den Weg in den Süden machen.«

»Kommen sie nie mehr zurück?«
»Doch, im nächsten Sommer.«
»Und dann fliegen sie durch das ›Tor des Schicksals‹!« sagte Andrew voll Selbstzufriedenheit.
»Unser Haus hieß mal *Schwalbennest*«, sagte Tuppence.
»Aber ihr wollt nicht bleiben, nicht?« fragte Deborah. »Vater hat geschrieben, ihr sucht nach einem neuen Haus.«
»Warum?« fragte Janet, die Wißbegierige der Familie. »Mir gefällt es!«
»Ich kann dir ein paar Gründe nennen«, sagte Tommy, zog ein Blatt Papier aus der Tasche und begann vorzulesen:

»*Schwarzer Pfeil*
Alexander Parkinson
Oxford und Cambridge
Viktorianische Porzellanstühle
Grin-hen-lo
Ka-Ka
Mathildes Bauch
Kane
Wahreliebe.«

»Willst du wohl still sein, Tommy! Das ist meine Liste! Sie geht dich nichts an«, sagte Tuppence.
»Was bedeutet es denn?« fragte Janet. Sie konnte sehr hartnäckig sein.
»Es hört sich wie aus einem Kriminalroman an«, sagte Andrew, der in seinen weniger poetischen Stunden diese Art der Lektüre bevorzugte.
»Es ist eine Liste von Hinweisen. Und es ist der Grund, warum wir ein neues Haus suchen«, erwiderte Tommy.
»Mir gefällt es hier«, wiederholte Janet. »Ich finde es wunderschön.«
»Es ist ein hübsches Haus«, erklärte Rosalie. »Soviele Schokoladenkekse«, fügte sie in Erinnerung an den beladenen Teetisch hinzu.
»Ich mag es«, verkündete Andrew, als wäre er der Zar von Rußland.
»Warum gefällt es dir nicht, Oma?« fragte Janet.

»Aber ich mag es doch!« rief Tuppence in plötzlicher Begeisterung. »Ich möchte hier leben – hier bleiben.«
»*Tor des Schicksals*«, schlug Andrew vor. »Das wäre ein aufregender Name.«
»Es hieß einmal *Schwalbennest*«, sagte Tuppence. »Wir können es wieder so taufen.«
»So viele Hinweise«, sagte Andrew. »Daraus könntest du eine Geschichte machen – ein ganzes Buch schreiben . . .«
»Zuviele Namen, zu kompliziert«, erklärte Deborah. »Wer will so ein Buch lesen?«
»Du würdest staunen«, sagte Tommy, »wenn du wüßtest, was die Leute alles lesen – und auch noch schön finden!«
Tommy und Tuppence sahen sich an.
»Kann ich morgen ein bißchen Farbe bekommen?« fragte Andrew. »Vielleicht besorgt Albert welche und hilft mir. Wir malen den neuen Namen ans Gartentor.«
»Und dann wissen die Schwalben, daß sie im nächsten Sommer zurückkehren können«, sagte Janet.
»Gar keine schlechte Idee«, erklärte Deborah.
»*La Reine le veult* – die Königin hat gesprochen.« Tommy verbeugte sich vor seiner Tochter, die es für ihr Vorrecht hielt, alle Familienprobleme in letzter Instanz zu entscheiden.

31

»Was für ein köstliches Essen es war«, sagte Tuppence und ließ ihren Blick in die Runde schweifen.
Sie hatten das Eßzimmer verlassen und sich in der Bibliothek um einen niedrigen Kaffeetisch versammelt. Es gab Brandy und Likör.
Mr. Robinson – genau so gelb und noch umfangreicher, als Tuppence ihn sich vorgestellt hatte – goß aus einer großen, schönen Kanne aus der Zeit George II. Kaffee ein. An seiner Seite saß Mr. Crispin, der hier offenbar unter dem Namen Horsham bekannt war. Oberst Pikeaway saß neben Tommy, der ihm, ziemlich zögernd, eine Zigarette angeboten hatte.
Pikeaway drückte sein Erstaunen aus und sagte: »Aber ich rau-

che nie nach dem Abendessen!«
Miss Collodon, die auf Tuppence einen ziemlich furchterwekkenden Eindruck machte, rief: »In der Tat, Oberst? Das ist sehr, sehr interessant!« Sie wandte sich an Tuppence: »Was haben Sie für einen wohlerzogenen Hund, Mrs. Beresford!«
Hannibal, der unter dem Tisch lag und den Kopf auf dem Fuß seiner Herrin ruhen ließ, sah mit trügerischem, lammfrommen Blick auf und bewegte leicht den Schwanz.
»Nach allem, was ich gehört habe, soll er sehr scharf sein.« Mr. Robinson warf einen erheiterten Blick auf Tuppence.
»Sie sollten ihn mal in Aktion sehen!« Das war Mr. Crispin, alias Horsham.
»Oh, wenn er zum Essen eingeladen ist, benimmt er sich sehr manierlich«, erklärte Tuppence. »Er genießt es und kommt sich wie ein feiner Hund bei den oberen Zehntausend vor.« Sie sah Mr. Robinson an. »Es war wirklich ganz reizend von Ihnen, daß Sie ihm eine Einladung geschickt und ihn mit Leber bewirtet haben. Es ist sein Lieblingsgericht.«
»Alle Hunde mögen Leber«, behauptete Mr. Robinson. »Ich habe gehört –«, er sah Mr. Crispin an, »daß ich bei einem Besuch im Hause von Mr. und Mrs. Beresford in Stücke gerissen werden könnte.«
»Hannibal ist äußerst pflichtbewußt«, erklärte Mr. Crispin. »Er ist ein glänzend abgerichteter Wachhund, und das vergißt er nie.«
»Daß Sie als Abwehrmann seine Gefühle sehr gut verstehen, ist selbstverständlich.«
Mr. Robinson zwinkerte.
»Sie und Ihr Mann haben uns hervorragende Dienste geleistet, Mrs. Beresford«, sagte er dann. »Wir sind in Ihrer Schuld. Oberst Pikeaway hat mir erzählt, daß Sie die ganze Sache in Gang gebracht haben.«
»Ach, das ist einfach passiert«, meinte Tuppence verlegen. »Ich . . . ja, ich war nur neugierig. Ich wollte Klarheit haben!«
»Ja, so habe ich es auch aufgefaßt. Und jetzt empfinden Sie vermutlich eine ebenso natürliche Neugier für die Hintergründe dieser Affäre?«
Tuppence wurde immer verlegener und ihre Antwort geriet ziemlich unzusammenhängend.

»Oh – ja, natürlich – ich meine, es ist mir klar, daß alles sehr geheim ist – es soll nicht darüber geredet werden – und daß wir keine Fragen stellen sollen –, weil Sie uns nichts erzählen dürfen. Das sehe ich natürlich ein.«
»Aber *ich* hätte gern eine Frage gestellt. Wenn Sie sie beantworten, machen Sie mir eine sehr große Freude.«
Tuppence sah ihn erstaunt an.
»Ich kann mir nicht vorstellen . . .« Sie schwieg.
»Sie haben eine Liste – das weiß ich von Ihrem Mann. Er hat mir nicht verraten, was darauf steht. Das ist durchaus korrekt. Sie ist Ihr privates Eigentum. Aber mir geht es wie Ihnen! Ich leide an Neugier.«
Wieder zwinkerte er. Plötzlich entdeckte Tuppence, daß sie ihn gern mochte.
Sie schwieg kurze Zeit, dann hustete sie und begann, in ihrer Abendtasche zu kramen.
»Es ist furchtbar albern«, sagte sie. »Es ist sogar mehr als albern, es ist verrückt!«
Mr. Robinson reagierte ziemlich unerwartet. »›Wahn, Wahn, überall Wahn!‹ Das singt Hans Sachs, in den *Meistersingern*, meiner Lieblingsoper. Wie recht er hat!«
Er nahm das Blatt Papier, das sie ihm reichte.
»Lesen Sie es ruhig vor, wenn Sie wollen«, sagte Tuppence. »Es macht mir wirklich nichts aus!«
Mr. Robinson warf einen Blick darauf und reichte es an Crispin weiter.
»Angus, Sie können so was besser als ich.«
Mr. Crispin nahm die Liste und las mit wohlklingender und klarer Stimme:

»*Schwarzer Pfeil*
Alexander Parkinson
Oxford und Cambridge
Viktorianische Porzellanstühle
Grin-hen-lo
Ka-Ka
Mathildes Bauch
Kane
Wahreliebe.«

Er schwieg und sah seinen Gastgeber an, der sich wieder an Tuppence wandte:
»Meine Liebe«, sagte er, »ich darf Ihnen gratulieren. Sie müssen eine ganz ungewöhnliche Kombinationsgabe besitzen; um von diesen Stichworten zu den Dingen zu kommen, die Sie schließlich entdeckt haben.«
»Tommy hat sehr intensiv mitgearbeitet«, sagte Tuppence.
»Weil mir nichts anderes übrigblieb«, ergänzte Tommy.
»Er hat hervorragend recherchiert«, lobte Pikeaway.
»Das Datum der Volkszählung war ein ausgezeichneter Ansatzpunkt.«
»Sie sind ein begabtes Paar«, sagte Mr. Robinson. Er sah wieder Tuppence an und lächelte. »Ich nehme an, daß Sie, obwohl Sie sich jeder indiskreten Neugier enthalten haben, immer noch wissen möchten, um was es sich handelte?«
»Ach!« rief Tuppence. »Wollen Sie uns wirklich Genaueres erzählen? Das ist großartig!«
»Ein Anfang waren, wie Sie richtig vermuteten, die Parkinsons«, erklärte Mr. Robinson. »Also eine weit zurückliegende Zeit. Meine Großmutter war eine geborene Parkinson. Einiges habe ich von ihr erfahren ... Die junge Frau, die sich Mary Jordan nannte, arbeitete für den englischen Geheimdienst. Sie hatte Kontakte zur Marine. Ihre Mutter war Österreicherin, daher sprach sie fließend Deutsch.
Vielleicht wissen Sie – Ihr Mann weiß es mit Sicherheit –, daß bestimmte Dokumente unserer Behörde in Kürze zur Veröffentlichung freigegeben werden. Politische Kreise sind nämlich heute der Ansicht, daß Geheimhaltung, so nötig sie in gewissen Augenblicken auch sein mag, nicht für unbegrenzte Zeit gültig sein darf. In unseren Archiven existieren Unterlagen, die als Dokumente zur Zeitgeschichte unseres Landes veröffentlicht werden sollen. In den nächsten zwei Jahren werden also drei bis vier historische Werke erscheinen, deren Glaubwürdigkeit durch diese Dokumente belegt ist.
Die Ereignisse um das *Schwalbennest*, wie Ihr Haus damals hieß, finden darin mit Sicherheit Erwähnung.
Damals hat es Verrat gegeben – in Kriegszeiten gibt es immer Fälle von Verrat, auch vor dem möglichen Ausbruch eines Krieges. Es gab angesehene Politiker, die über jeden Verdacht erha-

ben schienen. Es gab den einen oder anderen bekannten Journalisten, der seinen enormen Einfluß unklug einsetzte. Und es gab Männer, die sogar schon vor dem Ersten Weltkrieg gegen ihr Land arbeiteten. Nach ihnen kamen junge Männer von den Universitäten, die glühende Bewunderer und oft aktive Mitglieder der kommunistischen Partei waren, ohne daß es jemand ahnte. Und – was sich noch gefährlicher auswirkte – es kam der Faschismus in Mode; ein fortschrittliches Programm mit dem Ziel einer späteren Vereinigung mit Hitler wurde propagiert.
Und so weiter! Eine Skizze dessen, was im Hintergrund geschah. Ähnliches ist in der Geschichte schon früher vorgekommen. Zweifellos wird es auch wieder passieren: Eine Fünfte Kolonne, die aktiv und gefährlich ist, von Leuten geleitet, die an ihre Ziele glauben – oder von Gewinn und Macht träumen. Oh, vieles wird höchst interessant zu lesen sein! Wie oft mag schon jemand im besten Glauben gesagt haben: ›Der alte B. ein Verräter? Unsinn! Der ist absolut vertrauenswürdig!‹
Der uralte Trick! Die alte Geschichte, immer nach demselben Muster.
In der Wirtschaft, beim Militär, im politischen Leben – immer ist es der Kerl mit dem ehrlichen Gesicht, bei dem man nicht anders kann, als ihn zu schätzen und ihm zu vertrauen, erhaben über jeden Verdacht. Jemand, der für diesen Beruf geboren ist wie der Mann, der einem vor dem ›Ritz‹ einen falschen Goldbarren andreht.
Das Dorf, in dem Sie jetzt wohnen, Mrs. Beresford, war vor dem Ersten Weltkrieg die Zentrale einer gewissen Gruppe – ein so reizender, altmodischer Ort! Immer haben dort nette Leute gewohnt, patriotische Leute, die im Krieg ihrem Land dienten, wo sie konnten. Es gibt einen guten Marinehafen, und es gab damals einen flotten Kapitän aus angesehener Familie ... Sein Vater war Admiral. Außerdem einen tüchtigen Arzt, der bei den Patienten sehr beliebt war. Doch kaum jemand ahnte, daß er eine Spezialausbildung in chemischen Kampfwaffen hatte, im Umgang mit Giftgasen.
Und später, vor dem Zweiten Weltkrieg, bezog dieser Mr. Kane von Ihrer Liste, Mrs. Beresford, ein hübsches strohgedecktes Haus beim Hafen. Er hatte bestimmte politische Ideale – nicht den Faschismus, oh, nein! Nur Frieden über alles, um die Welt zu

retten –, Ideen, die sich sehr rasch auf dem Kontinent ausbreiteten, aber auch in zahlreichen anderen Ländern der Erde.
Das alles wollen Sie im Grunde gar nicht wissen, Mrs. Beresford, trotzdem sollten Sie den Hintergrund kennen, der so sorgsam ausgewählt wurde. Denn hierher schickte man Mary Jordan – um Tatsachen zu sammeln.
Es war vor meiner Zeit. Als ich später ihre Geschichte hörte, habe ich sie sehr bewundert. Ich hätte sie gern gekannt. Sie besaß Charakter und Persönlichkeit.
Zwar hieß sie mit Vornamen Mary, aber sie wurde allgemein Molly genannt. Sie war intelligent und tüchtig. Eine Tragödie, daß sie so jung sterben mußte!«
Tuppence hatte ein Bild an der Wand betrachtet, das ihr vertraut erschien, die Zeichnung eines Knabenkopfs.
»Ist das – das ist doch . . .«
»Ja«, sagte Mr. Robinson. »Das ist Alexander Parkinson. Damals war er elf, der Enkel einer Tante von mir. So kam Molly zu den Parkinsons, als Gouvernante. Es schien ein guter, sicherer Beobachtungsposten zu sein. Niemand wäre je auf den Gedanken gekommen –«, er machte eine Pause, »daß es so enden würde.«
»Es war doch nicht etwa – ein Parkinson schuld?« fragte Tuppence.
»Nein, meine Liebe. Soviel ich weiß, hatte die Familie Parkinson nichts damit zu tun. Aber verschiedene Gäste und Freunde übernachteten damals in ihrem Haus. Ihr Mann entdeckte, daß der fragliche Abend auf den Termin der Volkszählung fiel. Nicht nur die Hausbewohner, sondern alle, die in jener Nacht im Hause schliefen, mußten aufgeführt werden. Einer der Namen gab uns einen Anhaltspunkt. Die Tochter des Arztes, von dem ich eben sprach, kam ins Dorf, um ihren Vater zu besuchen, und sie bat die Parkinsons, sie aufzunehmen, da sie auch noch zwei Freundinnen mitgebracht hatte. Diese Freundinnen sind frei von jedem Verdacht, aber später stellte sich heraus, daß ihr Vater tief in die Ereignisse im Dorf verwickelt war. Die Tochter hatte ein paar Wochen zuvor im Parkinsonschen Garten geholfen und war schuld daran, daß Fingerhut und Spinat so dicht nebeneinander wuchsen. Sie war es auch, die am entscheidenden Tag die tödliche Mischung in die Küche brachte. Die Erkrankung aller Teilnehmer an der Mahlzeit wurde als eines jener kleinen Versehen

abgetan, die nun mal passieren können. Der Arzt erwähnte ähnliche Fälle aus seiner Praxis. Bei der gerichtlichen Untersuchung sagte er demgemäß aus, und das Urteil lautete auf Tod durch Unfall. Die Tatsache, daß am selben Abend ein Cocktailglas vom Tisch fiel und zerbrach, fand keine Beachtung.
Um ein Haar, Mrs. Beresford, hätte sich die Geschichte wiederholt: Aus einem Pampasgrasdickicht wurde auf Sie geschossen; später hat die Dame, die sich Miss Mullins nannte, versucht, Ihren Kaffee zu vergiften. Übrigens soll sie eine Enkelin oder Großnichte jenes Arztes sein. Vor dem Zweiten Weltkrieg gehörte sie zu Jonathan Kanes Anhängern. Daher kannte Crispin sie auch. Und Ihr Hund schätzte sie auch nicht und handelte prompt. Inzwischen wissen wir auch, daß sie den alten Isaac getötet hat.
Nun müssen wir uns mit einem womöglich noch übleren Charakter befassen: Der von allen so verehrte Hausarzt scheint nach den vorhandenen Beweisen Mary Jordans Tod auf dem Gewissen zu haben, obwohl das damals keiner geglaubt hätte. Er hatte große wissenschaftliche Interessen, war ein Fachmann auf dem Gebiet der Gifte und ein Pionier der Bakteriologie. Es hat an die sechzig Jahre gedauert, bis dieser Umstand ans Licht kam. Nur Alexander Parkinson, der damals noch zur Schule ging, machte sich Gedanken.«
»›Mary Jordan ist keines natürlichen Todes gestorben‹«, zitierte Tuppence leise. »›Es war einer von uns.‹« Dann fragte sie: »War es der Arzt, der Marys wahre Identität entdeckte?«
»Nein. Er hatte keinen Verdacht. Es war jemand anders. Bis zu jener Zeit war sie sehr erfolgreich gewesen. Der junge Kapitän hatte ahnungslos, wie von uns geplant, mitgemacht. Das Material, das sie ihm lieferte, war absolut echt. Er erkannte nur nicht, daß es fast immer um nebensächliche Dinge ging – obwohl es natürlich als wichtig getarnt war. Sogenannte Marinepläne und -geheimnisse, die er an sie lieferte, brachte sie an ihren freien Tagen nach London und gab sie nach Anweisung weiter. Der Regent's Park war ein Treffpunkt, die Statue des Peter Pan in Kensington Gardens ein anderer. Wir erfuhren viel durch diese Treffen mit jungen Beamten aus bestimmten Botschaften.
Aber all das, Mrs. Beresford, gehört der Vergangenheit an, es ist sehr, sehr lange her!«

Oberst Pikeaway hustete und übernahm dann die Führung. »Aber die Geschichte wiederholt sich, Mrs. Beresford. Früher oder später erkennt das jeder. Vor kurzem hatte sich in Hollowquay wieder eine Gruppe dieser politischen Richtung gebildet. Leute, die von der gleichen Ideologie überzeugt waren wie damals im Fall N. und M., nahmen die Fäden wieder auf. Vielleicht ist darum auch Miss Mullins zurückgekehrt. Bestimmte Verstecke wurden wieder benutzt. Geheime Versammlungen fanden statt. Wieder einmal spielte Geld eine Rolle – woher es kam, in welche Kanäle es floß. Mr. Robinson kümmerte sich um die Überwachung der ganzen Geschichte. Und dann erschien unser alter Freund Beresford und tischte mir sehr interessante Neuigkeiten auf, die zu dem paßten, was wir schon argwöhnten: Man bereitete den Boden für künftige politische Aktionen vor, für eine Zukunft, in der das Schicksal unseres Landes von einer ganz bestimmten politischen Persönlichkeit abhängen sollte, die unser Volk lenken und führen würde. Von einem Mann mit großem Ansehen, der von Tag zu Tag mehr Parteigänger um sich sammelte, und auch Überläufer. Wieder einmal der Rattenfängertrick in voller Aktion! Ein Mann von großer Rechtschaffenheit – ein Mann, der nur den Frieden will. Kein Faschismus – nein! Es sieht nur etwas danach aus. Frieden für alle – und finanzielle Vorteile für diejenigen, die mitmachen.«
»Wollen Sie damit andeuten, daß es noch nicht zu Ende ist?« fragte Tuppence erstaunt.
»Ach, mehr oder weniger wissen wir jetzt, was wir wissen wollten oder sollten. Und das haben wir zum Teil Ihnen zu verdanken: Die Operation des Schaukelpferds war besonders erfolgreich . . .«
»Mathilde!« rief Tuppence. »Das freut mich aber! Es ist kaum zu glauben: in Mathildes Bauch!«
»Pferde sind eine großartige Sache«, sagte Oberst Pikeaway. »Man weiß nie, ob sie nicht im nächsten Moment ausschlagen. Man denke nur an das Trojanische Pferd!«
»Genau genommen hat sogar Wahreliebe geholfen«, sagte Tuppence. »Aber wenn es noch weitergeht . . . Die Kinder sind da und . . .«
»Keine Angst«, sagte Mr. Crispin. »Diese Gegend von England ist wieder sauber, das Wespennest wurde ausgeräuchert, Sie

können wieder in Frieden leben. Wir haben Grund zu vermuten, daß sie ihr Aktionsfeld nach Bury St. Edmunds verlegt haben. Und außerdem werden wir ein Auge auf Sie haben. Sie brauchen sich keine Sorgen zu machen.«
Tuppence seufzte erleichtert. »Vielen Dank, daß Sie mir das erzählt haben. Wissen Sie, unsere Tochter Deborah kommt öfter zu Besuch, mit ihren drei Kindern . . .«
»Seien Sie unbesorgt«, sagte nun auch Mr. Robinson. »Ach, übrigens, haben Sie nicht nach Klärung der Affäre N. und M. das Kind adoptiert, das damals bei der ganzen Geschichte so zu leiden hatte? Das kleine Mädchen, dem die Bücher mit den Kinderreimen gehörten?«
»Betty«, sagte Tuppence. »Ja, sie hat sich an der Universität sehr gut gemacht und ist jetzt in Afrika, wo sie Studien über die Lebensgewohnheiten der einheimischen Bevölkerung treibt oder so was in der Art. Viele junge Leute interessieren sich jetzt dafür. Betty ist ein sehr lieber Mensch – und sehr glücklich.«
Mr. Robinson räusperte sich und stand auf. »Ich möchte einen Toast ausbringen. Auf Mr. und Mrs. Beresford in Anerkennung ihrer Verdienste um unser Land!«
Alle hoben ihr Glas.
»Und wenn Sie mir erlauben, möchte ich noch einen Toast ausbringen«, fuhr Mr. Robinson fort, »und zwar auf Hannibal!«
»Hörst du, Hannibal«, sagte Tuppence, als sie getrunken hatten, und streichelte seinen Kopf, »wir haben auch auf *dein* Wohl getrunken! Das ist fast so schön wie geadelt zu werden oder einen Orden zu bekommen!« Sie sah lächelnd auf. »Ich habe erst kürzlich Weymans *Graf Hannibal* gelesen.«
»Das habe ich als Junge auch gelesen. Ich erinnere mich noch gut«, sagte Mr. Robinson »›Wer meinen Bruder angreift, greift Tavanne an‹, hieß es nicht so? Hannibal, erlaubst du, daß ich dir auf die Schulter klopfe?«
Hannibal lief auf ihn zu, empfing den Ritterschlag und sah Mr. Robinson freundlich wedelnd an.
»Ich erhebe dich hiermit in den Grafenstand.«
»Graf Hannibal! Ist das nicht hübsch!« sagte Tuppence zu Hannibal. »Was für ein stolzer Hund mußt du jetzt sein!«

Leseprobe aus Scherz-classic-Krimi 941

SIE KAMEN NACH BAGDAD

von Agatha Christie

»Guten Morgen, Captain Crosbie. Womit kann ich dienen?«
»Ist Mr. Dakin in seinem Zimmer? Schön, ich gehe hinauf.«
Crosbie ging durch eine Tür ein paar sehr steile Stufen hinauf und einen schmutzigen Gang entlang. Er klopfte an die Tür am Ende des Ganges, und eine Stimme rief »Herein«.
Es war ein hohes, kahles Zimmer. Das elektrische Licht brannte, und das Tageslicht war sorgfältig ausgesperrt. An einem schäbigen Schreibtisch saß ein etwas schäbiger Mann mit einem müden, unentschlossenen Gesicht – dem Gesicht eines Mannes, der in der Welt nicht weitergekommen ist, der das weiß und dem nichts mehr daran gelegen ist.
Die beiden Männer, der muntere, selbstsichere Crosbie und der melancholische, müde Dakin blickten einander an. Dakin sagte: »Hallo, Crosbie! Gerade von Kirkuk zurück?«
Der andere nickte und schloß sorgfältig die Tür hinter sich. Es war eine alte, schlecht gestrichene Tür, aber sie besaß einen unerwarteten Vorzug. Sie schloß tadellos, ohne Spalten und ohne Zwischenraum am unteren Rand. Sie war nämlich tatsächlich schalldicht.
Mit dem Schließen der Tür ging im Benehmen der beiden Männer eine ganz leichte Veränderung vor sich. Captain Crosbie wurde weniger aggressiv und selbstsicher, und Mr. Dakins Schultern strafften sich, er wurde weniger unsicher. Wäre ein Lauscher dabei gewesen, hätte er zu seinem Erstaunen gemerkt, daß Dakin der Vorgesetzte war. – »Irgendwelche Neuigkeiten, Sir?«
»Ja.« Dakin seufzte. Er hatte ein Schriftstück vor sich, das er eben dechiffriert hatte. »Sie soll in Bagdad stattfinden.« Er strich ein Zündholz an, zündete das Schriftstück an und sah zu, wie es verbrannte. Als es zu Asche verglommen war, blies er leicht hinein. Die Asche flog auf und zerstreute sich.
»Ja«, wiederholte er. »Sie haben sich für Bagdad entschieden. Am Zwanzigsten des nächsten Monats. Wir sollen es strengstens geheimhalten.«
»Sie sprechen im Souk schon seit drei Tagen davon«, sagte Crosbie.

»In diesem Fall macht das nichts. Wenn die Konferenz in Bagdad stattfindet, wird es bald veröffentlicht werden müssen. Und dann fängt der Spaß – unser Privatspaß – an.«
»Glauben Sie, daß sie überhaupt stattfinden wird, Sir?« fragte Crosbie skeptisch. »Hat Onkel Joe ernstlich die Absicht zu kommen?«
»Ich glaube diesmal ja, Crosbie«, sagte Dakin nachdenklich. »Ja, ich glaube es wirklich. Und wenn sie stattfindet und ungestört verläuft – nun, dann kann sie vielleicht alles retten. Aber wenn diese phantastische Geschichte von Carmichael wahr ist . . .« Er brach ab.
»Sie kann doch nicht wahr sein, Sir. Sie ist zu phantastisch!«
Dakin schwieg einen Augenblick. Er sah sehr klar ein ernstes, kummervolles Gesicht vor sich, hörte eine ruhige, schwer zu beschreibende Stimme phantastische, unglaubliche Dinge sagen. Er sagte sich, wie er sich damals gesagt hatte: »Entweder mein bester, mein verläßlichster Mann ist verrückt geworden, oder die Geschichte ist wahr . . .«
Er sagte mit der gleichen leisen, melancholischen Stimme: »Carmichael glaubte sie. Alles, was er herausbekommen konnte, bestätigte seine Annahme. Er wollte hingehen, um mehr herauszubekommen, um Beweise zu bringen. Ob es klug von mir war, ihn gehen zu lassen, weiß ich nicht. Wenn er nicht zurückkommt, so bleibt nur mein Bericht über das, was Carmichael sagte, was wieder eine Geschichte ist, die jemand *ihm* erzählt hat. Genügt das? Ich glaube kaum. Es ist, wie Sie sagen, eine so phantastische Geschichte . . . Aber wenn der Mann selbst am Zwanzigsten hier in Bagdad ist, um seine eigene Geschichte zu erzählen, die Geschichte eines Augenzeugen, und Beweise zu bringen –«
»Beweise?« fragte Crosbie scharf.
Der andere nickte: »Ja, er hat Beweise.«
»Woher wissen Sie das?« . . .

Bitte lesen Sie weiter in Band 941

der Scherz-classic-Krimis:

SIE KAMEN NACH BAGDAD

von Agatha Christie